一个非常值得深度体验的国度
意式日光浴——
古堡广场×意式市集
乡村小镇×时尚之都

旅居
意大利

Italy, the place to be

苏珊小语　著
陈宇平　绘

廣東旅游出版社
GUANGDONG TRAVEL & TOURISM PRESS
悦读书·悦旅行·悦享人生

中国·广州

图书在版编目（CIP）数据

旅居意大利 / 苏珊小语著；陈宇平绘. — 广州：广东旅游出版社，2020.10（2023.10重印）

ISBN 978-7-5570-2042-2

Ⅰ. ①旅… Ⅱ. ①苏… ②陈… Ⅲ. ①散文集－中国－当代 Ⅳ. ①I267

中国版本图书馆CIP数据核字(2019)第207181号

出 版 人：刘志松
策划编辑：蔡子凤
责任编辑：龙鸿波　姚韵媚
封面设计：邓传志
内文设计：谢晓丹
责任技编：冼志良
责任校对：李瑞苑

旅居意大利
LÜJU YIDALI

出版发行：广东旅游出版社	
社　　址：	广州市荔湾区沙面北街71号首、二层
邮　　编：	510130
电　　话：	020-87347732（总编室）　020-87348887（销售热线）
印　　刷：	佛山家联印刷有限公司
	（佛山市南海区桂城街道三山新城科能路10号自编4号楼三层之一）
开　　本：	889毫米×1194毫米　1/16
印　　张：	22
字　　数：	378千字
版　　次：	2023年10月第1版第2次
定　　价：	68.00元

【版权所有 侵权必究】
本书如有错页倒装等质量问题，请直接与印刷厂联系换书。

INTRODUCTION

If you are tired of the traditional itineraries, Italy will always offer you new destinations rich in history and charm, and you will never get bored. Beyond the classic and favorite routes of mass tourism, what makes Italy special it is the myriad of undiscovered paths where to enjoy the authentic Italian lifestyle.

After her first two books, "Guide to Italy" and "Guide to Milan", Susan Sun is now back with her new work, that will take you on a different Italian journey.

From North to South, exploring incredible landscapes, ancient cities and small villages, on the shore of a lake or on the hilly countryside, you will have the chance to experience the true essence of Italy. This is a journey which will lead you to discover the Italian culture of taste, the richness of Italian culinary tradition and the incredible variety of wines.

Our heartfelt thanks goes to the author for her incredible job and her great passion and enthusiasm about Italy. This guide is the perfect gift to celebrate 2020, named as Italy-China Year of Culture and Tourism.

We wish you a great journey to Italy. We hope it will be only the first of many others to come in the future.

Lucia Pasqualini
Consul General of Italy in Guangzhou

如果您厌倦了传统的旅行行程，意大利将永远可作为旅行下一站的目的地，悠久充满魅力的历史，你永远不会感到无聊。除了经典和最受大众喜爱的旅游路线，意大利还有无数未被发现的很特别的地方，你可以在那里享受正宗的意大利生活方式。

继前两本书《畅游意大利》和《畅游米兰》之后，苏珊小语现在又开启了新作品，这次将会带你踏上与众不同的意大利之旅。

从北到南，探索令人难以置信的美景，或是古城，或是小村庄，或是湖岸，或是丘陵乡村，你将有机会体验到意大利真正的精华。这是一个旅程，将引导您发现意大利的味道文化、丰富的意大利烹饪传统和令人难以置信的葡萄酒品种。

我们衷心感谢作者的出色工作以及她对意大利的巨大热情和激情。本作品是庆祝"2020中意文化旅游年"的完美礼物。

祝愿各位朋友旅途愉快！我们希望，意大利将是您开启未来行程的第一个国家。

白露茜女士
意大利驻广州总领事

INTRODUCTION

L'amore per l'Italia di Susan Sun è almeno pari alla conoscenza che Susan ha della cultura e dello stile di vita italiano! Quello che scrive in queste pagine è frutto della sua esperienza diretta, delle sue relazioni e dei suoi incontri. Da questo punto di vista il viaggio che questa guida propone è un viaggio moderno, oltre i luoghi comuni, dietro le quinte, "Going Local" e alla ricerca di esperienze uniche.

Un viaggio fatto non solo di visite e di monumenti, non solo di città e di montagne, di laghi e di mare, di cose da vedere e da fare, ma anche di musiche, di cucina e di piatti tipici, di prodotti del territorio, di film, di racconti, di personaggi più o meno famosi, di moda e di marchi famosi, di ricordi, di idee su cose da acquistare e di vita vera.

In questa guida si trovano gli eventi e le feste che fanno dell'Italia un paese unico e frizzante, assieme alle botteghe artigiane dove sopravvivono le conoscenze e le competenze dei grandi maestri del passato, ai luoghi di produzione dei vini, e ai mercati dove si manifestano la cultura di comunità e la voglia di convivialità, ancora molto vivi in Italia.

Conosco Susan da diversi anni, so come lavora e quanto la sua ricerca sappia andare in profondità e come ogni suggerimento sia stato verificato da lei personalmente, per poi essere presentato ricco di informazioni e di indirizzi utili.

Sono davvero felice di questa nuova avventura editoriale di Susan Sun che propone assieme ai "Must" di un viaggio in Italia anche tante scoperte e stimoli per un viaggio "taylor made".

Sono felice per l'Italia che ha in Susan una perfetta ambasciatrice culturale in Cina, e sono felice per lei che al suo terzo appuntamento editoriale con l'Italia si sta guadagnando un posto di rilievo del panorama cinese dei libri di viaggio.

Giancarlo Dall'Ara, Chinese Friendly Italy （意大利原文）

Susan Sun's love for Italy is at least equal to the knowledge Susan has of the Italian culture and lifestyle! What she writes in these pages is the fruit of his direct experience, his relationships and his meetings. From this point of view the journey that this guide offers is a modern journey, beyond the clichés, behind the scenes, "Going Local" and looking for unique experiences.

A journey made not only of visits and monuments, not only of cities and mountains, of lakes and of the sea, of things to see and do, but also of music, cuisine and typical dishes, of local products, of movies, stories, more or less famous stars, fashion and famous brands, memories, ideas on things to buy and real life.

In this guide you will find the events and festivals that make Italy a unique and sparkling country, together with the artisan workshops where the knowledge and skills of the great masters of the past survive, to the places of wine production, and to the markets where you can find the community culture and the desire for conviviality, still very much alive in Italy.

I have known Susan for several years, I know how she works and how much her research knows how to go in depth and how each suggestion has been verified personally by her, to then be presented rich in information and useful addresses.

I am really happy with this new editorial adventure by Susan Sun which, together with the "Musts" of a trip to Italy, also offers many discoveries and stimuli for a "Taylor made" trip.

I am happy for Italy, which has a perfect cultural ambassador in China in Susan, and I am happy for her that her third editorial appointment with Italy is gaining a prominent place on the Chinese travel book scene.

Giancarlo Dall'Ara, Chinese Friendly Italy

苏珊对意大利的热爱来源于她对意大利文化和生活方式的了解！她写的篇章是她自己亲身体验和经历成果。从这个角度看，这部作品不是一部陈词滥调的旅行教程，相反，是一部"走向当地"，寻找独特体验的旅程。

这个旅程不仅谈及旅游与缅怀历史，也谈及城市和山脉，或者湖泊和海洋，还有很多在当地体验的事情，比如音乐、美食、特产、电影、故事；或多或少著名的明星、时尚和知名品牌；某些回忆、购物贴士以及现实生活。

在本书中你会发现，节日和活动造就了意大利，使之成为一个独特而灿烂的国家。从工匠大师的技能与造诣，到葡萄酒的酿造与售卖，你都可以探索意大利各地的人文文化，感受人们欢乐的生活愿望。

我认识苏珊好几年了,我知道她是如何工作的,她知道如何深入研究,书中的体验都是她亲身经历,她给我们介绍了丰富的旅游信息。

我对苏珊的这部新作品的尝试感到非常高兴,作品中提到了很多意大利"必去之处",也为意大利的"定制旅行"提供了许多新发现和启发。

我为意大利感到高兴,因为意大利拥有苏珊这样一位完美的中国文化大使。我也为她感到高兴,她的第三部意大利作品将会在中国旅游图书界获得突出的地位。

江凯乐先生
中国友好意大利协会 CEO

Vedere l'Italia con gli occhi di uno straniero è sempre sorprendente. Ti fa riconoscere aspetti della cultura, luoghi e tradizioni che spesso diamo per scontati.

Con Susan, ogni posto prende vita con una storia nuova. E sempre eccitante ascoltare il racconto dei suoi viaggi in Italia, e come ogni volta aggiunge qualche tassello al suo modo di vivere allo stile italiano.

Questo libro non è solo per chi vuole viaggiare, ma per chi vuole vivere l'Italia e appassionarsi di tutto quello che rende questo paese unico al mondo.

Claudio Valsecchi
Promo Bellagio

每一位来到意大利的外国人,总是目瞪口呆的。亲身来到意大利会让人重新认识自以为了解的文化、地域与传统。

在这部作品中,我们与苏珊一起旅行,每个地方她都诉说着新故事,诉说着人们的生活。她分享的意大利旅途中的故事总是让人十分雀跃激动,而且她总都会为平淡的生活方式增添几分意大利色彩。

这本书不仅适合那些想要去意大利旅行的人,也很适合那些想要在意大利生活的人,适合所有生活在这个独一无二的国度中对生活充满热情的人。

克劳迪奥先生
意大利贝拉吉奥旅游协会代表

Questo libro racchiude l'esperienza di viaggio della scrittrice Susan Sun, avvenuta in Italia in una maniera molto particolare, cioè vissuta con i suoi affetti: la famiglia, gli amici, le persone a lei care. Per i lettori sarà una coinvolgente ed emozionante immersione in una Italia piena di colori, profumi e suoni che vi accompagneranno dal Nord al Sud. Ho avuto il privilegio di conoscere Susan e vivere con lei un pezzo di questa avventura, più precisamente nel territorio del Lago di Garda tra Salò, Gardone, Sirmione, giorni che ricordo sempre con affetto e serenità.

Posso dire con certezza che la sua passione per la scrittura e' passione per l'amore è per le relazioni, per le idee e per la libertà, per il pensiero e per i sentimenti: in una parola, per la vita. Perché come scriveva Stephane Mallarmé" il mondo, alla fine, e' fatto per finire in un bel libro". Quindi questo libro racconta questo amore per la vita è per l'Italia. Abbandonatevi cari lettori a questo viaggio: leggete, vivete dove guidano le parole. Buona lettura.

Elena Bissolotti, China&Italy

　　这本书包含了作家苏珊的旅行经历，她在意大利以非常特殊的方式生活，即与她的亲情生活在一起：家人、朋友、亲人。对于读者来说，这将是一个引人入胜和令人兴奋的浸入式体验，伴随你从北部贯穿到南部，其中充满了意大利的色彩、气息和声音。我有幸见到苏珊，并与她一起有一段探索的经历，更确切地说，我们在萨洛、加尔多内、锡尔苗内之间的加尔达湖地区一起生活过短暂的日子，我永远怀念那充满爱和平静的日子。

　　我可以肯定地说，她对写作的热爱来自于对人与人之间的热爱、对自由追求的热爱，对情感世界的热爱。一句话，是对生活的热爱。正如斯蒂芬·马利亚姆所写，"世界，最终，是在完成一本美丽的书"。这本书讲述了对生命的热爱、对意大利的热爱。亲爱的读者朋友，一起来沉浸在这个旅程之中吧：阅读，并活在其中。祝愿阅读愉快。

埃琳娜·比索洛蒂

序

Sirmione è una città da sempre aperta al mondo e oggi è una delle mete più ambite dal turismo internazionale.

Con grande gioia accoglie gli amici cinesi per condividere con loro la propria storia e le proprie bellezze.

Luisa Lavelli
Sindaco di Sirmione

锡尔苗内是一个面向世界开放的城市，时至今日已经成为国际旅游界最令人垂涎的目的地之一。我们怀着极大的喜悦欢迎来自中国的朋友，并与你们分享这里的美景与历史。

路易莎·拉维里女士
锡尔苗内市长

Ci auguriamo che la lettura di queste pagine su Alessandria e il Monferrato possano rappresentare uno stimolo in più per una visita in questi meravigliosi territori UNESCO da parte di tanti turisti cinesi!

Alexala, il Presidente Pierluigi Prati

我们一起来庆贺这部作品的完成！书中有关亚历山德里亚和蒙费拉托的联合国文化及自然遗产的介绍，实在太精彩了！欢迎更多的中国游客来游览这片土地。

皮耶路易吉·普拉蒂
意大利Alexala旅游协会总裁

PREFACE
从迷失到寻找自我

  从写第一本书《畅游意大利》开始,我就有想法,写写在意大利的旅居生活。意大利是一个非常值得深度体验的国度,风俗习惯、人文文化都有其非常独特的方方面面,几乎每一个去过意大利旅游、留学、居住的中国人,都会情不自禁地爱上意大利。有人说,中国人是"东方的意大利人",意大利人是"西方的中国人"。确实,中国人和意大利人在许多方面都有相似之处,比如钟爱美食,喜欢唠嗑家常。意大利,过去因为种种原因被"远离"了中国人的视线,甚为神秘。如今神秘的面纱渐渐撩开,一个美丽热情、文化遗产极其丰富的国度向中国人全面展开。这本书主要收录了我在意大利北部和中部、南部一些地方游走生活的随笔。

  在意大利的生活是很缓慢的,习惯了高节奏的中国人甚至会觉得郁闷。曾经在国内职场打拼十年的我也曾经陷入这样的郁闷中。就在意大利人这种慢慢做食物、慢慢旅行、慢慢晒太阳、慢慢品尝美酒的慢生活中,我发现了自己的浮躁,发现了自己无法在安静中自处。我过去的人生习惯了像陀螺一样地疯狂地转着,当咒语停顿,不再旋转,由于惯性我却迷失了。我无法像我的丈夫——一个地道的意大利人一样悠然自得地享受慢生活。那是因为,原来我的心里面一直是空虚的。当一个人无法在安静中

序

自处时,其实就是内里的空虚。而且,我一直避免与我内里的那个小人触碰,我对这个"我"很陌生。不是吗?快节奏生活使我们离内里的自己越来越远,甚至逃避见面,因为已经不知道怎样与"他(她)"相处了。

一开始是个痛苦的过程,但是不知道过了多久,我跟内里的自己和好了,我懂得爱护和关心里面那个真正的"我"了。国内许多人只能生活在别人的眼里,成为别人眼里的自己,而离真实的自己越来越远,甚至迷失。能够坚守内心的人又是多么的艰辛。在意大利,我松开了这种捆绑,也不再捆绑我自己的孩子了。在意大利,各式各样的想法、各式各样的创作都被尊重和赞赏。人们从小就喜欢异想天开,尽情创作。正是有这种尊重个性的土壤,意大利的自由创作之花才会开放得如此灿烂。

从迷失到寻找自我,我就像电影《祈祷,美食和爱》里面的大嘴茱莉亚·罗伯茨一样,重新寻找对生活的热情。几年里在意大利的旅程,真如一个疗愈的过程。那失去了温度的生命,真的需要在托斯卡纳的艳阳下好好炙烤一番,重新燃起一颗火热的心;那被铺上厚厚尘埃的灵魂,真的需要在地中海的蔚蓝海岸边好好地洗涤一番,重见一颗清澈的灵魂;那已经刚硬无比的心房,真的需要在柔美的湖水边重新温润起来;那复杂而迷惘的心,真的需要在阿尔卑斯山的草地野花中,回归简单的幸福;那无法参透的生命奥秘,唯愿在不朽的艺术作品中,超越肉体看到亘古与永恒。

感谢意大利!给予我的一切经历!感恩生命!

序：从迷失到寻找自我

旅居的开始　因为爱情

2　意大利公司接纳了我
4　爱，降落在意大利
6　语言不通，初见家翁
8　超人，意大利婆婆

理想意大利　明朗温暖的生活

Chapter 01 小镇

14　奇拉韦尼亚小镇 / 稻香味道
16　小镇穿梭 / 骑行与聊天
20　古堡广场 / 生活就在古迹里
24　意式市集 / 购物与社交的甜蜜
28　圣安娜小教堂 / 祈求幸福
32　人间洗礼 / 奉圣父圣子圣灵之名
34　神圣葬礼 / 对逝者表达敬意
37　圣诞和新年 / 爱与温馨的蔓延

Chapter 02 海岸

42　波托菲诺 / 寻找心中的那片蓝
46　圣玛格丽特 / 海鲜与意式日光浴
51　切沃 / 乡村橄榄园
56　热那亚 / 水族馆偶遇哥伦布
60　美莫莎岬角 / 享受日光浴
63　里米尼 / 费里尼故乡

Chapter 03 山峦

70　阿尔卑斯山 / 在意大利与瑞士间用餐
78　科尔蒂纳丹佩佐 / 多洛米蒂的女王
88　圣玛利亚马焦雷 / 雪山美景

Chapter 04 古城

94　佛罗伦萨 / 意大利人的骄傲
101　乡村旅舍 / 文艺复兴式的优雅
105　比萨 / 斜塔与美食
110　卢卡 / 弥漫歌剧的馨香
116　圣吉米尼亚诺 / 教堂前舔冰激凌
123　锡耶纳 / 赭石颜色的城市
128　蒙特普尔恰诺 / 暮光之城与美酒之乡
131　皮恩扎 / 教皇的理想之城
135　沃尔泰拉 / 安德烈·波切尼音乐会

Chapter 05 湖区

- 146 马焦雷湖 / 昂贵的情人礼物
- 151 科莫湖 / 湖边散落的梦幻小镇
- 162 巴比安内罗别墅 / 星战花园与莱诺市集
- 165 加尔达湖 / 住在朋友家

Chapter 06 北部

- 176 威尼斯 / 惊世之美
- 185 米兰 / 骨子里的时尚
- 191 维琴察 / 帕拉迪奥之城
- 197 维罗纳 / 遇见罗密欧与朱丽叶
- 203 亚历山德里亚 / 圣山下的野餐
- 207 蒙菲拉托 / 家家都有"硬飞了"
- 213 法拉利小镇 / 全世界男人的梦想
- 217 奶酪之王与顶级香醋 / 岁月精华

Chapter 07 美酒

- 222 酒庄别墅 / 为美好生活干杯
- 229 瓦特琳娜 / 高寒地区的"傲骨御姐"
- 234 普罗塞柯起泡酒 / 酒不醉人人自醉

Chapter 08 咖啡

- 240 拿铁 / 拿着块铁干吗
- 242 咖啡馆 / 家庭式经营
- 244 咖啡逆袭 / 曾是撒旦的饮料
- 246 浓缩咖啡 / 醇香透过窗户

Chapter 09 恋家

- 250 脆炸节瓜花 / 花痴吃花
- 252 意式水果沙拉 / 不花钱的水果
- 254 番茄 / 意大利菜的重要角色
- 257 芦笋与野蘑菇 / 奶奶储藏的美味
- 259 意大利海鲜烩饭 / 吃得好才是硬道理

Chapter 10 南部

- 262 罗迪—加尔加尼科海滩 / 隐藏的瑰宝
- 271 萨兰托 / 原汁原味的地中海风情
- 290 阿尔贝罗贝洛 / 现实中的童话小镇
- 293 马泰拉 / 千年文化古城的失落与复兴
- 296 莱切 / 南方的佛罗伦萨
- 303 罗马 / 属于自己的罗马假日
- 333 附影评 / 罗马,绝美之城

旅居的开始
因为爱情

意大利公司接纳了我

对于我来说，生活就是旅行。2006年我第一次飞离所熟悉的国家，前往一个遥远的国度。意大利，从前我是从地理书上知道的地方，最熟悉的故事也只是教科书上的《威尼斯商人》和莎翁笔下的《罗密欧与朱丽叶》，再知道的就只有意粉和比萨了。那里的人是怎样的，那里的人是怎样生活的，对于我来说是完全陌生的。

那时候并没有像现在这么发达的网络，关于意大利的书籍在书店里也是凤毛麟角，意大利语是我从来没有听过的外语。日语和法语我还接触过，德语虽然没听过，不过根据20世纪80年代小学教科书上的一篇课文，我跟大多数的中国女孩子一样，普遍认为德语是世界上最美丽的语言之一。而这种观念在随后融入意大利生活的过程中被完全颠覆了。几乎所有的意大利人都自豪地向全世界宣布，意大利语才是世界上最优美的语言。

最开始打动我的，就是那句简短的"Ti amo"（音"提阿莫"），意思是"我爱你"。没想到这句话的意大利语是这么的简单，任何人听过都能记得住，而且充满了动人魅力。我曾经看到过世界上许多语言版本的"我爱你"，我想最容易记住的，还是这句"Ti amo"了。

人的内心暗地里其实是有一种微弱而又强大的牵引力，特别是在生活的选择方面。10多年前当我与心目中的理想大学失之交臂后，我完全沉浸在一种反抗和抵触的情绪之中。虽然录取的大学在当地也是非常有名的，而且就业情况非常好，但我仍然深感失意。我知道饭是要挣来吃的，就业就是硬道理，但是充满文艺情怀的我仍旧对此不怀热情。

大学的专业课对于我来说都是索然无味的，一个学期该读的书基本上都是期末临考前的几个夜晚才来读的。我的热情都耗在被窝里读外国名著了。美其名曰外国名著，其实就是法国的言情小说。经济类院校的图书馆里所藏的外国名著也就那么几本，看过的记忆最深的就是《红与黑》和《茶花女》，还有莫泊桑的小说。尽管条件复杂，但当时的我是那么地入迷，我是那么地向往那种自由表达情感的人生，无须压抑，无须隐藏。而现实是我们的骨子里头都必须压抑、隐藏着自己的情感，这样才是被视为正常的。爱情的语言对于他们来说是那么的稀松平常，情感的表达是那么的自然而浓烈。虽然我从来不敢奢望以后能够这样生活，但是我的精神世界不知不觉间已经被镀上这层浪漫的色彩。

　　在拖沓的学业中，我唯一能保持热情的科目就是英语。虽然我读的专业不是外语，但我还是对英语保持了高度的要求。大学毕业5年后，就是凭借着当初这股劲，当然还有一些幸运，才得以进入一家意大利公司工作。也就是这样，我跟欧洲人打起了交道。他们有的正如我以往读过的书里面所形容的一样，风趣而又浪漫，而他们的精明也让我打起了十二分精神。又是上天的厚爱，我在这里认识了未来的另一半。

Susan偷偷地许愿，要一个很高很高的丈夫，还要喜欢旅游

爱，降落在意大利

旅居生活的起点，就是我和意大利先生的爱情，这也是我人生旅程中一段神奇的经历，一段从胆怯到勇敢，从伤害的封闭到迎接重生，从懵懂到明了，在完全的接纳和爱中逐渐走向成熟的心灵旅程。如果你已经快对真爱失去期盼，请不要放弃，这世上总有一个人在等待着你，也许此刻他离你很遥远，但只要你在内心相信和呼唤，总有一天缘分会把他带到你的身边。

认识先生之前，因为感情的创伤，我对付出感情已经惧怕；加上父母不良的婚姻状况，使我丧失了对婚姻的憧憬，我于是就立志做一名单身贵族。在我人生最晦暗的时候，很多个夜晚，我独自在房间里流着眼泪，不断反问这世上还有真爱吗？还有一个真爱我的人在世上吗？我努力地活着，努力地工作，我不敢奢望感情，也不敢再想。但有时候，我多么希望有一双手，能在黑暗的地方牵着我。

后来我得到了一份如我所愿的新工作，就是这家开在国内的意大利公司，我有了更大的空间和自由，不用拼命地周末加班。最重要的是，缘分在这里把西半球的他带到了东半球，我的身边。一个高高个子的意大利小伙子做了我的同事。我曾经是一个很骄傲的女孩，然后又变成一个很自虐的女孩，我曾经很自大，又很自卑。从小我就觉得自己不漂亮，很努力地读书，只是为了掩盖自己内心的自卑。我经常会被自己纠缠不清的内心搞糊涂。表面上我是个活泼开朗的女孩，只有天知道我内里是那么的多愁善感，唯有一个简单、大度、包容、安静的人才能让我有安全感。慢慢地，我对他打开了心扉。他高兴地带我回意大利，带我去米兰，带我去梦想中的威尼斯，带我去阿尔卑斯山……我发现，虽然我们出生和成长的地方相隔那么遥远，但是我们内里有许多共同的地方、共同的爱好，就是旅行。

我曾经偷偷地许愿：来到我身边的那个人一定要是

个爱旅行的人,带着我共同去看这个世界……还要是一个高高大大的帅哥。而他竟然1.96米,远远超过了我的所想所求。

就这样,我的旅居意大利生活开始了。

朱沙贝被派到中国,认识了Susan

语言不通，初见家翁

飞往意大利见家长，未来有什么？心情还很忐忑

先生朱沙贝（Giuseppe）的家在距离米兰 1 小时车程的奇拉韦尼亚（Cilavegna）小镇，属于伦巴第大区（Lombardia）的帕维亚（Pavia）省。终于到家了，意大利人朴素的热情让我倍感温暖。中国，对于婆婆来说，也是一个遥远陌生的国度。在意大利人的印象中，中餐就是广东炒饭和炸春卷。婆婆在我们回意之前已经开始担心我的伙食，怕我吃不惯意大利餐。还好，除了个别太特别的食物，例如发霉奶酪，其实是有名的戈贡左拉奶酪（Gorgonzola），一般的意大利饮食我都很能接受，以至于一个星期升了 3 斤的体重。婆婆对于我体重的飙升非常地自豪和开心，证明我太喜欢她的饭菜了。

朱沙贝的爸爸妈妈都是地地道道的意大利人，都不会说英语。有人说，在意大利，讲英语的人跟讲中国话的人一样多。换句话就是，意大利人没几个会英语的。所以，很多时候我得靠老沙的翻译。他去公司工作的时候，就剩下我跟公公婆婆。语言不通，怎么办呢？

记得有个老同学告诉过我，他的大老板说过："只要有两句话，你就可以走遍天下。"

第一句就是："This is ok!"

第二句就是："This is not ok!"

当时我听完这两句话时，两眼一翻，立马要晕倒。现在想想，这两句地地道道的中国式英语，确实可以走遍天下。它确实是所有国家和地区能听得懂的语言，配合身体语言的话，是可以解决问题的。当然，这也启迪了我，别让语言的困难压倒了自己，语言不通不代表不能沟通。

根据这个精神，我用得最多的就是"Si"和"No"，配合身体语言和猜测，倒也能交流起来了。婆婆玛丽露恰也成了我的意大利语老师，她很热切地教我意大利语，非常的耐心。她会一手拿着一条干净的毛巾教我"pulito（干净的）"，一手拿着脏的毛巾教我"sporco（脏的）"。她会一边整理床铺一边指着床单教我"lenzuolo（被单）"。多得她的耐心教导，直到现在我的三脚猫意大利语还是跟她学的。

朱沙贝的爸爸乔万尼（Giovanni）则教我他们的方言和俚语，就是土话了。我觉得方言和俚语很好玩，总是打趣地跟他学，然后哈哈大笑。公公笑我的发音，我就逼他跟我学广东话，他歪里歪气地跟着说半句，我哈哈大笑的声音都快震破屋顶了。当我为自己能说上几句方言而自豪时，婆婆却笑着告诉我："别跟他学，去了米兰没人听得懂。"我当时怔了一下，感觉给坑了，花了这么多工夫学的，去了米兰却没人听得懂？！我还是乖乖地学我的意大利语吧。

乔万尼已经退休，他以前在镇上的工厂工作，那间工厂也就是朱沙贝现在工作的工厂。乔万尼在家侍弄着一个小菜园，里面养着十来只鸡，下的鸡蛋可好吃了。因为意大利的鸡是吃玉米的，所以鸡蛋黄特别黄，番茄炒鸡蛋或者是芦笋炒鸡蛋特别香。菜园里夏天种植番茄，冬天种植大白菜。夏天番茄收成的时候，公公婆婆就把吃不完的番茄去皮去籽煮过后捣成番茄酱冷藏起来冬天吃用。冬天下雪天，去园子里就可以割一棵大白菜，拌上橄榄油和盐醋就是一道新鲜的沙拉。此外园子里还有不用怎么打理的石榴树、李子树和欧梨树，夏季时开满了鲜艳的野花，很漂亮。8月房门前的老葡萄藤挂满了葡萄，颜色一天比一天转深，成熟的一串剪下来，立刻成为盘中的时令水果了。

超人,意大利婆婆

公公和婆婆都是非常好的人。这一点,又不得不说我自己得上天的宠爱了。《圣经》里面有一位"才德的妇人",是所有女性的榜样。很幸运,我的婆婆玛丽露恰就是一个现实版的"才德的妇人",她把家打理得温馨宜人,虽然退休了,她却还在做皮鞋的手工活(她是意大利老一代的皮鞋女工匠)。虽然她并不很富有,但她总是很热心地帮助周围的邻居,每天都去看看旁边住着的独居老人,帮独居老人去超市买东西。她也像一位老师一样,指导着我做家务活和美食烹饪。我相信是信仰的原因,令意大利人在现代西方社会中显得非常的传统。意大利人非常注重家庭生活,重视家庭关系,给子女的照顾更是在西方社会中数一数二的。

一开始,最让我望而生畏的就是铺床和熨衣服。婆婆铺的床,跟酒店里的没两样,而且每天都铺,让我这个总不爱收拾床铺的人很有压力。一家人的衣服,特别是男人的衬衫、T恤必须熨得漂漂亮亮、平平整整的,连打底的汗衫也要熨。他们还习惯用手帕,自然手帕也要熨,就差要熨内裤了。除此之外,还有桌布、餐巾,都要熨了才能用。吃饭前要先铺餐布,按就餐人数摆放好餐垫盘子、水杯、刀叉。每天的午餐和晚餐都是如此。

意大利人的庭院、窗台、阳台和走廊都少不了鲜花。婆婆在屋外种了很多花,盛夏的时候所有的花都争相开放,五颜六色好美丽,玫瑰、月季、杜鹃、夹竹桃、绣球花……还有好多说不出名的花。阳光和花朵给生活带来了欢愉和鲜活的气息。

一些中国家庭培养出来的"高才生",家务活不沾边的,只要考试好就行,动手能力和自理能力都是比较差的。一次我们在中国的工厂进行春节前大扫除,所有人

意大利婆婆就是一个《圣经》描绘的"才德的妇人"

都被分配了清洁工作。朱沙贝看到几个刚毕业的男生擦过的窗户，问我："你们中国人家庭是不用孩子擦窗户的吗？怎么擦的是这个样子的？"我看着那几个被擦得迷迷蒙蒙的窗："啊？哦，这个，这个这个……"我不知道怎么回答，我想不少中国家庭的确是不用孩子擦窗户的。

而意大利的女孩子多数都会跟着妈妈学着打理家务，怎么把家布置漂亮，怎么打理花园，怎么做出美丽的十字绣或钩围巾，怎么做意大利美食，这些学习成为生活的一部分。而男孩子在假期会帮忙用油漆翻新房子，跟着爸爸学习简单地修理房子和汽车。意大利人的动手能力非常的强，朱沙贝能为女儿用厕纸筒和纸皮做出汽车、飞机、火车和火箭模型。我还看过博客上有位意大利爸爸为了两个儿子在狂欢节能够独树一帜，用纸皮等美工材料把他们一个打扮成外星人，一个打扮成甲壳虫呢。

我在悉尼的阿姨也说，悉尼有个地方聚居着意大利人，他们最会过日子，总是把家打理得漂漂亮亮的。朱沙贝的意大利朋友请我们去烧烤，我发现年轻人都很会煮食，有准备party（聚会）的，有准备party上的各种小吃、party上喝的各种饮料的，甚至摆放颜色美丽的餐巾纸都很有心思，这些应该都是从小受家庭的影响。

很多婆婆那一代的意大利女人，不但要给全家人煮饭、熨衣服、打扫房子、打理花草，有的还要工作。但是她们出门的时候绝不是黄脸婆的模样，每个人都打扮得大方得体，就算不化妆也要涂个口红，涂个指甲油，鞋子、包包还有项链、耳环和戒指等首饰的颜色款式都是跟衣服般配的，绝不乱搭。冬日里的周日弥撒，在教堂门口碰面寒暄的家庭主妇，每个都打扮得像个高贵的妇人似的，丝绒手套、毛皮大衣、真皮长筒靴子，大方贵气。即使是下着雪，大衣里面还是穿着丝袜和裙子。意大利女人无论多大的年龄都不会邋邋遢遢地放弃自己，把家和自己都打理得美美的。

理想意大利
明朗温暖的生活

Chapter
01

小镇

◎奇拉韦尼亚小镇 / 稻香味道　　◎小镇穿梭 / 骑行与聊天
◎古堡广场 / 生活就在古迹里　　◎意式市集 / 购物与社交的甜蜜
◎圣安娜小教堂 / 祈求幸福　　◎人间洗礼 / 奉圣父圣子圣灵之名
◎神圣葬礼 / 对逝者表达敬意　　◎圣诞和新年 / 爱与温馨的蔓延

奇拉韦尼亚小镇 / 稻香味道

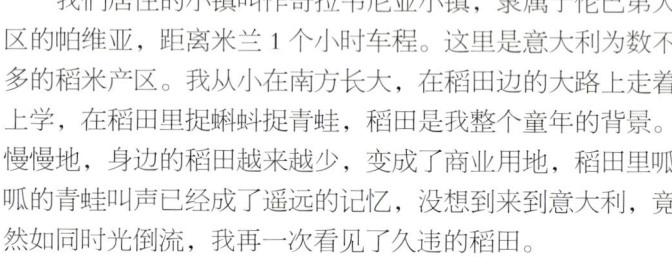

我们居住的小镇叫作奇拉韦尼亚小镇，隶属于伦巴第大区的帕维亚，距离米兰1个小时车程。这里是意大利为数不多的稻米产区。我从小在南方长大，在稻田边的大路上走着上学，在稻田里捉蝌蚪捉青蛙，稻田是我整个童年的背景。慢慢地，身边的稻田越来越少，变成了商业用地，稻田里呱呱的青蛙叫声已经成了遥远的记忆，没想到来到意大利，竟然如同时光倒流，我再一次看见了久违的稻田。

一直听说意大利面，想必意大利种的都是小麦，没想到眼前会发现大片大片的稻田。每一块田地的纹路都被机械"刮"得整整齐齐的，而且终日见不到农民伯伯。意大利很早就开始了农业的自动化机械耕作，犁地、播种、收割全部是大型机械操作。农民伯伯们一天只需开着大型机械工作几个小时，就可以去喝咖啡聊天了。意大利北部很早就建设了灌溉农田的运河，据说达·芬奇也曾参与意大利北部运河水道的设计建设。因此农民伯伯也不用害怕干旱、洪涝导致失收，看来在意大利做农民还是很优哉游哉的。在意大利，种田是份令人艳羡的工作。农业现代化使得意大利的种植业一直走在世界的前列。

相比起意大利面，意大利米饭就比较低调。虽然低调，但并不逊色。意大利烩饭是一道用高汤把米粒煮成奶油般浓郁质地的意大利经典料理。意大利饭的烹饪比面复杂得多，也更需要技巧，所以烧得好的饭并不容易吃到。意大利米十分有嚼劲，意大利人喜欢吃夹生的饭，这一点很多中国人就不太习惯了。我的意大利婆婆为了迁就我这个中国妹子的习惯，在家里总是将意大利饭煮得软一些。著名的米兰烩饭就是一道来到米兰不得不试的美食，配上牛膝骨就再完美不过了。除此之外，意大利米还可以做成意大利海鲜烩饭、芸豆

侄女 Giulia 戴着小帽子，手里拿着田野里采来的野花

烩饭、牛肝菌烩饭等美食。

　　骑着意大利老式自行车在田间游荡好不自在。田间飞舞的蒲公英，水道旁边成片的黄色小野花，排列整齐的树林，水道边上的小桥、流水和人家，来了意大利反而返璞归真了。我在广东的乡村里长大，春天里水田倒映着蓝天白云和农夫，夏夜里青蛙蟋蟀演奏着交响曲，收割后一茬一茬的稻茎稻根整齐地排列在泥土里，每天上学放学都经过那熟悉的片片稻田。相隔近 20 年，我在地球的另一边，又重拾了童年的记忆，仿佛回到了从前，真有一番人生仿如初见的感觉，正如周杰伦唱的《稻香》："还记得／你说家是唯一的城堡／随着稻香河流继续奔跑／微微笑／小时候的梦我知道／不要哭／让萤火虫带着你逃跑／乡间的歌谣永远的依靠／回家吧／回到最初的美好。"

　　后来，我们的女儿迪雅（Claudia）长大了，老沙经常带着女儿和侄女茱莉亚（Giulia）骑着老式自行车在田间转悠，孩子们摘野花，追蝴蝶，看稻田。稻田旁边的公路上经常有拉练的自行车队伍经过，每当自行车经过的时候，虽然素不相识，但是我们也会喊上一句"Forza"（加油），自行车运动员会微笑着摆手示意。这种人与人之间的和谐友好实在是让人内心温暖。

小镇穿梭 / 骑行与聊天

还记得意大利电影《美丽人生》的男主角吗？他骑着自行车，带着老婆孩子欢快地穿梭在意大利小镇里面。老自行车是典型的意大利记忆。我们也喜欢带着孩子在小镇里面穿梭，迎面碰到认识或不认识的人，都热情地来一句"Ciao Ciao"（你好），心里有一种莫名的喜悦。

意大利小镇的夏天盛开着很多美丽的花。酱紫、酱蓝、粉红、白色的绣球花一簇簇点缀着房子的前院；浪漫的紫藤会在屋檐优雅温柔地垂下来；红色的玫瑰静静地散发着诱人的芬芳；藤本月季则爬满了一墙；白色的夹竹桃落得一地都是，花瓣随风飘散；向日葵灿烂地挺立在艳阳下；木槿在院子的围栏里努力地向着蓝色的天空绽放；粉红的紫薇在盛夏的阳光下灿烂了全部的枝头，让人看到后有一种美哭的感觉；古老小学门口一丛丛深红月季焕发的热情似乎想要点燃每一个经过的路人；墙根里白色的打碗花素洁得可爱；阳光穿透粉红蜀葵的花瓣，耀眼夺目，茄红蜀葵则不甘寂寞地伸出院子的栏杆，探出头来窥探风情；还有很多说不上名字的花朵……意大利的小镇被这些花朵装扮着，静谧而安详。

一对温情的双胞胎，几十年如一日，双双沐浴在日光中，用永远年轻的微笑回报生活

老沙骑着自行车，带着女儿迪雅还有侄女茱莉亚在小镇里面穿梭，经过小广场、小公园、小酒吧，碰上熟人就会唠叨几句。有趣的是，小镇上有一对双胞胎大叔，总是一模一样的发型，一模一样的衣服，一模一样的鞋子，坐在长椅上微笑地看着经过的路人。小镇的广场有一个纪念碑，纪念为意大利独立战争牺牲的烈士，老人家会坐在小广场的椅子上聊天。广场旁边就有一家好吃的冰激凌店。小公园里也会碰到带着孩子来玩的熟人，孩子们荡秋千，大人可以趁机聊几句家常。小公园旁边的小酒吧，是镇上最多年轻人去的地方，家里没事就上酒吧坐坐，不经意就会碰上其他一样在家无聊的熟人了，趁机就喝上啤酒一起打发时光。

意大利人估计是最能聊天的民族了。再小的小镇都会有一个教堂和广场，人们都说，广场是意大利人的生活必需品，因为那是个大家聊天的好地方。礼拜后散去的时候，教堂门口也是聊得不可开交的地方。遇上节日节庆，那可更是聊得热火朝天。与其说菜市场是买新鲜蔬菜的地方，不如说是不甘心待在家里，想要出去碰碰老朋友的地方。有时候你会看见一群男人在神色严肃地讨论事情，以为是谈什么国家大事，原来可能只是在讨论市区哪家店的比萨或冰激凌好吃。意大利人天生什么话题都能聊，从祖宗十八代到家里的小猫小狗都能聊上。值得一提的是，意大利人从小接受的教育就是要尊重周围的每一个人。通常意大利人一进商店，就一定是一句"Ciao（你好）/Buon Giorno（日安）/Buona Sera（午安或晚安）"的问候语，如果原本是认识的，一定会先问候"今天的情况怎么样""家人好吗"之类的。问候完以后才谈事情或者买东西，走的时候又一定是一句"Ciao/Buona Giornata/Buona Serata（你好/祝你有美好的一天/一晚）Arrivederci（再见）"，而不是付完钱转头就走。这样的教育让人看到人的存在、对人的尊重，以及培养了自身在社会生活中的良好素质。

古堡广场／生活就在古迹里

意大利是最懂得保护古迹的国家。虽然意大利只有差不多两个广东省的面积，但列入世界文化遗产的数量位列世界前三，迄今为止有55处之多。意大利人不但懂得保护古迹，而且为古迹注入生机。可以说，许多意大利人就是生活在古迹里的。

意大利几乎每个城镇都有广场，小小的城镇也会有一个小小的广场。这种广场文化展现出很独特的城市风貌。我们居住地附近的维杰瓦诺小镇（Vigevano）有个中世纪的古堡，古堡里面有个近乎封闭的广场，叫作斯福泽斯科城堡广场（Castello Sforzesco di Vigenvano），以前是属于斯福泽斯科家族的（与米兰的斯福泽斯科城堡同属一个家族），如今成为当地人生活的休闲之地。人们就在那里吃比萨、喝小酒、吃冰激凌。广场的正面是教堂，另外三面的古老建筑一楼是店铺，店铺橱窗展示着时装、包包、精美的瓷器、考究的首饰，还有琳琅满目的眼镜店和书店；二楼还有电影院和展览馆。

　　"维杰瓦诺"这个名字在国内还是非常陌生的名字，但是香港电影《嫁个有钱人》已经展示过这里的风貌，因为在这里拍摄过不少片段。《嫁个有钱人》是一个非常有趣的故事，话说郑秀文扮演的女主角为了能够钓到金龟婿，花了所有的积蓄买了高级大衣和包包，还买了香港到米兰的头等舱机票去米兰，她想着头等舱里钓到多金的高富帅概率比较高，不想却碰到了假扮有钱人想钓阔太太的男主角（任贤齐扮演）。两人下飞机后行李被盗，身无分文，无奈之下男主角在一个广场上弹着吉他卖唱得到了几块欧元硬币，并买了帕尼尼三明治给女主角吃。男主角弹唱吉他的场景就是在维杰瓦诺的古堡广场上拍摄的。

　　所幸的是，我并不需要装阔太太而来到这里。我和老沙喜欢夏天的饭后来到这里的古堡广场散步，意大利的夏天晚上9点钟太阳才下山，所以傍晚的七八点还有柔和的阳光。人们在安静优雅的广场里喝咖啡聊天，或者吃比萨。家里吃过饭的人，带着一家大小来到广场闲逛，或者吃个冰激凌，或者只是来散散步。孩子们带着心爱的踏板车，或吹着泡泡奔跑追逐，广场充满了生活的气息。白天的时候，偶尔还会看到新人在这里拍摄婚纱照。

古堡广场除了是当地居民休闲的地方，也是文化的中心。广场的二楼有电影院，还有市政博物馆，里面有一个"鞋履展示厅"，常年展示当地制鞋业的历史。维杰瓦诺是米兰附近的制鞋重镇，这里的制鞋业非常发达，拥有为数不少的高端制鞋工厂。这里也培育出不少高端的制鞋工匠和设计师。我的意大利婆婆就是一位已经退休的制鞋女工匠，她从年轻起就开始从事制鞋业，一直到退休。维杰瓦诺的制鞋业在金融海啸之前一直都很兴旺，例如MaxMara等高端品牌都是在这里的工厂制作加工的。鞋子博物馆里面展出了很多新奇古怪、理念丰富的鞋子，有大得不得了的鞋子，有水果鲜花为创意的鞋子，还珍藏着萨伏依王朝的翁贝托二世王子穿过的童鞋。

　　平时人们只能在广场上活动，古堡的其他地方是不开放的，适逢举办重要活动才开放。我们也是在一次赛马日活动中才得以进入古堡的其他部分参观。爬上钟楼，可以俯览整个小镇的景色，也可以看到古堡的真正规模。钟楼的一侧是开放式的广场，而另一侧是封闭的院子，院子里的房屋应该是曾经贵族们和家仆们居住的房子。赛马就在古堡的内院举行，感觉场地有一个学校的大操场那么大，围绕着内院的是三层楼高的房子。

《嫁个有钱人》的拍摄地

现在我们有室内停车场，令人惊奇的是古堡内有个室内"停马场"。以前没有车，人们都是骑马的。客人来古堡拜访时，他们的马就可以停放在室内的"停马场"，有专人负责给马饮水和喂食。走进这个室内"停马场"，不禁被它井然有序的廊柱式设计慑服，干净、明亮、统一，弧形的天花连接廊柱，又使室内空间富于变化，避免沉闷死板。没想到连停放马匹的地方都这么讲究建筑美观效果，不是随便搭建一个马棚了事。古堡里让人叹为观止的还有一条宽阔的入口通道，这条通道铺满了鹅卵石，两旁的墙壁是没有玻璃的窗口。这条通道不是专门的人行通道，而是让骑马的人进入城堡的。我走了好几分钟才把这条通道走完，一边走一边感受中世纪的气息：贵族们骑着高头大马趾高气扬地进入城堡；报信的骑兵飞奔而入传递紧急情报。这一切很遥远，又近在咫尺。

意大利人，就是生活在古迹里。

意式市集 / 购物与社交的甜蜜

欧洲的市集总是让人流连忘返的。很喜欢中国台湾作家韩良忆写的《在欧洲，逛市集》，里面就提到了意大利的市集，包括威尼斯的里亚托市集（Mercato di Rialto）和帕多瓦第（Mercati a Padora）市集。罗马著名的有纳沃那广场的圣诞市集，米兰著名的有圣安布罗焦市集和运河区的古董市集。

意大利每个小镇的地方市集都有特定赶集的一天。每个星期四是奇拉韦尼亚小镇的市集，每个星期六则是附近维杰瓦诺镇的市集。市集里卖的东西林林总总，有服装、鞋包、生活用品、家居用品、饰品、食品、花草种子，等等。不少市集的服装摊档已经是中国江浙人的天下了。虽然有时候市集里小商品的价格比超市特价的时候还贵，但喜欢淘货的人还是想来市集淘一淘，碰碰运气，或许能淘到心仪的东西。

街头蔬果

市集上各种各样的甜点心

　　作为一名吃货,在市集里投放较多精力的必然是吃了。在维杰瓦诺的一个市集上,我发现了很多卖甜食的摊档,真恨不得全部都尝一遍。意大利的甜食一般都是非常甜的,适合搭配咖啡或茶。意大利的巧克力也是相当受欢迎的,NUTELLA巧克力酱、产自佩鲁贾(Perugia)的BACI巧克力、皮埃蒙特(Piemonte)的NOVI榛子巧克力等都是全世界受欢迎的巧克力,更是吃货不可错过的美食。在市集的糖果甜食摊档里,你会完全忘却自己身在何处而陶醉其中。意大利人精巧的制作和包装技巧更让糖果万分可爱。有一种来自西西里的甜食,做得跟真的水果一样,光泽迷人,鲜艳夺目,不过就是太甜腻了。

　　欧洲的市集除了是购物场所,也是人们的社交场所。特别是家庭主妇,平日里忙碌无暇与朋友见面,但在市集的当天,就可以见到很多一起出来赶集的朋友并聊上一阵。所以市集里可以见到许多大叔大嫂惊喜相见,不停亲脸寒暄。

这次市集我们碰到了爱莲娜一家，爱莲娜大概10岁，是一个漂亮乖巧的小姑娘，她的外公外婆跟我的公公婆婆是好朋友，他们一家在帕维亚种了好大一片的意大利稻米。爱莲娜有个智力缺失的哥哥，这次市集爱莲娜的妈妈也带着她的哥哥一起来赶集。我的婆婆见到她们，欢喜地迎上去跟她们打招呼，不但拥抱亲吻爱莲娜，还拥抱亲吻爱莲娜的哥哥。看着婆婆热情地拥抱这个智力缺失的高个子哥哥，我的心有一种说不出的感动。没有一丝的区别对待，没有一丝嫌弃的回避。在意大利，出生就智力缺失的孩子被称为"上帝的礼物"。

　　无论顺境还是逆境，生活都必须甜蜜和幸福。

小镇上的甜蜜生活，甜品必不可少

圣安娜小教堂 / 祈求幸福

　　意大利是大部分人信仰天主教的国家，天主教曾经是国教，大大小小的教区教堂林立。虽然现在天主教已经不再是国教，但仍影响着意大利人生活的方方面面。大部分意大利人一生最重要的三件事——出生后的洗礼、结婚时的婚礼、死后的葬礼都是在教堂举行的。

　　天主教来源于最初的基督教。信徒们认为，人类历史上最重要的一件事就是上帝的儿子——耶稣的诞生。耶稣来到人间，为完成救赎计划而被钉十字架。人类从律法时代进入恩典时代，因着他的献祭，人的罪得以赦免，承认耶稣基督的可以上天堂，免入地狱。历史也按照耶稣基督的诞生划分为公元前 B.C.（英文 Before Christ 的缩写，意为"基督以前"）和公元后 A.D.（拉丁文 Anno Domini 的缩写，意为"主的生年"）。耶稣死后他的使徒彼得、保罗等人把福音从耶路撒冷传到罗马。由于福音的迅速传播，许多人信奉了耶稣基督。残暴的古罗马统治者在两个多世纪里疯狂地镇压迫害基

督徒，后来的君士坦丁大帝将基督教定为国教，政教合一以巩固其统治，而后发展成了意大利的天主教。著名的"米兰敕令"就是由君士坦丁大帝颁布承认基督教的合法地位的。在16世纪马丁·路德提出宗教改革，要求政教分离后，基督教又分为了几个教派。

无论教会教派如何发展，基督教信仰的实质不变。《巴黎圣母院》的故事告诉人们，那个残酷自私的神父虽然有着宗教的外衣，看似圣洁，但其实灵魂极其丑陋污秽。敲钟人虽然外表丑陋，但内心充满爱和无私，灵魂是多么的高尚美丽。信仰，并不是披上宗教的外衣，而是灵魂层面上对美善的追求，对公义、圣洁的追求，爱的无畏和奉献。

圣安娜小教堂坐落在小镇郊外的小河边，非常的安静。老沙很喜欢带着我来这里散步，女儿迪雅出生之后，这里也成了迪雅最喜欢的地方。圣安娜小教堂很小，只有正面有粉刷，其他几面都露出斑驳的红石砖。我们也不知道它有多少年历史了，因为坐落在静谧的郊外，反倒吸引了不少人前来。有的人独自驾车而来，停下车似乎来寻求安静。有的家庭骑着自行车经过，暂且停下喝水休息。有的人带着爱犬一起来散步，呼吸着这里新鲜的空气。

小镇上还有一个"圣安娜纪念日"。"圣安娜"据说是圣母玛利亚的妈妈，也就是耶稣在人间的外婆。天主教有很多节日，看看日历几乎每一天都是一位基督教"圣人"的纪念日。意大利每个城市每个小镇都有自己的"主保圣人"。我们这个小镇当"圣安娜圣人纪念日"来临的时候，就会举办一系列活动来庆祝。人们会举着圣像从小镇的主教堂开始巡游，一直巡游到郊外的这个圣安娜教堂。教堂外的树林里会摆上祭坛和椅子，举办周日的主日弥撒。旁边还会支起帐篷，制作美食，开起聚会。晚上镇上的一家大小都会来游戏摊和纪念品摊，看一看，淘一淘。圣安娜纪念日的夜晚，小河上还会燃放盛大的烟花，人们都会前来观看凑热闹，像中国人的庙会那么热闹。

有一个真实的故事。从前有一个意大利小伙子来到圣安娜教堂，祈求上帝赐给他一个女孩。后来，上帝把他从西半球带到了东半球一个他从来没有去过的遥远的国家——中国。然后，上帝果真赐给了他一个女孩，一个中国女孩。他们结了婚，还生了一个可爱的女儿。那个可爱的女儿，就是迪雅。

老沙对于这个小教堂、这条小河有着深厚的感情。他说以前单身的时候，他经常带着他的爱犬 Lucky 来散步。现在，只要回意大利他就会带上我和孩子来散散步。看着教堂前的小石凳，我在想，当年他是不是就是在那张凳子上祈祷的呢？

朱沙贝在这个教堂向上帝祈求一位好妻子

人间洗礼 / 奉圣父圣子圣灵之名

　　中国的孩子出生后有摆"满月酒"或者"百日酒"的习俗，宴请亲朋好友以庆祝孩子的出生。信仰天主教的意大利人的孩子出生后最重要的习俗是"洗礼"，亲朋好友都会一起去教堂做弥撒，见证神父为孩子洗礼。

　　在意大利，孩子出生以后，会在家门口挂一束美丽的布花，男孩子的话就是蓝色的，女孩子的话就是粉红色的。亲友们会送上各式的礼物，主人家会准备糖果，在洗礼后派送给亲友。这些所需要的东西都有专卖店的，光是糖果包就有上百种选择，也有天使造型的纸盒"糕点"，围起来是一个蛋糕形状的，里面装着小糖果。

意大利天主教信徒不只是在婚礼上才穿白色的礼服，出生后的洗礼就要穿上白色的礼服了，连鞋袜也是白色的。一身洁白寓意无罪玷污。洗礼是奉圣父圣子圣灵之名，寓意孩子是属上帝的，并祈求天父庇佑孩子的一生。孩子受洗还需有德行无缺的一男一女作教父和教母，曾经离异的人不可作教父和教母。亲朋好友都会着正装出席洗礼仪式。仪式之后会有家庭宴请或者庆祝 party。我们的女儿迪雅在国内出生后 3 个月大回意大利受洗，老沙弟弟的女儿茱莉亚也在 5 个月大的时候受洗。

意大利婴儿受洗的习俗来自天主教的信仰，历史源远流长。这与基督新教有所不同，基督新教是主张孩子长大后真正相信耶稣基督后才受洗的，婴孩受洗不代表真正得救，必须内心真正归主后才得救。尽管与基督新教理解的不同，但是意大利信徒已经习惯了婴孩受洗的习俗，洗礼堂更是随处可见。

我们去过佛罗伦萨的百花圣母大教堂，那里有一个漂亮的洗礼堂叫作圣乔万尼洗礼堂，洗礼堂的黄铜大门因其精美的浮雕艺术被米开朗琪罗称为"天堂之门"。我们去看比萨斜塔的时候，也参观了旁边的圣洗礼堂。圣洗礼堂正中是一个用大理石砌成的受浸池，礼堂中空往上三层楼高，宽敞明亮、庄严肃穆。恰好碰上一位圣职人员在礼堂中清唱了一段 10 分钟左右的圣咏，咏叹调在礼堂里回荡，音效出奇的好，天籁之声让人如置身天堂。

神圣葬礼 / 对逝者表达敬意

老板在他86岁的那个平安夜，带着丰盛的满足回到了天堂

我们每次回到意大利小住，都会到小镇的墓园里跟老沙的爷爷奶奶打招呼。在我和老沙准备结婚，他带我回来见他父母时，顺便也带我见了他的爷爷奶奶。就是那一次，我第一次踏进意大利的墓园。

意大利小镇的墓园离生活区都不远，这一点对于中国人来说是不可思议的，因为国内的墓园通常离民居都很远。意信仰基督的意大利人并不忌讳墓园离民居很近，很多教堂就是圣人的墓穴。这与信仰有关，而意大利人相信亲人去世后都上天堂去了，而且一般墓园旁边就有教堂，教堂里的十字架是天地间最大的，最有能力的，有十字架的地方就有平安，所以并没有这般恐惧墓园。

在很多西方电影里面，人们在孤独的时候都会去墓园瞻仰故人，与故人聊天，似乎逝者并没有离开，就在旁边。确实是这样，在意大利小镇上，人们可以很方便地去墓园瞻仰故人，似乎逝去的亲戚朋友并没有走远。不过，意大利基督徒无论是进墓园之前，还是准备离开墓园，都会非常虔诚地从额头到胸膛，从左胸到右胸画十字，口里念着："奉圣父、圣子、圣灵之名，阿门！"随之还会对着墓园送出一个飞吻。这是对上帝、对生命、对逝者表达的爱和敬意。

意大利还没有强制实行焚化制度，所以很多墓穴里都是留存全尸的。不过随着墓穴费用越来越高昂，越来越多的意大利家庭开始选择焚化方式。当我进入小镇的墓园时，刚开始还是比较害怕，恐怖电影里月黑风高的夜晚坟墓里的僵尸要爬起来的情节不停在脑海里回放，不过这种害怕很快就消失了。墓园沐浴在阳光里，鲜花和绿柏到处点缀，一派安详气息。

老沙带我来到一面墙壁前，墙面上分开一格一格的，属于不同的逝者。当老沙指着一格说那是他的爷爷，另一格是他奶奶时，我惊讶得张大了嘴巴。因为我在看着爷爷和奶奶的生卒日期时，发现奶奶的生日竟然跟我的一模一样，而且奶奶比我大了刚刚一个整数，80年。我的出生日期是1978年7月4日，奶奶的出生日期是1898年7月4日。我突然有一种命运轮回的感觉，似乎是我注定要进入这个家庭一样。我的婆婆以前每年7月4日为她的婆婆过生日，现在她又在同样的日子为儿媳妇过生日了。之后我每一年的生日婆婆都没有忘记，有时候连我自己都忘记了她也没有忘记，她说："你的生日太好记了，因为是我婆婆的生日，都记了几十年了。"

等到我们的孩子迪雅长大了一些，她很乐意跟着奶奶去墓园扫墓。奶奶会带上家里长长的扫帚去到墓园打扫。因为老沙爷爷奶奶的墓穴位置很高，所以必须带上很长的扫帚。墓园里有浇花的水壶，打扫完了，打些水把附近的植物淋一淋。小镇上的人口不多，彼此认识，婆婆指着不同的墓碑告诉我这是谁谁，那是谁家亲戚，这让我感到在墓园里去世的人似乎都还跟老朋友们待在一起。

意大利墓园里的建筑不得不提，完全不是单调枯燥、简单复制的那种。墓园里有着各式各样充满创意的墓室，让人佩服意大利人的艺术才情。最普通最便宜的墓是那种墙壁式的，比较节省空间，比较贵的就是单独占地的墓，不过太浪费地方。意大利人创造了一种家庭墓室，就是在墓园里建起一座属于家族的墓室，墓室里面的墙壁可一层层划分成不同的墓穴，摆放去世家庭成员的棺木。墓室的外观设计不但充满现代感，而且还以十字架、天使装饰，加上玻璃透光的设计，整个墓室里外都充满了光明圣洁的感觉。在这里不但没有阴暗感，反而更多的是对生命的敬畏之感。

我曾经参加过一个葬礼。我和老沙共同的意大利老板佐瑞尼先生，一个80多岁、奋斗一生、和蔼可亲的老人在家病逝了。葬礼在那年的圣诞节当天下午举行，我还记得那天很冷很冷，大家都穿着黑色大衣、戴着黑丝手套。镇上几乎所有的人都来了，因为镇上没有人不认识他。他是这个镇上最有名的企业家，他的工厂50年来一直是镇上的经济支柱，供养着很多家庭。他对工作一丝不苟，白手兴家，使镇上的这家工厂成了同行业里的世界级领导者。他对待工人犹如对待手足，在街头的咖啡座经常看到他与工人打成一片，即使在金融海啸席卷整个欧洲，工厂遭遇财政困苦之际，他都不愿意裁掉工人。我们一行人，也不知道有多少人，在他的家里瞻仰遗容后，浩浩荡荡地跟随着灵车来到镇上的主教堂。主持葬礼的神父总结了这位老人的一生，他的奉献精神，他对他人的爱，都深深地烙在了人们的心中。神父形容这位老人是"我们伟大的兄弟"，他已经打完了他人生的仗，休息了。随后是家人的发言，老人的大孙女柯斯丹莎在追忆老人的生平和感人事迹后，虽然带着悲伤和不舍，仍旧扬起充满阳光的脸，双手鼓起了掌，对着灵柩说："来吧，外公，我们送你。"教堂里满满的人都站了起来，大家都热烈地鼓起了掌。是的，他只是打完了他人生的仗，休息了，我们只是来送他，他没有离开我们，只是在另一个地方看着我们。持久的掌声把这位老人的灵柩送出了教堂。这样对生死的诠释深深地震撼了我，我使劲地鼓着手掌，然而已经热泪盈眶。

一行队伍跟着灵柩车从主教堂步行到小镇的墓园，来到墓园里所属的家族墓室。我亲眼看着工作人员将灵柩摆放进墓室的一层墓格里，随即就有泥匠工用水泥把墓格密封了。亲朋好友、互相认识的人在墓室外互相握手、拥抱和慰问了一会儿，然后散去。

墓园又恢复了昔日的静谧。不远处的教堂响起了钟声。是的，这一次，我知道钟为谁鸣。

圣诞和新年 / 爱与温馨的蔓延

每年的 12 月是意大利家庭最繁忙的月份，因为要迎接 12 月 25 日的圣诞节以及 12 月 31 日的除夕夜。圣诞节和新年是意大利最盛大的两个节日，如同中国人过春节一样，在外工作的意大利人也会尽量赶在圣诞节和除夕夜回家与家人团聚一同过节。

意大利人是我所认识的西方人中家庭观念最强、传统习俗保留最多的民族。他们过圣诞节和新年仍然遵循许多传统风俗。首先每个家庭都会在节日之前打扫清洁，用鲜花、彩灯把家里里外外装扮一番。送给孩子和亲友的礼物都会很花心思地包装一番。家里的主妇会在节日之前开始准备节日里吃的传统食物。

非常值得一提的是，在圣诞节到新年假期的这段时间，很多意大利家庭、教堂、福利机构都会不约而同地在一个地方做一种传统的摆设，叫"披赛必"，意大利语曰"RESEPPE"。这是重现 2000 多年前一个小婴儿诞生在马槽里的场景。这个小婴儿叫耶稣。不同于中国人在春节里摆放桃花、柑橘，挂上红包讨好意头，这个披赛必摆设有着比较深刻的宗教背景，寓意耶稣圣婴的诞生是举世欢腾的大事，他带来了上帝丰盛的恩典和救赎。

披赛必有大有小，最重要的是有圣婴、圣母玛利亚和约瑟，一般还有稻草，寓意马棚里诞生。我婆婆布置的这个，我第一

圣诞原来可以充满丰富色彩

次看见的时候也都看得出神了,整一个伯利恒村庄给她搞出来了!据《圣经》记载,耶稣诞生在拿撒勒城的伯利恒。婆婆搭建的村庄里,除了有圣婴、圣母玛利亚和约瑟外,高山湖泊都有,赶羊的孩子、洗衣服的妇人、打水的男人、木匠泥水匠、面包房鸡舍也有。圣婴的上空有天使,另一角还有棕榈树和三博士,寓意东方的三博士看见星星,得知了耶稣基督的诞生,就带上礼物朝拜圣婴。

  在西方文化中,耶稣的诞生是具有划时代意义的。耶稣是神的儿子,而神就是爱。耶稣是爱的化身,象征着彻底无私的奉献。基督徒们相信他是无罪羔羊,为人类的罪恶被钉十字架流出宝血,人类也因此得到救赎,罪得赦免,得以恢复与上帝的关系。宗教信仰在意大利的生活中影响较其他国家而言更加浓重,意大利成为少数传统思想文化得以较严格保留的西方国家,例如堕胎和同性恋是不为主流价值观所接受的,死刑也被废除,因为意大利人认为这是与生命及爱的本源所抵触的,而美国虽然有同样的信仰,但在这方面因受现代文化的冲击而有所放松。最近几年对源源不断而来的利比亚难民,意大利也不会置之不理,甚至派出救援人员抢救海面上的偷渡者,给他们毛毯和食物,安置在救援中心,还派发欧盟签证。病倒在街头的过期居留者或黑市居民,意大利的公立医院都会本着人道主义先救人,而不会因为没有交治疗费弃之不理。

无论是否接受这样的信仰，爱和奉献的价值观都是中心思想。意大利人郑重其事地庆祝这样的节日，就是为了颂扬爱和奉献的精神。意大利人永不吝啬他们的拥抱和亲吻，永不厌烦地微笑着互相打招呼。在平日听到最多的就是"CIAO CIAO"的招呼声（相当于"HELLO"，很多初次听到的中国人暗笑意大利人怎么老是说"操"），节日里更多的是"AUGURI AUGURI"（祝福）的祝贺声，随即来个熊抱。在这样热情洋溢的国度里，一切冰冷也会为之融化。曾经羞涩的我对这种"夸张"的热情还真有些不适应，后来便也放下了中国式的防备，回归与生俱来的热情洋溢。意大利男人是世界公认的最佳情人，因为他们从不缺乏浪漫，从小便在爱的氛围里成长。在讲述二战故事的意大利电影《美丽人生》中，男主人公在监狱里仍不忘每天早上给他的妻子亲切地道早安："亲爱的公主，早上好！"近代著名幼儿教育家蒙特梭利也是意大利人，蒙氏教学法成为全球教育界的经典。

意大利跟中国一样，是具有悠久历史的美食大国。意大利人过节也跟中国人一样，吃是最重要的内容。意大利餐是西餐的鼻祖。"妈妈的味道"是意大利人对美食最高的评价。因为在每个意大利人心目中，妈妈或者奶奶亲手做的菜是最美味的。意大利菜不同于重技巧的法国菜，更注重的是食材的质量和菜肴的原汁原味。各种各样的意大利面食、萨拉米肉肠、意大利火腿都是不可缺少的节日食品。意大利还有各式各样的甜点蛋糕，除了全世界风行的提拉米苏，其实还有好多很美味的甜点。有一种叫作"panettone"（潘娜托尼）的蛋糕是圣诞新年期间必不可少的传统蛋糕，这是一种夹杂着坚果、水果干的蛋糕，是馈赠亲友最常见的礼物之一。

中国人过春节喜好制作有好意头的菜肴，例如冬菇焖猪手被冠名为"发财就手"。意大利人在新年夜也要吃一道有寓意的菜，意大利语曰"Cotechino con Lenticchie"（猪肉肠拌扁豆）。Cotechino 是一种灌了经过调味的猪肉的肉肠，需要煮 4 个小时以上，猪肉的美味精华全然展现；Lenticchie 是一种圆圆扁扁的豆子，也是状如金钱。意大利人在除夕夜吃这道菜肴，寓意来年金钱滚滚，好运常伴。

意大利人也有守岁的习俗，在 12 月 31 日的晚上，通常晚饭会持续数个小时直至午夜倒数时刻，亲朋好友都是在饭桌上度过亲密的时光。能吃喝能唠嗑是中国人和意大利人共有的特点之一。当新年夜的倒数声从十数到零后，在广场、在街头和在家里的意大利人会兴奋地欢呼起来，在缤纷的烟火中，在喷洒的香槟中互相拥吻道贺,庆祝新一年的到来、新希望的到来。

Chapter 02

海岸

◎ 波托菲诺 / 寻找心中的那片蓝　◎ 圣玛格丽特 / 海鲜与意式日光浴
◎ 切沃 / 乡村橄榄园　◎ 热那亚 / 水族馆偶遇哥伦布
◎ 美莫莎岬角 / 享受日光浴　◎ 里米尼 / 费里尼故乡

波托菲诺 / 寻找心中的那片蓝

2001年的夏天我们回到意大利。之前因为在国内工作上的事情已经非常烦闷,不是技术问题也不是能力问题,就是自己无法提起劲来。正在这个时候,老沙的老朋友罗伯特夫妇决定带我们一家去一个美丽的地方散散心。

开车一个多小时,蓝色的天空和湛蓝的海水渐渐映入眼帘,艳阳高照,开始听到海鸥的叫声和孩子们的嬉笑声。我在汽车后座不禁拉下车窗向外张望,一股浓浓的海水气息和无法抵挡的海滨热情扑面而来,一切都在阳光下鲜活了起来。

这就是意大利的利古里亚(Liguria)海岸,大名鼎鼎的热那亚海港和世外桃源五渔村都在利古里亚大区,这里蔚蓝的海岸在每年夏天都吸引了无数的游客前来度假。沿着海岸驾驶,心情开始轻松愉快起来,我们在圣玛格丽特小城(Santa Margerita)停好车,吃了个午饭,然后就乘坐巴士向目的地——意大利最美海港波托菲诺(Portofino)出发。

来到波托菲诺的时候,我彻底为之倾倒了,没想到离家门口这么近的地方,竟然有一个这么漂亮的地方。

波托菲诺,又称菲诺港,波切利咏唱的《爱在波托菲诺》就是这里。这个景色绝佳的海边小村,于第二次世界大战后被一些富有的游人发现,其中一个著名的人物就是法国作家莫泊桑。以前,只有渔船才能停泊在呈现深绿海水的渔港,现在有许多豪华游艇停泊在这里。波托菲诺吸引人的地方是它的狭小,三面

悬崖环绕小岛，没有海滩，只有几家大型店铺和饭馆。油漆漂亮的房子倒映在水中，峭壁上的石头与湛蓝的天空交相辉映，小港景色美丽自然。咖啡馆、面包店的餐桌摆在碧蓝的海水边，每一张餐桌也是一道靓丽的风景。在明丽的阳光里，人们轻声交谈、开怀大笑，享受着醇香的咖啡、葡萄酒和地中海美食，这就是波托菲诺的景象。戴安

寻找心中的那片蔚蓝

娜王妃的私人游轮也曾在此停泊。

波托菲诺美丽的顶级酒店,吸引了无数明星名人、大亨以及模特。20世纪50年代开始,好莱坞明星和欧洲皇室纷纷聚集到这里,像乔治·克鲁尼、汤姆·克鲁斯和丹泽尔·华盛顿往往是在夏季前来度假。从复活节到深秋,不少游客也涌向此地,享受其独有的气氛。波托菲诺蜚声国际,成为欧洲富人心目中美丽和特别的代名词,著名的奢侈品手表万国(IWC)就出了一个名为波托菲诺的系列手表。周迅也在这里跟好莱坞的大牌明星一起拍摄了万国手表的广告。国内一些地产商继科莫湖、托斯卡纳等名字启用完之后,也用起了"波托菲诺"这个名字。

波托菲诺也是地中海邮轮的停靠点之一。游轮抵达停靠点后驱车送游客前往圣玛格丽特小城镇,登上游览船,从美丽的天堂海岸前往波托菲诺湾,沿途欣赏着壮观的海岸线景观和雄伟的波托菲诺山。波托菲诺,凭着如舞台剧的景色、温和的气候和美味的佳肴,成为闻名的旅游胜地。

我们漫步在街头欣赏色彩缤纷的房子以半圈围绕着小广场。别小看这个小广场，波切利曾在这里举办过露天音乐会。走在泊满豪华游艇的海港，沿着村庄的小径到山顶的教堂，从这里俯瞰能享受彻底的全景景观。鹅卵石街道两旁布满精致的精品店、艺术画廊和咖啡馆。爬到山顶眺望着美丽的海岸，我的心情有一种说不出的美好，我发现自己突然放下了很多，突然不在乎了很多，轻松了很多。我坐在矮墙上，看着游艇在蓝色的海面划出一道道白痕，倾听着海鸥自由的叫声，突然泪流满面，我怎么忘记了飞翔？怎么忘记了自己有一双隐形的翅膀？

那一年回国，我辞去了跨国公司的高薪厚职，放弃了打拼了10年的职场，跟随了自己的心，开始追逐自己的写作之梦。虽然到今天，我们没有豪车没有豪房，但是每年跟着爱人带着孩子看尽这山山水水，遍尝地道美味，感觉这已经是人世最奢侈之事了。

圣玛格丽特／海鲜与意式日光浴

　　古铜色的皮肤是意大利人的最爱。只要海边有一小块海滩，意大利人都要争取机会，戴上太阳眼镜和浴巾，好好晒一会。就在我们前去大名鼎鼎的波托菲诺时，我们先把自驾车停在了圣玛格丽特小城。刚到这个利古里亚小城，还以为进入了热带地区，高大挺拔的椰子树随处可见，街心公园盛开着鲜艳的花朵，滨海大道都是穿着吊带裙的美女和穿着背心短裤的帅哥。

　　这里的房子油漆着橙黄、土黄的颜色，衬托着绿色的格栅木窗户，分外鲜艳。在海边的一块不大的沙滩上，放眼望去，密密麻麻地躺着裸露肌肤、自由呼吸的游人，每个人都在享受着地中海的日光浴。女士们无论年老年幼、高矮肥瘦，清一色都是穿着比基尼。享受着日光浴的人们躺在浴巾上，戴着太阳眼镜，惬意地舒展着肢体，旁边的伴侣时不时帮忙在背上涂抹太阳油，一切都那么舒适怡然。意大利有很多公共沙滩是不用收费的，只有租椅子和太阳伞才收费。有的家庭自带了太阳伞，还带来了手提小冰箱，里面冰冻着可乐和啤酒。一个字，爽！海面的不远处可以看见庞大的地中海邮轮停泊着，原来这里是其中一个靠岸点。

在圣玛格丽特不但可以享受日光浴,我们还品尝了价钱合理的地道海鲜。波托菲诺的物价比较高,我们决定在这里先把午餐解决掉。

RATTORIA S.SIRO 餐厅简洁明亮,墙上悬挂着的中世纪海港风光油画使餐厅充满了古典优雅之风。邻桌夫妇点了龙虾沙拉,真让人垂涎欲滴,上桌时我们这桌人竟然统一行了注目礼,我还请求这对夫妇让我给龙虾拍个照。他们看到我馋的样子,微笑着欣然同意了。

我们点的海鲜餐也非常丰盛。清蒸海鲜有贻贝、蛤蜊、大虾、三文鱼和章鱼。腌鱼拼盘是用油醋腌渍的不同海鱼和虾。番茄蛤蜊意粉和贻贝大虾手工面味道都非常鲜美。餐厅的白葡萄酒是自家酿制的,清爽可口,配海鲜最棒了。海鲜大餐吃得我都快站不起来了。吃吃停停连续吃了两个多小时,我们才慢慢地踱出餐厅,漫步在圣玛格丽特小城的街头。

　　圣玛格丽特小城是被意外发现的美丽之城,以前从没有听说过这个小城。为了使颜色鲜艳的房屋不再单调,当地人还给房子画起了3D效果的壁画。这些房子在步行街上煞是好看,犹如艺术的殿堂。教堂的塔楼在蓝天白云和绿荫的衬托下更显深邃完美。路边的艺术品小摊贩卖着地中海的阳光与景致。私人住宅窗台的鲜花也不甘寂寞,向外招摇着美丽的花朵。漫步在街头和海滨,不断映入眼帘的是俊美的女郎、麻辣的大婶、销魂的帅哥、可爱的孩子,还有停驻在礁石上的海鸥。

在这里我看到了动人的一幕。一个晒得黝黑的女孩，大概六七岁的样子，在路边摆出特有的范让爸爸为她拍照，那神气的样子似乎她就是顶级舞台上的女王。路过的行人全都情不自禁地停下了脚步，不忍打扰这对父女的甜蜜一刻。正中了那句话，女儿是爸爸上辈子的情人。

都说爸爸的爱如大山，迪雅爬上了爸爸的肩膀，快乐得要飞起来了。走在后面的我看着这背影，无限感动。

切沃 / 乡村橄榄园

在利古里亚大区，为了寻找橄榄油供应商，老沙的表哥路易吉把我们带到了这个我们之前闻所未闻的世外桃源——切沃（Cervo）。

表哥驱车带头驶上山头，一路上是纷繁的鲜花，远远就看见竖立在岩石上的小镇，已经开始让人陶醉不知归路了。把车停好后，举目远眺，就是蓝蓝的大海。但是海边不是沙滩，而是小石子滩和大块的礁石，意大利人竟然就这样躺在了岸边的礁石上晒太阳。我还留意到陡峭的山体上栽种的全是橄榄树，时值8月已经结出橄榄果子了。

表哥带我们找到了橄榄油作坊。这是一个很小的作坊,其实这个作坊是展示性的作用,不是真正生产橄榄油的地方。作坊主人很热情地向我们讲解了橄榄油的压榨技术和自家的历史,让我们品尝了蘸着橄榄油的面包,教我们分辨橄榄油的优劣。原来喝下去喉咙感觉有点辣的橄榄油才是上好的橄榄油。作坊的女主人还配套了其他的地道食品:橄榄油浸吞拿鱼、橄榄油浸橄榄果、橄榄油浸洋蓟片(CARCIOFINI SOTT' OLIO)、不同口味的小饼干。此外作坊里还有充满生活气息的围裙、画有当地风景的小瓷盘。更让我喜欢的是女主人自己设计的橄榄油礼品袋,非常漂亮。

我们临时决定在这个美丽的地方住上两晚,作坊主人介绍我们去他的一个朋友开的家庭旅馆。旅馆门面不大,就跟普通的公寓入口一样,但是门口旁边竟然栽种着一棵竹子,这在意大利是很少见的,竹子算是珍稀植物。旅馆的女主人带我们上二楼去看仅剩的一个房间。在楼梯间摆设着各种香熏蜡烛和美丽的小摆设,看得出她是一位很爱生活、很有品位的女士。

　　当进入房间时我们都惊呆了。虽然房间很小，却装进了一片蓝色的天与海。天蓝色的墙面装饰着海星，还有浪漫的诗句，贝壳和珊瑚做成的装饰品悬挂在床头，各种各样的小贝壳做成的风铃挂在窗前，留言的小黑板上画的是伫立在木柱上的海鸥，蓝色的小夹子还可以让你夹上一两篇喜欢的诗句。进门的一片墙铺装了老渔网，衣服的挂钩是刷着白色油漆的老木板，连木质的垃圾桶也是同样的格调，蓝色透明的窗纱带来了海洋的浪漫气息。房间虽然小，但是电视、冰箱一样不缺。让我喜欢的还有一个白色的小架子，几本英语小说、几个洁白的贝壳和珊瑚、装饰着贝壳的蓝色水瓶、两个可以喝香槟的杯子，那种惬意的气息无声无息地蔓延开来了。床上的床单是白和蓝的大海色调，印着珊瑚的图案。浴室铺着蓝色的瓷砖，白色的漱口瓷杯和牙刷插杯点缀着红珊瑚图案，一切都是大海的主题。一扇窗户面向大海，另一扇窗户的窗外是紫色的杜鹃，一条小巷伸向别人家。

　　早上睡醒来到楼下用早餐，才发现这里有一个令人意外的花园。花园里栽种了很多品种的植物，从仙人掌到芦荟，从竹子到铃兰都有，真让人惊叹。邻居的柠檬树结满了黄澄澄的柠檬，几乎要透过围栏伸进这边的院子来了。这个花园虽小，但是喷泉也没缺，门口的青蛙喷泉煞是可爱。竹子旁边是充气水池，女主人在水池边还贴心地准备了躺椅和各种图案的浴巾。

　　戴着草帽、穿着露肩白色套衫的女主人正在侍弄着花园，看到我们来了，就放下手上的活，为我们开始准备咖啡了。花园的一个角落是开放式的厨房，黄色的墙面上装饰着美丽的碟子，随意摆设着油壶和罐子。餐桌上铺着的是印着红珊瑚的白底桌布，跟我们房间里的床单遥相呼应。餐桌的位置还有一个幔帘，旁边配有花烛台，我想这里一定也可以提供浪漫的晚餐。女主人有一个老托盘，托盘的玻璃面下压着干花，凝结了植物生命里最美丽的时刻，镶嵌着蕾丝，非常漂亮。

　　一切都那么特别，凝聚了女主人的心思，连留言本也是唯美的风格。这位女主人是有多爱她的旅馆啊，这个 B&B 家庭旅馆犹如她手上的一件艺术作品。我最欣赏意大利人把艺术融入生活的才情。

用完早餐我们沿着山路走向大海，山路一旁是山城，一旁是葱葱郁郁的橄榄树。我想起了三毛的那首歌《橄榄树》："不要问我从哪里来，我的故乡在远方，为什么流浪，流浪远方，流浪……为了天空飞翔的小鸟，为了山间清流的小溪，为了宽阔的草原，流浪远方……流浪……还有，还有，为了梦中的橄榄树，橄榄树……"

切沃，绝不辜负"意大利最美小镇"这个美名。我们在古老的城堡旁发现了美丽的手工艺品店，用特殊陶土制作的吊灯和室外椅是如此的鲜艳绝伦。我想坐在上面，自己也变成了别人眼里一道最美的风景线。古堡旁就是一个小广场，除了刚才看到的手工艺品店，还有一家画廊。画廊把油画陈列在古堡的通道和小广场处，给整个小城增添了不少艺术感。除此之外，还有一家手工香皂店，进去小店，闻到一阵熟悉朴素的香皂味，就像小时候妈妈给我洗澡的那种味道。

傍晚，我们来到小城的悬崖广场，这里伫立着一座美丽的教堂。教堂的外面，人们正在为夏季音乐会准备座位。就在这里，你可以放眼远眺大海，聆听海鸥的叫声。教堂里只有我一个人，非常的安静。我似乎感到耶稣就在我的身边，以至我的眼泪悄悄地流淌了下来。

热那亚／水族馆偶遇哥伦布

中世纪的意大利有四大海洋共和国，威尼斯共和国、热那亚共和国、比萨共和国和阿马尔菲共和国。热那亚是意大利北方的港口城市，意大利最大的商港，也是地中海沿岸仅次于法国马赛的第二大港口。它靠近都灵和米兰，亚洲国家与意大利的很多进出口贸易都是通过热那亚港口进行的，所以这里的亚裔面孔也比较多。这里历史悠久，城市古色古香，艺术广场、中世纪教堂和宫殿随处可见，是意大利博物馆最多的城市之一。热那亚的新街和罗利宫殿体系（Le Strade Nuove e il Sistema di Palazzi dei Rolli）被列入了世界文化遗产名录。

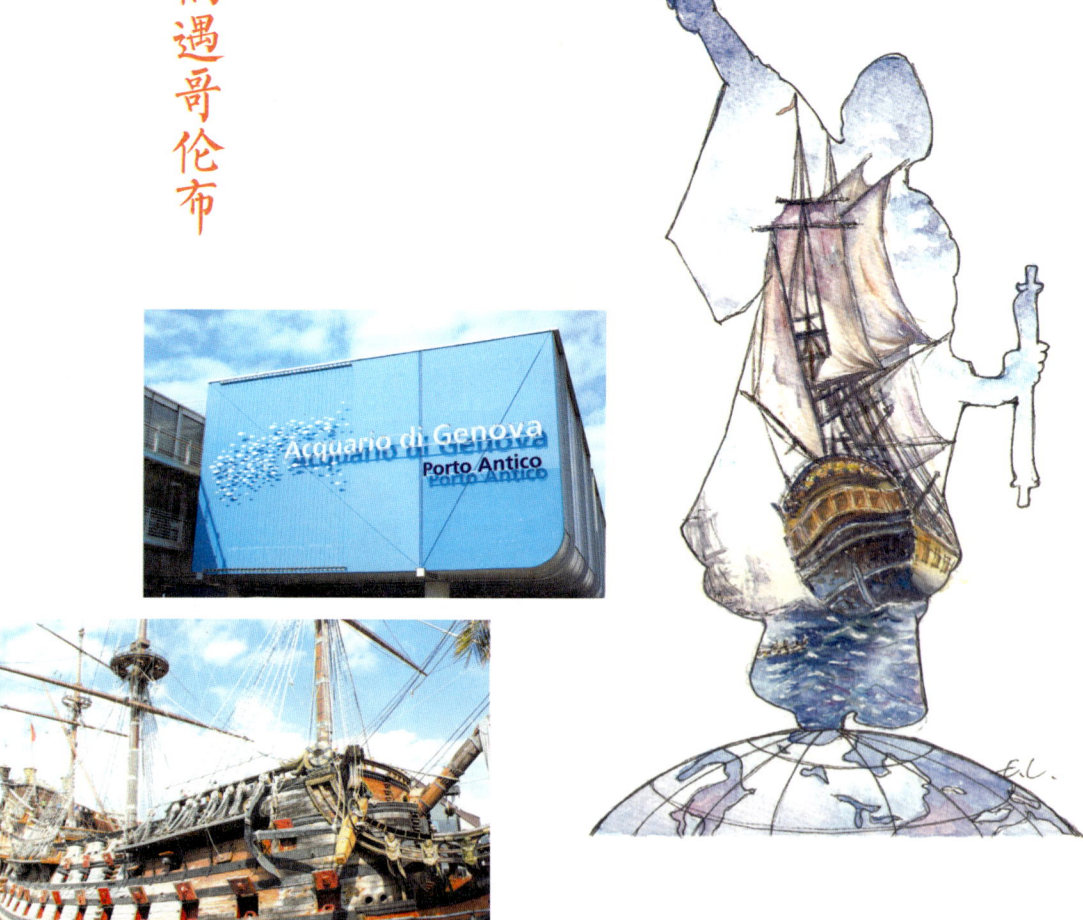

不过我们这次来热那亚,不是去看宫殿或者博物馆的,是带着孩子来看水族馆的。热那亚水族馆(Acuario)是意大利最大、欧洲第二大的水族馆,同时也是世界上最重要的水族馆之一,集教育、科研和文化中心功能于一体。水族馆占地面积达1万平方米,拥有71个水族箱。跟港口城市特点很吻合的是,水族馆的外观就像是港口里的海洋巨轮运来的集装箱。在71个大型水族箱里共储蓄了400万公升的水,生活着2万多种海洋动物和植物。水族馆试图还原真实的海洋环境,最大限度上还原了南极地区、地中海、红海、亚马孙河与印度洋等水域环境,其中最具特点的当数加勒比海的珊瑚礁。

在热那亚水族馆门前排队的时候,看到一行为艺术。有个人全身都穿着中世纪白色的衣服,脸也涂得白白的,手里拿着古老的望远镜,一动不动。我正在想,哥你这是唱哪出啊?后来才猛然想起,这热那亚是航海家哥伦布的老家啊。原来这人是扮演哥伦布的呢。

在水族馆里众多的海洋生物中,比较大型的海洋生物有鲨鱼、海豹、海豚等。人们可以隔着玻璃看见鲨鱼从头顶优哉游哉地游过,也可以看见海豚隔着玻璃与孩子们打招呼。最为漂亮的是蓝色背景的水母馆,各种各样不同形体的透明水母在玻璃缸内摇曳生姿,上下游荡,一张一合,煞是好看。

　　在水族馆附近有一个偌大的圆形玻璃球，引人注目。这个玻璃球其实是伦佐·皮亚诺（Renzo Piano）设计的迷你生物圈（水族馆也是这位建筑师设计的）。里面养殖着热带来的植物、蝴蝶和小鸟，与水族馆相连，可以从水族馆进入。

　　值得参观的还有水族馆附近的古船，是一条真正的古船，并不是复制品。古船里面可以看到底层的大炮、船员煮食的灶台、狭小的老船长办公室、只能容一人上下的楼梯、高高的桅杆，还有船头巨型的海神雕刻，让你置身于真实版的《加勒比海盗》场景。

　　在港口的一幅老图片让人们看到了19世纪的热那亚旧港，古船舰在港口内停泊，绅士和淑女在港口大道漫步，海上贸易的繁荣可见一斑。如今的港口大道已历经数次翻新，成为现代风格，不过从水族馆对面的圣乔治宫外立面仍旧可以感受到昔日的海洋帝国的风貌。宫殿的正面是一幅圣战士刺死海龙的壁画，宫殿的窗户旁边都有圣人的画像，而且每位圣人的头上都有贝壳装饰。从这些画像可以看出昔日热那亚海洋帝国的霸主地位。与其古典风格形成强烈对比的是，宫殿前的高架桥桥墩上是一系列的现代涂鸦艺术，涂鸦着充满诡异想象的海洋古怪生物。

作家迪伦·托马斯在1947年写给他父母的一封信中说道："热那亚靠近码头的地方简直不可思议，炎热、杂乱无章、肮脏、喧闹、充满罪恶的弄堂小巷，到处都是从高高的窗户上垂悬下来的衣物。"托马斯说得没错，初到热那亚感觉真是让我意想不到的脏乱差，特别是高架桥底的垃圾箱周围到处横飞的垃圾，让我对这个中世纪古城大跌眼镜。就像那不勒斯一样，热那亚也是一个让人又爱又恨的地方。

美莫莎岬角 / 享受日光浴

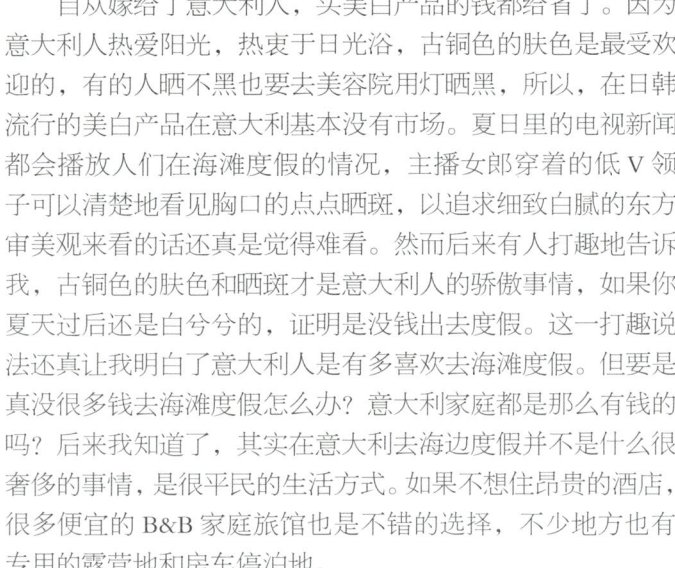

自从嫁给了意大利人，买美白产品的钱都给省了。因为意大利人热爱阳光，热衷于日光浴，古铜色的肤色是最受欢迎的，有的人晒不黑也要去美容院用灯晒黑，所以，在日韩流行的美白产品在意大利基本没有市场。夏日里的电视新闻都会播放人们在海滩度假的情况，主播女郎穿着的低V领子可以清楚地看见胸口的点点晒斑，以追求细致白腻的东方审美观来看的话还真是觉得难看。然而后来有人打趣地告诉我，古铜色的肤色和晒斑才是意大利人的骄傲事情，如果你夏天过后还是白兮兮的，证明是没钱出去度假。这一打趣说法还真让我明白了意大利人是有多喜欢去海滩度假。但要是真没很多钱去海滩度假怎么办？意大利家庭都是那么有钱的吗？后来我知道了，其实在意大利去海边度假并不是什么很奢侈的事情，是很平民的生活方式。如果不想住昂贵的酒店，很多便宜的B&B家庭旅馆也是不错的选择，不少地方也有专用的露营地和房车停泊地。

这一年的夏天我们出发去美莫莎岬角，因为老沙的表姐和表哥在那里的海边经营一家小食品店。在高速公路上我们已经看到不少家庭开着或拖着房车，也有拖着自家游艇的。美莫莎岬角在利古里亚大区，靠近圣雷蒙，就是那个很有名的搞意大利歌唱大赛的地方。利古里亚大区的海岸都是岩石多、沙滩少的，不过这并不影响意大利人的度假热情。我们来到了格拉兹亚表姐和路易吉表哥的店铺，这家店里除了一般的食品外，还有咖啡、冰激凌、蛋糕、新鲜切割火腿，兼做简易餐馆，价格非常实惠。店铺外还有桌球和孩子们喜欢的电子游戏机。店铺的第二层是一个很宽阔的平台，可以看到蔚蓝的大海和远处圣雷蒙的房屋了，有时候路易吉会在这里组织夏日的party或者在沙滩上组织篝火晚会。

　　小店外就是房车的停泊区，人们打开房车的窗口就看见大海，拉起绳子就可以晾晒衣服，还有的买来两盆花摆在栅栏边，把帆布椅子和简易桌子一敞开，就是一个小院子了。格拉兹亚说有些人还直接把房车停一个夏天，夏天来度假，度完假把东西收拾好锁在房车里，开着自己的车就走了，第二年夏天又来度假。房车停泊区附近就是一个公共卫生间，里面有淋浴间，还有洗衣机，非常方便游客和房车客。如果在海边住一个月酒店的话，的确是笔大开销，然而这样住房车的话就便宜多了。格拉兹亚的小店里消费价格实惠，人们还可以自己买面条配料在房车里烹饪煮食，那比下馆子更便宜。不得不说，这意大利人忒会过日子了。

　　美莫莎的海滩很小，有一个弧形的岬角深入湛蓝的海水中。我们要从马路上沿着石阶层层往下走才走到沙滩上。因为不是什么著名的旅游区，所以人不多。孩子们在海水里玩着水球，少女们在礁石上享受日光浴，帅哥们在礁石另一侧比较深水的地方畅游，白色的海鸥不时在眼前翱翔，一派宁静祥和的景象。没有喧闹，没有兜售，让人感觉非常自在。在沙滩上我们租了两张太阳椅子和一把太阳伞，小宝贝迪雅和旁边一家的小女儿很快混熟了，一块坐在小塑料圈里聊天玩沙子。一位妈妈还在哺育她的小宝宝，小宝宝才一个半月，就一起带来海边度假了。这位妈妈身材比较胖，不过也穿着比基尼，拉下比基尼就喂人奶给宝宝，喂完了就把宝宝放进旁边的小篮子里睡觉，自己也躺在太阳椅上小憩。这在国内是不可思议的。第一，宝宝才一个多月就带出外度假；第二，胖妈妈穿着比基尼；第三，胖妈妈穿着比基尼在海边给宝宝喂奶；第四，胖妈妈穿着比基尼在海边给宝宝喂奶却没有人偷窥偷拍，一切都那么自然。估计我是唯一"偷窥"那位胖妈妈的人呢，感觉她好放松。是啊，能带着宝宝来海边享受清风和日光浴，一切都那么轻松，多舒服啊。

终于感觉饿了，我们回到格拉兹亚的小店里。迪雅想吃帕尼尼意式三明治，路易吉的太太安东尼娜娴熟地使用着火腿切割机器，从大火腿上割下一片片透明的帕尔玛火腿，让人垂涎欲滴。我点的莫扎里拉沙拉也很新鲜，伴着初榨橄榄油和意大利香醋非常好吃。小店里的各色冰激凌也让人眼花缭乱，不知挑选哪款好。在这里我们体验到了平民的海边度假方式，不需要花费很多，依然可以享受海边的生活。

意大利人度假，其实就是挪个地方生活。

里米尼／费里尼故乡

我第一次来里米尼（Rimini）的时候，权当这里是一个意大利的国民度假胜地。确实，这里绵延十几公里的宽阔沙滩，无边无际的彩色太阳伞，缤纷多彩的粉红夜生活，数不清的酒吧酒馆，着实让人心潮澎湃。8月，人们从意大利各地赶来，似乎来赶集似的，赶来这个欧洲最著名的海滨度假城市。然而当我得知这里就是费里尼的故乡时，一切开始梦幻起来。在《我记得》这部自传体的电影里，费里尼对他的家乡里米尼有诸多的描述，从城市的广场到海滨大道，从学校教堂到博物馆，二战的痕迹犹存，古罗马时代的城门和石桥仍旧伫立……这里有着许多的故事可以探寻。

费里尼是意大利国宝级的艺术大师，他善于用电影来制造梦境，他的电影多次获得各种电影节大奖，他一生共夺得过5个奥斯卡金像奖。国内观众比较熟悉的电影是《甜蜜的生活》，此外《大路》《卡比利亚之夜》《八部半》《罗马风情画》和《阿玛珂德》（又译《我记得》）等都是他的代表作。费里尼与英格玛·伯格曼、安德烈·塔可夫斯基并称为世界现代艺术电影的"圣三位一体"，是20世纪60年代以来欧洲艺术电影难以逾越的高峰。费里尼更以他强烈的个人标记——"费里尼风格"，引导了战后意大利的精神进程。

　　费里尼曾经说过："我一生没有做其他的事情，就是在拍关于我的祖国的电影。我在里米尼出生，这里有我全部的感受。福尔格尔戏院，餐桌的美味，开阔的海面，富有魅力的女人，所有的不可思议之处对我来说都源自这里。我得了5座奥斯卡奖杯，每次领奖时，我都在心里默默地感谢我的祖国。"从这些话中可以看出，故乡里米尼给予了大师极多的创作源泉。里米尼的确不平凡，它不仅仅只是一个让游客在海滩上睡大觉的海滨城市，它还蕴藏着丰富的文化历史宝藏。

　　马拉泰斯塔神殿（Tempio Malatestiano）是一座连门面都还没有盖好的教堂，名字使人感到似乎有些异教神庙的色彩。这座本为纪念意大利圣人弗朗西斯科的教堂，在15世纪被当时控制里米尼的马拉泰斯塔家族的西吉斯蒙多（Sigismondo Malatesta）改建成为他情人（后来成为他第三任妻子）的陵墓。西吉斯蒙多是一个声名狼藉的统治者，因强奸谋杀等罪名被庇护二世教皇判为死刑。他的陵墓就在一进教堂入口处的右侧，墓上用他的名字和情人索塔的第一个字母装饰着。此人还有个爱好，就是把生前服侍他的人也安葬在这个教堂的外围四周，似乎这样他就不会寂寞而且王朝永存。所以，时至今日当人们在马拉泰斯塔教堂的四周散步时，仍然可以看见好几座长方形的陵墓。不过为情人改建陵墓的故事似乎给教堂增添了几分浪漫色彩，在教堂内外的石刻，可以看见家族图腾的石雕上玫瑰花被大量地运用，也许这是他情人生前最喜欢的花吧。

里米尼的三烈士广场（Piazza Tre Martiri）是一个地标。在 1944 年盟军即将战胜法西斯纳粹的前夕，残忍的法西斯在即将撤离里米尼的前一天，将三名年轻的意大利党人吊死在这个广场之上。为了纪念这三名年轻人，广场被命名为三烈士广场，至今广场上仍然保留了当时三个绞架竖立的痕迹。广场一座建筑的墙壁上也用铜牌记录着这段历史。这个广场的历史还可以追溯到古罗马时代，广场上一块石碑的竖立处就是当恺撒点兵站立的位置。我们一干人等得知这是恺撒大帝当年的临威之处，立马聚集起来拍照留念。

三烈士广场一边的 Via Pescheria 街是镇上的老鱼市。走进鱼市场旧址，可以看见两旁整齐的石板，每块石板上还刻有罗马数字，一块石板就是一个摊档，罗马数字就是给这些摊档编号的，留存至今。在石板下可以看见精心建造的排水沟渠，避免污水横流。在市场一端的水龙头也是有精美石刻的，绝不马虎，再一次在平凡之处彰显了古罗马人的建筑艺术和审美水平。

走出鱼市场旧址另一端，就是市政厅广场，广场竖立着一位教皇的雕塑，高高之处伸出拇指、食指和中指指向前方，这是教皇惯用的以圣父、圣子、圣灵之名祝福的手势，却让刚从老鱼市出来的我联想到这手势好像在说："嘿，兄弟，你还欠我三毛钱哪。"希望教皇不要认为我大不敬。碰巧遇上了一对新人在市政厅登记结婚，整个广场都热闹起来了，

都分不清是亲友还是游客，大家都拿出手机和照相机捕捉新人的幸福时刻。市政厅大楼也被鲜花装饰了起来，非常美丽。在市政厅广场上还有一个重要的遗迹，就是达·芬奇亲自设计建造的音乐喷泉。喷泉的大理石上刻有达·芬奇设计建造的说明。据称这个喷泉每个喷头流淌出来的水发出的声音都犹如一首音乐。因为附近的婚礼现场，所以无法安静聆听，希望下一次有机会领略达·芬奇打造的音乐喷泉的奇妙。

里米尼在两千多年前是古罗马的殖民地，因此古罗马的遗迹处处可见。奥古斯都拱门（Arco di Augusto）竖立于公元前27年，经过两千多年的风雨沧桑依然屹立不倒。周围的古罗马城墙已经湮灭，只剩下这个拱门，今天它仍然伫立在浮华街道的一端。夏日里意大利大婶们坐在城门的阴影下乘凉拉家常，放暑假的少年们在此聚集听Ipod，游客们时不时经过，抬头仰望拱门上的雕塑，旁边古砖墙里的青草长了一拨又一拨。还是那句话，意大利人就是生活在古迹里的。

里米尼城市博物馆（Museo della Citta）最受瞩目的是一楼的考古区。该展区展示了从附近的古罗马别墅中发现的物品，包括精美的镶嵌画、一条稀有而精美的由彩色玻璃制作成的鱼，以及世界上规模最大的古罗马外科器械类藏品。墙上大幅大幅的马赛克图案充分显示了古罗马时代高超的瓷砖制作水平和极高的审美水平。按照实物大小重建的外科医生之家实在令人惊讶不已，里面还原了两千多年前外科医生使用的检查和手术器械，跟今天的外科医生使用的真的是差不了多少。离博物馆不远处的外科医生之家遗迹（Domus del Chirurgo）就是挖掘现场，现代的透明玻璃建筑整个罩在遗迹之上，就像是一个微型的兵马俑挖掘现场一样，人们踏足在透明的玻璃上漫步观看遗迹，似乎穿越到两千多年前的历史中。罗马式花园、干涸的水井、被覆盖的坟墓、外科医生的检查室，还有一些精美的马赛克地板竟然被完整无缺地保存了下来。

里米尼另一个重要的古罗马遗迹就是提比略桥（Ponte di Tiberio），可谓意大利的"赵州桥"。此桥于两千多年前建造，至今仍然坚固无比。过去通行的是马车，今天通行的是汽车，完全没有问题。著名的建筑大师帕拉迪奥见过这桥也膜拜了，称它为既漂亮又坚固的桥。在提比略桥的旁边就是里米尼的老渔村（Borgo San Giuliano），老渔村经过翻新异常美丽，鹅卵石小巷，精心装饰的酒吧餐馆，颜色艳丽的外墙上衬托着漂亮的小花，人们还在房屋的外墙上涂鸦了大导演费里尼的电影场景，清新的生活气息与费里尼式的艺术气息融合在一起，使游客形成了独特的"费里尼记忆"。

里米尼一线海景酒店是不得不提的。就犹如三亚的亚龙湾，五星酒店占据着最好沙滩的位置。不过这里的价格似乎比现在亚龙湾的价格还要亲民了。我们入住的萨沃伊酒店（Hotel Savoia）是一个非常适合家庭入住的酒店，房间不仅有宽敞的露台，面对着大海和沙滩，更为巧妙的是，这里很多相邻的两个房间根据要求可以打开中间的隔板门，这样分开的两个房间就可以变成一个大房间了。夫妻需要隐私的话，可以把门关上；需要照看孩子的话，推开门就可以了，非常方便。酒店的自助早餐非常丰盛，比较令人称赞的是果汁都是鲜榨的，不是勾兑的化学果汁。蛋糕也是手工蛋糕，选择非常多，苹果蛋糕、梨子蛋糕、杏李蛋糕、草莓蛋糕等，都是当天的手作。意大利的餐厅是不能提供自来水喝的，食客所喝的水都是瓶装的高级矿泉水。游客如果不想到海滩泡冷水的话，可以在酒店里泡个放松的SPA。SPA池以180°玻璃隔墙，面对着蓝天碧海，提供热茶、蜂蜜、饼干、干果，是一个放松身心的好地方。这家酒店还是"意大利，中国之友"协会成员。"意大利，中国之友"是一个专门服务于中国游客的协会，协会的成员酒店必须针对中国游客有特殊服务，比如房间有热水壶，酒店有中文网站、中式餐点、中文翻译人员等。可见中国游客越来越受到意大利旅游业界的重视了。

Chapter 03

山峦

◎阿尔卑斯山 / 在意大利与瑞士间用餐
◎科尔蒂纳丹佩佐 / 多洛米蒂的女王
◎圣玛利亚马焦雷 / 雪山美景

阿尔卑斯山／在意大利与瑞士间用餐

4月下旬。这天，老沙回来兴奋地跟我说："我跟依云还有玛丽安娜约好了，明天带你上山去。"依云是老沙最要好的兄弟，玛丽安娜是依云的太太。我嗯了一声，没多大反应。不就上山嘛，也没什么特别。在我的印象中，上山就是去类似广州白云山的山，兴致不是很高。

我错了，大错特错。这次我们上的山，就是欧洲赫赫有名的阿尔卑斯山。

老沙这家伙，也没跟我详细地说是阿尔卑斯山，就只说"去 montagna（山），你去到就知道了。"我们坐上依云驾的四驱车出发了。时值4月底，春光明媚，到处绿油油的。一个小时后，我们开始进入山坳，哇，绿油油的春光景色被雪山景色代替了，我这才知道，他们竟然带我去的是雪山，是阿尔卑斯山，这座欧洲最有名的山脉。看到远方白雪皑皑的山峰，我的神经立马兴奋了起来。

　　阿尔卑斯山脉，意大利语"Alpi"，是欧洲最高大的山脉。阿尔卑斯山脉从亚热带地中海海岸法国的尼斯附近向北延伸至日内瓦湖，然后再向东、东北伸展至多瑙河上的维也纳。阿尔卑斯山脉穿越6个国家（法国、意大利、瑞士、德国、奥地利和斯洛文尼亚）的部分地区，山脉长1200公里，是西欧自然地理区域中最显要的景观。

　　虽然阿尔卑斯山脉没有如喜马拉雅山脉、安第斯山脉和落基山脉等那样的高大，但对说明重大地理现象很重要。阿尔卑斯山脊将欧洲隔离成几个区域，是许多欧洲大河，如隆河、莱茵河、波河和多瑙河许多支流的发源地。从阿尔卑斯山脉流出的水最终注入北海、地中海、亚得里亚海和黑海。由于其弧一般的形状，阿尔卑斯山脉将欧洲西海岸的海洋性气候带与法国、意大利和西巴尔干诸国的地中海地区气候隔开。

　　后来旅居的日子，我特别能感受到阿尔卑斯山脉是如何将海洋性气候带与大陆气候带隔离开来的。这边靠近法国尼斯和蒙地卡罗的利古里亚大区还是种满椰子树的亚热带风情，驾车往东，没多久就无法看到这般景象了，随之而来的是大陆性气候所形成的景观。

　　不过我觉得这样很好，意大利多样的地理环境造就了多样的旅游资源。从我们住的地方，也就是米兰附近，驾车去领略雪山的美景只需个把小时，去马焦雷湖区欣赏美丽的湖岸景色，也是个把小时，驾车去乔治·克鲁尼等欧美明星最爱的地中海度假胜地波托菲诺，也是两个多小时。意大利人拥有天赐的优良地理环境，度假就在家门口。

　　说回这次的阿尔卑斯山之行。因为之前没有准备，我穿的是一条单裤，身上也就只是一件毛衣加外套。我本来就是个怕冷的人，看着白雪皑皑的山峰，心里想这下能顶得住吗？来到雪山脚下停好车，周围都是积雪，很奇怪，我并不觉得很冷。广东虽然不下雪，但湿冷的日子令很多北方人都受不了。这里虽然到处有雪，但因为有太阳，感觉还好。

雪山脚下的小镇满是度假村、度假公寓和饭馆酒吧。一看到这些度假村，就会觉得意大利人很会过日子，旅馆的外形都很好看，老沙告诉我，意大利人喜欢在冬天来雪山住上个一头半个月的，有钱的人会置房子，就是为了冬天的时候过来住，这是他们的生活方式。听到这个，我心想："哇，真是太奢侈了。"其实意大利的富人们不但会在雪山脚下置房子，还会在美丽的湖边和海边置别墅 villa 或者公寓，为的就是暑假和圣诞假期随心意住上短暂的日子。

由于是被"骗"来阿尔卑斯山的，我并没有什么御寒准备，也不知道老沙是想给我惊喜，还是怕我知道了要上雪山，吵着要去置办滑雪用品。根据我这个性，置办用品得花上个把月，所以干脆没预先告诉我上雪山了。

因为我是在南方长大的，从来没有滑过雪，所以我经常都会问他："你有没有滑过雪，好不好玩？"老沙不大喜欢滑雪，他告诉我因为他个子太高了，老滑不好。他还说，滑雪适合矮人，重心低才好滑。话说老沙 1.96 米的个子，确实是挺高的，但是矮人适合滑雪的这一理论我觉得挺好笑的，听起来好像挺有道理，其实应该是老沙为自己找借口吧。

我记得他跟我说过，一次跟朋友们上山滑雪，大部分人都不怎么行的。好不容易滑了一会儿，几个人一起滑到了喝咖啡的地方，卸了装备，进了咖啡馆，靠着窗户坐下歇息喝咖啡。这时候，另一个朋友也正试图靠近咖啡馆。他们几个已经进了咖啡馆的人，隔着玻璃窗看着那个笨手笨脚的兄弟打滑倒下，站起来又打滑倒下，站起来又打滑倒下……连滚带爬，经过好几个趔趄费尽了功夫，才得以靠近咖啡馆，他摸着咖啡馆的墙壁，一步一步挪移，才最终进入咖啡馆……看得他几个哥们哈哈大笑。

带我上雪山不是为了滑雪，是为了什么呢？除了看看风景以外，原来他跟他的好兄弟说好了，要上雪山顶的餐厅吃一顿。

我们在山脚下停好车，阿尔卑斯山是有名的滑雪胜地，滑雪场星罗棋布。瑞士、法国境内都有很多。关于雪山，我经常听到的除了咱们中国的珠穆朗玛峰，就是少女峰了。少女峰就是阿尔卑斯山脉最有名的山峰，位于瑞士境内，可以看到冰川，有很多设施，是许多登山爱好者的天堂。而阿尔卑斯山最高的山峰是勃朗峰，位于意大利和法国的边境。我们今天来的是意大利北部奥斯达山谷（Valle D'Aosta）里的切维尼亚（Cervinia）小镇。

游荡了一圈山脚的小镇，度假小旅馆、度假公寓到处都是，真让我心动，要是什么时候能在这里住上一个星期就好了。我们找了间小酒馆，喝了点酒暖身，就向山顶出发了。

上山当然是要坐缆车。这里的缆车还分了几站，在山上不同的海拔高度，设有几个缆车站，供不同滑雪水平的人选择。越高处滑下来，当然越刺激。

随着缆车的上升，小镇和停车场变得越来越小，白色的世界展现开来。我贪婪地望着四周的景色，白茫茫的一片，树上都是积雪，构成非常洁净的画面。视野中竟然还有一个结了冰的水库，稍稍融解了一些，小溪水在雪中劈开了一条小道，缓缓地流淌。

　　站台可以供游人自由进出。我们中途从一个站台出来观看了一下风景。走出了缆车站台，我就踩在了咯吱咯吱响的白雪上了。时值四五月份，还能踩在白雪上面，真的觉得不可思议。我很兴奋，又像个腼腆的小女孩，不知道怎样表达自己愉悦的心情。

　　看见旁边一个穿着荧光绿时尚滑雪服的欧洲女人滑过，我突然感觉到冥冥中把我从中国的南方提了起来，拨了拨地球，然后把我安插在了阿尔卑斯山。因为我穿着一双波鞋、一件单裤和小外套，跟这里格格不入，人家都是滑雪服、帽子、手套的整套专业装备，我就好像是一个不知道是从哪个时空里掉下来的人。

　　我看着其他欧洲年轻人都穿着很酷的滑雪装备，不禁扯了一下老沙的衣服，说你看看人家都穿成怎样的，我们穿成咋样的。老沙不在乎地说，我们又不滑雪，穿那些玩意干啥。那也是，如果穿着一整套滑雪装备，其实是为了上山吃一顿，确实是有点夸张。

　　因为感觉挺冷的了，我们赶紧走回缆车站台，转乘下一趟缆车。我想着赶紧美美地吃上一顿。

　　我发现我们换乘的缆车已经不同之前的缆车了。之前的缆车跟国内观光的缆车差不多，就是可以坐4个人或者6个人的那种。而这上山顶的最后一程缆车，是特别大特别厚实的缆车，能装二十几个人，大家都是站着的。因为海拔高，风大，缆车容易摇晃，所以得用这种重量大的缆车。

大缆车停定，门打开了。一群年轻人走了出去，我们走在最后。冷飕飕的风夹杂着雪直吹过来，冻得我哇哇直叫。为了纪念这么有刺激性的寻食之旅，我站在缆车站台上照了张相，眼睛都睁不开，照完了差不多整个人要给刮走了。

　　最强烈的对比是，站台高处竟然竖起一个大得不得了的广告牌，估计是卖浴室用具的广告：一个大大的时尚SPA浴池，汩汩地涌起温暖的洗澡水。这意大利人也忒会卖广告了，在你感觉最需要它的地方它就出现了……

　　我们在雪地里深一步浅一步地向雪山顶的餐馆走去。对我而言，这趟觅食之旅堪称绝无仅有，我不仅登上了赫赫有名的阿尔卑斯山，还体验到了爬雪山的真实感受。而餐厅竟然还是在两个国家的边境上的。

　　转了个弯，就看见几个木房子了。原来这里已经是意大利跟瑞士的交界处了。木房子上面挂着两个国家的国旗。

　　虽然看着木房子已经很近了，但是一步一步走，竟然好像走了好久。为了让我纪念这特别的经历，老沙搂着我让兄弟给我们照了张相。登山途中要不是他一直挽着我，估计我已经给大风吹到瑞士了。

　　几分钟的路程，终于走完了。进入木房子，又是另一个世界——暖暖的、香香的，

很热闹。餐厅不大,都是木桌木条凳,从玻璃窗能看到窗外滑雪的人。闻到飘来的食物味道,我感觉自己饿极了。

依云和他老婆捧来了餐盘,有面包、玉米面、各种芝士和红酒。原来这里最出名的是玉米面配野味。玉米面是高山地区最重要的食粮,因为吃了能够提供高能量,暖身子。野味是山区特有的,或者是兔子肉,或者是鹿肉,或者是山羊肉。

我尝了尝玉米面配炖鹿肉,肉汁浓厚鲜美,捞着玉米面真的很好吃。这是我第一次吃玉米面,所以印象很好。玉米面不是哪里都能吃到好的,如果你第一次吃就吃到差劲的玉米面,也许以后都不想吃了。

奶酪是意大利人必不可少的食物,也能供给大量能量。为什么意大利足球员踢得那么棒?人家从小吃奶酪啊,骨骼强壮不用说,力气还可大了。

餐盘里的各种奶酪我都尝了,个人喜欢味道比较淡的。有一种奶酪让我留下了深刻的印象,就是奶酪里面还能看到发霉的。这种发霉奶酪,就像我们吃的臭豆腐,喜欢的人喜欢得要命,不喜欢的人连碰都不想碰。后来才有一姐妹告诉我,这种发霉奶酪叫作 Gorgonzola(高贡左拉奶酪),意大利人形容它为"性感而迷人的尤物"。她很喜欢这种奶酪,还说:"可惜这种软奶酪不好保存,国内很难买到,而且特贵。"人就是这样,越难吃到的东西越觉得好。

吃饭讲究环境,一点不假。好的环境让人心情舒畅,提高人的兴致,配合美味的食物,带给人身心愉悦的感觉。这顿饭的环境可真是不一般啊,先是让我体验到"饥寒交迫",再看到热腾腾香喷喷的野味,那流口水的狼狈相就不用提了。

科尔蒂纳丹佩佐／多洛米蒂的女王

我是从 Sofia 的博客里开始认识多洛米蒂（Dolomiti）的。多洛米蒂位于意大利东北部，是阿尔卑斯最美的山脉，被联合国教科文组织列为世界自然遗产。Sofia 拍摄的多洛米蒂，美到让人惊叹——蓝天碧水，绿草地上的小教堂，小木屋前的红花，秋日里金黄色的植被，这是上帝遗留在阿尔卑斯山的后花园，这是一处中国游客尚未知晓的处女地。Sofia 说无论什么季节来多洛米蒂都有惊喜，每一次都不一样。丹麦摄影师 Michael Bennati（迈克尔·本纳提）在多洛米蒂山脉旅行时拍摄了好些摄人灵魂的照片。照片里安静的镇子、日落前的金色雾霭、低头安静吃草的小兽，总会让人想到村上春树《世界尽头与冷酷仙境》里的冷酷仙境。于是多洛米蒂成了我的一个目的地。

多洛米蒂，意大利语为 Dolomiti，又称白云山，位于意大利东北部与奥地利交界处。这里山脉姿态独特而迷人，大山怀抱着许多魅力无穷的村庄。这里空气纯净，风景如画，一年四季都可以开展各种活动。这里有山有水，真是游山玩水的好去处。夏天可以徒步、骑单车、骑马、攀岩等，冬天可以滑雪，是进行各种户外活动的天堂。

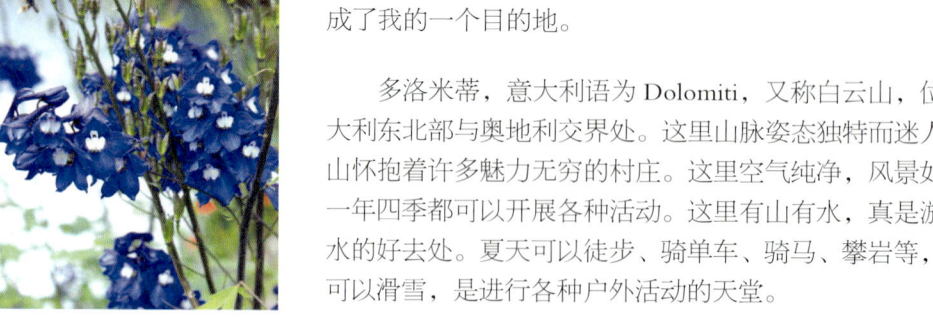

这年的夏天终于有机会来到多洛米蒂了。我们的目的地是多洛米蒂山区里的科尔蒂纳丹佩佐小镇（Cortina d' Ampezzo），一家当地的百年五星级酒店邀请我们前往体验。怀着无比激动的心情，我们从米兰开车出发了。从米兰出发到目的地有400多公里，如果从威尼斯出发大概有160多公里。多洛米蒂山区已经非常接近奥地利了，距离奥地利边境只有40多公里，距离德国也不远了。这里除了讲意大利语外，也讲德语和奥地利语，一些地方美食也融合了德国特色和奥地利特色。

当我们下了米兰到威尼斯的高速公路，逐渐进入山区时，一切都开始让人兴奋起来。白雪皑皑的阿尔卑斯山脉横亘在眼前，似乎触手可及。我以为很快就能够到达目的地，谁知进入山区以后还要在山谷里盘旋着走两个多小时的路程。进入山区以后，打开车窗，迎面吹来凉爽的清风。满目高大的树木，润湿清新的空气使人立刻心旷神怡。孩子们在后座兴奋地欢呼起来，似乎进入了爱丽丝的仙境。车子沿着盘山公路不断地攀升，我们与云朵的高度渐渐持平，甚至超越。山谷越来越往下，涧溪被深埋在高大的树木丛中，沿途的小镇房子渐渐跑到了我们的脚下，我们越来越靠近多洛米蒂的山峰了。

多洛米蒂山脉的构成物质是一种被称为"白云石"的石灰岩，这种岩石表面几乎不生任何植被，远远望去，光秃雄奇的山岩和锯齿如锥的山峰垂直屹立在绿野如茵的山谷后，强大的色彩反差和视觉冲击让人过目不忘，叹为观止。在车上我不停地打量着眼前寸草不生的白云石山，正值盛夏，这片山顶的白雪已经融化，露出光秃秃的山体。山下是绿草如茵的草地，分外柔软，像是一张毯子。

经过贝鲁诺小镇（Belluno）的时候，眼前人突然多了起来。原来这里是一个靠湖的度假小镇，景色非常美丽。人们穿着短裤，戴着太阳眼镜，背着背包，手持登山杖，在四处游走。小镇上的家庭旅馆和咖啡馆门前窗前摆放着色彩夺目的鲜花，生机盎然。湖水碧绿如玉，人们在湖边的木栈道上散步，好不惬意。不过我们没有停留，而是继续朝着我们的目的地——科尔蒂纳丹佩佐继续进发。

在意大利版的《孤独星球》（Lonely Planet）中是这样写的："科尔蒂纳丹佩佐是意大利滑雪胜地中的超级名模，它时尚、昂贵、冰冷，有着无可否认的美丽。"

是的，在意大利人中提起科尔蒂纳丹佩佐，首先让人想到的是"昂贵"，因为这里一直是意大利富豪的度假区。每年冬季，意大利的富豪家庭就会从罗马和各地搭乘飞机甚至私人飞机过来这里度假。他们也许是政客、银行家或者大法官大律师。在意大利如果你跟朋友说去了科尔蒂纳丹佩佐度假，他们会伸出舌头咂咂舌，流露出惊叹的表情。因为那不是一般人的度假胜地，而是 V.I.P. 人物的度假胜地，消费很昂贵。所幸的是，由于近几年金融海啸的巨大影响，这里的消费水平已经向亲民路线靠拢了。价格便宜的 B&B 家庭旅馆和大众饮食餐厅随处可见。时装店、精品店、首饰店、手工艺术品店的价格也趋于大众化。

但是科尔蒂纳丹佩佐的景致是无可挑剔的，这里的窗是"会呼吸的窗"。小镇面对着世界自然遗产多洛米蒂雄伟的山峰，无论在哪个酒店或者旅馆里，打开窗户都可以免费观看美丽的景色：溪流、高山、树木、小镇的钟塔，一览无遗。冬季这里有优良的滑雪场地，连接着12个山谷，是雪山运动爱好者的天堂。1956年的冬季奥运会就是在这里举行的，本来1944年的冬季奥运会也应该是在这里举行，可惜碰上二战而被取消了。百年的滑雪旅游业使得这里的配套设施非常完备，3个滑雪区、66条轨道分布在不同的海拔高度，滑雪区域长达115公里。让人惊奇的是，这里10天中有8天是有阳光普照的，因此科尔蒂纳丹佩佐多次被评为意大利及世界最佳滑雪度假村。

奥黛丽·赫本和海明威曾是这里的常客。据说海明威的妻子哈德利在巴黎的车站丢失了一个装满海明威手稿的箱子，于是同一年海明威在科尔蒂纳丹佩佐花了一段时间重新写作，写出了《季节以外》（*Out of Season*）。

20世纪80年代邦德的007系列电影《最高机密》（*For Your Eyes Only*）、科幻电影《电光飞镖侠》（*Krull*）和著名喜剧《粉红豹》（*The Pink Panther*）以及20世纪90年代的史泰龙超越巅峰代表作电影《绝岭雄风》（*Cliffhanger*）都曾在科尔蒂纳丹佩佐取景，拍摄雄奇的雪山景色。在电影《最高机密》中詹姆斯·邦德驾驶雪上摩托车、滑雪橇等轮番追逐，精彩纷呈。

我们入住的克里斯塔洛温泉高尔夫酒店（Cristallo Hotel Spa&Golf）是一个具有百年历史的酒店，它不但是科尔蒂纳丹佩佐唯一的一个五星级酒店，还是世界领导级的五星酒店（The Leading Hotel of the World）。这家酒店秉承意大利式的热情待客之道，总经理乔治先生亲自出门迎接问好让我们受宠若惊（后来发现他几乎能记住每个住客的名字和职业），门童和前台服务人员时时都露出礼貌友善的笑容。看到我们有两个小姑娘，总经理乔治先生面带笑容领着她们两个进入大堂，大堂里面有一张大桌子，原来大桌子上摆满了各式各样的玻璃罐子，里面全是不同种类和颜色的糖果。总经理让她们随便挑选自己喜欢的糖果，然后从糖果罐里勺出来给她们两个吃。两个小姑娘既兴奋又害羞。大堂里还安放着一个大篮子，里面摆放着新鲜的大红苹果，任由住客拿来吃。

一番寒暄后，我们进入了房间，这是一间套房，一共有两个房间。我们迫不及待地拉开门帘，走出露台，雄伟的多洛米蒂山脉景色一览无遗。酒店送了我们一瓶意大利起泡酒，正合老沙的心意。他放下行李迫不及待地打开，"嘭"的一声，木塞跳跃起来，我们高兴地鼓起掌来，庆祝我们顺利到达目的地。老沙开了几个小时的车，肩膀已经僵硬了。车子在多洛米蒂山谷里盘旋的时候，迪雅和堂妹茱莉亚都呕吐了。但是现在，大家都完全忘却了疲劳。老沙坐在阳台上，一边品尝着起泡酒，一边陶醉在眼前美丽的景色之中。两个孩子跳上她们的公主床，兴奋得不得了。

这家酒店真不愧是世界酒店的领导者，处处体现完美细节。提前冰好起泡酒不说，还送了一大盘水果，附赠以总经理名义署名的英文欢迎卡。一个小盒子拉开，里面竟然是几种可爱的手工饼干，非常好吃。吃水果也配上了银盘、刀叉和柔软的餐巾布。房间里还配有咖啡机，随时随地可以有热腾腾的咖啡喝，这个对于意大利人来说太棒了。送的饮用水不是塑料瓶装的，而是玻璃瓶的 AQUA PANNA 矿泉水，这是意大利最好的矿泉水。瓶子旁边还放着一个像开啤酒的开瓶器。玻璃瓶可以循环使用，这样能够减少塑料对环境的污染。晚上睡前，酒店还送给我们一个可爱小盒子，里面是小糖果，第二天天气预报也一并送上。最让我惊讶的是，这里的房间一天收拾两次，上下午各一次。我们中午用餐回来，房间已经收拾得整整齐齐。晚上用餐回来的时候，下午休息时孩子搞乱的房间又被重新收拾了，可以安安心心地休息，不用在杂乱的东西里游走。收拾房间的阿姨穿着纯白色大花边的围裙，仍旧是 20 世纪的样式，卷着卷发很有好莱坞电影的感觉。

房间里保持了威尼斯风格的暗绿色竖条纹墙纸和窗帘，还有华丽的威尼斯水晶灯。每个房间的油画都是真迹艺术品。铜质的房间钥匙沉甸甸的，让我似乎回到了 20 世纪的五六十年代。这个地区曾经承办过 1956 年的冬季奥运会，所以这个酒店曾经有很多著名的运动员入住过。在大厅可以看到当年冬季奥运会的一幅双人滑冰的黑白照片，男女滑冰运动员在雪山高松背景的溜冰场上腾跃，脸上露出甜美的笑容。仅仅这幅黑白照，就可以让人爱上冰雪世界。

换洗之后，我们准备到酒店的餐厅用晚餐。出来电梯到达大堂，可直通餐厅。因为之前匆匆忙忙上房间，没能好好瞧瞧大堂的细节，这回我们慢慢地踱着步子，细看酒店的摆设。在电梯旁边的一块铜质雕塑同时吸引了我们的注意。这是一块男人身体的局部雕塑，只有身体前面，没有身体后面，从下颌到腰的部分，只有身体的左边大半边，能清晰地看到男人充满力量的胸肌。当我们还在思考着这个雕塑想表达什么的时候，迪雅 6 岁的堂妹茱莉亚突然出声了："这是什么，一小片男人？"看着她可爱的脸蛋，我们立刻呵呵大笑起来。

大堂正对着一个大露台，露台正对着世界自然遗产多洛米蒂的白云山山峰、茵茵草原和可爱的小房屋，如果在冬季，就是白雪皑皑的山峰了，景致非常迷人。虽值盛夏，傍晚的气温还是下降到了十来摄氏度左右。我穿着一袭露背黑纱裙，不禁露台晚风，

　　只好推门进入屋内。走过一走廊餐厅，刚好有一个韩国旅游团在此用餐，似乎是同一家公司的。有一不高的韩国绅士站立致辞，然后两桌人同时举杯干杯，动作轻声优雅。我对他们的礼貌修养也深表敬意。

　　我们走进了酒店的 La Veranda 餐厅，这个餐厅呈半圆形，能 180 度地欣赏窗外的景色。春日可欣赏春暖花开，夏日可欣赏茵茵绿意，秋日可欣赏金黄秋色，冬日可欣赏皑皑白雪。侍应生全部打着黑色蝴蝶领结，对客人对孩子非常和蔼可亲。老沙点的前菜是新鲜普利亚莫扎里拉奶酪配番茄罗勒，鲜艳的红白绿颜色正如意大利国旗的颜色，没想到在意大利北方山区也能吃到南方的特色奶酪。我点了一道新鲜牛肝菌帕尔玛干酪沙拉，配上特级初榨橄榄油和意大利香醋，美味无穷。我最爱吃蘑菇，意大利的牛肝菌更是最爱。难得上山一定要尝尝山上新鲜的牛肝菌，果然没有让我失望。老沙点的主食是米兰烩饭，烩饭是考功夫的意大利料理，烹调需要的时间比较长，一般需要 20 分钟左右。老沙有点等不及了，催促了一位侍应生。这是一位年纪较大的侍应生，他随即微笑着去催促。从他跟传菜员的沟通中听得出，原来他一直用手表在算时间，并未掉以轻心。他送上这道米兰烩饭的时候说："刚好 20 分钟，请享用。"这种训练有素的老牌服务着实让客人有一种尊贵的感觉。饭后甜点是具有奥地利特色的甜品。

饭后我们又来到大堂另一边的酒吧闲坐,老沙点了一杯咖啡,我点了一杯普罗赛柯酒配桃子汁的鸡尾酒,为今天晚上的晚餐画上了句号。侍应生还另外送了巧克力和干果给孩子们。舒适的红色和绿色丝绒沙发非常华丽,让孩子们不禁问道:"这是给公主坐的沙发吗?"

第二天清晨,我们赤着脚本能地走到窗前,拉开窗帘,贪婪地欣赏着多洛米蒂的风光。此时一条白色的云带在山脚缠绕,云朵似乎比我们的海拔还要低,那我们岂不是在过"云上的日子"了吗?美哉美哉。换上衣服来到楼下的自助早餐处用餐,侍应生一边打招呼一边如绅士般为我们拉开座椅。我们就在蓝天白云高山绿树为背景的窗前坐下,休闲地享用早餐。自助早餐的款式非常丰富,新鲜的时令水果、奶酪、火腿肉、香肠,还有各种各样的手工蛋糕和面包、鲜榨的各式果汁和酸奶,而我最爱的是炒鸡蛋和烤蘑菇。

敬业的总经理乔治先生开始了一天的工作,他带着笑容在餐厅里与每一桌客人打招呼问安,问满不满意,高不高兴,天气如何,他似乎有永远说不完的话题,他似乎还有超凡的记忆力能记住所有的客人。

后来总经理乔治先生跟我们开始聊起了这家酒店的历史。这家酒店最早由一位叫作爱米利亚的女士和她的丈夫朱赛佩于1901年建立,距今有110多年的历史了。朱赛佩属于科尔蒂纳丹佩佐一个古老家族的后代。这里招待过不少欧洲贵族和名人,早期的常客包括奥斯塔公爵(Duke d'Aosta)、萨伏伊王朝的马法尔达公主(Mafalda d'Assia)、意大利小说家加布里埃尔·邓南遮(Gabriele d'Annunzio)、比利时的艾伯特国王和他的女儿玛利亚公主及萨伏伊王室、塞尔维亚国王和埃及国王。然而第一次世界大战的战火也破坏了这里,酒店一度成了战地医院,收治受伤的战士和群众。现在的一个会议室大厅就是以前收治伤员的地方。一战后,酒店开始了修复工程,当时的管理层希望重新营造高雅的酒店格调以重新迎接贵宾。但是第二次世界大战爆发,有声望的酒店包括这家酒店都被法西斯的铁权政治控制,用于操办军方的乐团舞会等。

二战后整个欧洲陷入了经济大萧条,可酒店没有倒退,反而提升了服务质量,开设了美发沙龙和滑雪用品商店等与时俱进的配套设施。越来越多客人来到这家酒店入住,而且入住时间更长了。著名的客人有诺贝尔文学奖得索尔·贝娄(Saul Bellow)、俄国作家瓦第米·那波科伏(Vladimir Nabokov)等。1956年的冬季奥运会之后,这家酒店凭借自身的高品质真正成为滑雪酒店的王者。20世纪六七十年代,这里成为名流荟萃的地方,西班牙演员阿方索·冯·霍恩洛厄(Alfonso von Hohenlohe)也曾下榻,他在20世纪70年代以《警长贝瑞》(*Sergeant Berry*)和《重要人物沙科尔》(*V.I.P.-Schaukel*)两部电视剧在欧洲家喻户晓。除此之外,还有希腊船王之子菲利浦·尼阿乔斯(Philip Niarkos),他是凡·高《割耳朵后的自画像》和毕加索自画像《我,毕加索》的继承人。

1959年电影《冬日假期》（*Vacanze d'inverno*）在此酒店拍摄，导演维多利奥·德·西卡（Vittorio De Sica）爱上了这家酒店，并于1974年再次来到这里拍摄自编自演的电影《直到有战争有希望》（*Finché Cè Guerra Cè Speranza*）。1963年著名的喜剧《粉红豹》也在此酒店拍摄。

1962年美国著名男歌手法兰·仙纳杜拉（Frank Sinatra）在此酒店拍摄了电影《列车大逃亡》（*Von Ryan Express*），这次拍摄甚至将整座酒店包了下来。在酒店内有一间以他的名字命名的套房，是因为在拍摄期间他在这间套房住了一个月。一时间感觉这个名字很陌生，但是看了房间里的人物资料介绍后才想起来他是谁。他就是脍炙人口的英文歌曲 My Way 的演唱者，20世纪最重要的流行音乐人物之一，红透半边天，能与他媲美的只有猫王（Elvis Presley）和披头士（The Beatles）这样的乐坛巨匠。他是集歌手、演员、电台、电视节目主持人、唱片公司老板等多重身份的娱乐界巨头，他一生获得9座格莱美奖杯和3座奥斯卡奖杯。2002年上映的由乔治·克鲁尼、布拉德·皮特等多位大牌合演的《瞒天过海》（*Ocean's Eleven*），正是他主演的1960年的旧片重拍。仙纳杜拉祖籍意大利，父亲是西西里人，母亲是美国人，所以他也算是半个意大利人。酒店为了纪念这位璀璨的巨星，以他的名字命名了套房。

经过总经理的同意，我们参观了这间套房。这是有一厅两房两个洗手间的大套房，房间内还保持着当年的摆设，客厅柔软的沙发面对着几个可以打开门的露台，外面是迷人的多洛米蒂高山景色。衣帽间大得吓人，两个小姑娘可以在里面玩耍。拉开一个不显眼的柜子，里面竟然是摆放整齐的水晶红酒杯和葡萄酒。木质墙壁配暗绿小花和白色竖纹的墙纸，金色豪华的木框镶着多洛米蒂的高山景色油画，配上璀璨的威尼斯水晶灯，整个房间既高雅又低调。坐在巨星住过的房间里，看见窗外宁静的景色，我不禁感叹，越是欢闹繁华的人生越向往这种让灵魂安静的地方，怪不得贵族和明星们都在冬季迫不及待地来这里度假。

　　走出酒店，我们一路向小镇中心进发。路上可以看到不少人背着背包往不同的路线徒步走去。家庭旅馆门前鲜艳的鲜花让我忍不住拼命按下快门，玫红、粉红、酱紫、素白的花瓣着实让人心情开朗。其实路边也有许多漂亮的小野花，老沙教导两个小姑娘不能随便乱摘路边的野花，因为有些野花可能是这个地区的特殊品种，必须得到保护。后来在小镇上的一家书店看到很多关于多洛米蒂的植物书籍，这里的植物物种异常丰富，人们可以带上书籍去认识大自然。

　　小镇上的精品商店和手工品商店让我们驻足不愿离去。充满山区风情的家饰、生活用品、圣诞摆设、布偶玩具都令人感受到山区生活的美好温馨。最后我们挑选了有多洛米蒂山峰的水晶球和耶稣圣婴诞生的玻璃圣诞树挂饰作为纪念品带回家。

圣玛利亚马焦雷 / 雪山美景

培宾诺是公公婆婆的好朋友,这一次我们全家应邀来到培宾诺在圣玛利亚马焦雷(Santa Marla Maggiore)小镇的度假屋玩。这个小镇就位于阿尔卑斯山的山脚下,打开度假屋的门,不禁惊叫起来——一大片草地盛开着野花,正对着远处便是白雪皑皑的雪山,美景尽收眼底。空气清新不用说,那种心旷神怡啊,好久没体验过了。

面对这一大片的野草地,仿佛置身 *Heidi* 那部欧洲家喻户晓的动画片里面,草地上开遍了野花,孩子们开心地呼喊、奔跑、撒野、翻滚、躺在野草地上仰望天空。迪雅采来了一束美丽的野花,是带给我——亲爱妈妈的礼物。

当人接近大自然的时候，是最回归自我的时候。全身心的放松，心跳也与大自然联合起来。大自然有一种妙不可言的疗愈功效，宽广、平静、豁达的能量能使人从抑郁和狭隘中开朗起来。意大利北部与阿尔卑斯山脉一路连接，并与法国、瑞士、德国、奥地利接壤，许多小镇坐落在阿尔卑斯山的山谷里面，景色得天独厚，冬天可滑雪，夏日可避暑。所以不少人会在山里面置一度假屋。

培宾诺的太太，一位慈祥的意大利奶奶亲手为我们准备了美味的高山美食。玉米面是意大利高山地区典型的一款美食料理。玉米被碾碎煮成糊状，可以配牛奶加糖甜吃，也可以加入熬炖的肉汤拌着吃。高山上的野味，比如兔子肉、鹿肉、羊肉等，跟山区产的蘑菇一起乱炖，炖出来的汤汁和肉和着玉米面一起吃，更是味鲜无比。我们吃了一盘又一盘。除了玉米面，还有类似于比萨的佛卡恰、戈冈佐拉奶酪、火腿大拼盘、意式腌菜等，吃得我们的肚皮快撑不下了。饭后，大家在后院里坐着晒太阳，喝着餐后酒慢聊。

因为是来做客，我的婆婆带来了一大盘意式小甜点作为礼物。各式各样的小点心着实让人流口水。饭后来一杯意式浓缩咖啡是不少意大利人的生活习惯，伴随着咖啡的香气，我们在后院又享用起了小甜点。

小迪雅拿着她的小甜点在院子的栅栏跳上跳下，老沙坐在她旁边守护着她。背景是白雪皑皑的阿尔卑斯山和野花盛开的绿草地，望着这两个生命中最重要的人，我幸福满满，只有感恩。

享用完咖啡和甜点，我们和朋友带着孩子们一起到处闲逛。因为气候的原因，意大利北部盛产苹果，所以经过一些人家的庭院，红苹果缀满枝头并探出头来。午后的阳光洒满小镇，远处墨绿色的山脉成为小镇的背景，美丽的房子和教堂静谧无声。

无意之中我们走进了一个"木雕之家"，庭院里有一个旧木浴盆和一个旧的木推车，培上土种起了鲜艳的花朵。"木雕之家"里面什么都是用木做成的，除了相框外，还有木枪、木玩具车、木盘子、木杯子、木雕刻的葡萄串等木做的各式各样的玩具和家居用品。还有一样纪念品很漂亮，就是用高山上的花朵拼贴而成的时钟。夏日里灿烂的山花被巧手工匠凝固在这画框里，成为永恒了。生活，到处都是艺术。

阿尔卑斯山山脚下的小镇配套设施很完善,非常适合一家人在此度假。在这里,老人们坐在高大的松树下晒着太阳呼吸新鲜空气。路上有骑自行车的年轻人,有踩着滑轮的少年。路旁有适合孩子们玩耍的康乐设施。不远处有游泳池、网球场、迷你高尔夫球场和儿童游乐园,还有一个小马养殖场,孩子们可以亲手给小马们喂草。一边欣赏着大自然的美景,一边享受着这些康乐设施,幸福指数立刻飙高。

Chapter
04

古城

◎佛罗伦萨／意大利人的骄傲 ◎乡村旅舍／文艺复兴式的优雅
◎比萨／斜塔与美食 ◎卢卡／弥漫歌剧的馨香
◎圣吉米尼亚诺／教堂前舔冰激凌 ◎锡耶纳／赭石颜色的城市
◎蒙特普尔恰诺／暮光之城与美酒之乡 ◎皮恩扎／教皇的理想之城
◎沃尔泰拉／安德烈·波切尼音乐会

佛罗伦萨 / 意大利人的骄傲

2013年的暑假,期待已久的托斯卡纳之旅终于从佛罗伦萨开始了。

阿诺河在佛罗伦萨的城中缓缓地流淌,历史的长河也在这座花城中演绎着无数动人故事。徐志摩冠名此地为翡冷翠,确实精妙,不但音谐,更是意深。百花圣母大教堂圣洁的白色、粉色和绿色的大理石,构造出一座如同翡翠的教堂,在世俗中拔地而起。布鲁内莱斯基没有用一个脚架,就建起了偌大的教堂穹顶,不但是建筑奇迹,更是神迹。穹顶的巨型绘画《末日审判》诉说着不朽的主题:生命的由来与归路,人性的堕落与救赎。

　　圣乔瓦尼洗礼堂的"天堂之门"一年只开放一次，雕塑大师米开朗琪罗惊叹于这座浮雕大门。吉尔伯提花了整整27年——一生最美好的年华，倾注在这两扇大门中。这是完全值得的，教堂里的唱诗班用歌声敬拜赞美上帝，吉尔伯提用自己的双手，用自己雕刻的天赋在荣耀赞美上帝。多幅作品题材极其丰富，包括亚当和夏娃的被造及堕落，人类史上第一宗凶杀案——该隐和亚伯，诺亚方舟拯救物种、亚伯拉罕顺服上帝、雅各与神较劲得名以色列、以扫和雅各的兄弟名分、约瑟被兄出卖埃及被神祝福成为宰相、摩西带领以色列人出埃及走红海、约书亚夺回迦南美地、大卫入耶路撒冷做王，所罗门成为世上最有智慧和财富的王，他们都是耶稣基督在地上的祖先。《旧约·圣经》记载的最重要的人类历史在吉尔伯提的手中重现。在另一扇门上，吉尔伯提延续历史：上帝派他的爱子直接进入人类历史——耶稣基督的诞生、传道、被钉、复活以及十二门徒的事迹。

达·芬奇的老师乔托，现代绘画之父，不仅仅是伟大的画家，也是一位成功的建筑师。百花圣母大教堂旁边的乔托钟楼于1334年就开始设计建造，四边形的柱状塔楼没有单调感，淡红、浓绿和奶油白呈现出柔和的艺术色彩，使整个钟楼给人以舒服的视觉感受又不失高大雄伟，给人以心灵震撼。爬上楼顶不是一件很轻松的事，不断地在狭窄的楼梯上拐弯，从粗糙的窗户可以望见教堂雄伟的穹顶外观，然而一登上顶端便会豁然开朗，可以俯瞰整个佛罗伦萨城了。从中世纪以来佛罗伦萨的城市格局基本上没有过大的变化，到现在依然是金黄色的屋顶，灰色或白色的墙面和狭窄的街道，还有此起彼伏的教堂钟声。

齿锯形塔楼是旧宫的标志，美第奇（Medici）家族于13—17世纪在这里一直统治着佛罗伦萨。旧宫过去是佛罗伦萨共和国的议政厅，入口上方装饰着城市徽章佛罗伦萨的狮子像（Marzocco）。旧宫的建筑具有中世纪风格，巍峨秀丽，全部由方形石头建成。建筑分为三层，第二层的五百人议事厅（Salone dei Cinquecento）曾经是佛罗伦萨共和国的会议厅，当时市民有500人，所以有500个座位。大厅两侧是500年前米开朗琪罗创造的巨幅名作《胜利》，栩栩如生地再现浩大战争场面，十分震撼。大厅的天花板上绘满了精美的油画，令人目不暇接。旧宫门前的大卫复制品比旁边美术馆里的真品更受膜拜，这个被称为史上最美的"美男子"每天接受来自世界各地游客的注目礼。旧宫入口的上方用拉丁文写着"耶稣基督，万王之王，万主之主"。传说耶稣基督降生在大卫的族谱中，是大卫的后裔，大卫是耶稣基督在地上的祖先。

  旧宫旁的乌菲兹美术馆（Galleria degli uffizi）是一个令人眼花缭乱的宝库。乌菲兹美术馆是世界上著名的绘画艺术博物馆之一。意大利语"乌菲兹"（Uffizi）是办公室的意思，此地曾作过美第奇家族的政务厅，因此名为乌菲兹美术馆。美术馆以收藏欧洲文艺复兴时期和其他各画派代表人物如达·芬奇、米开朗琪罗、拉斐尔、丁托列托、伦勃朗、鲁本斯、凡·代克等作品而驰名，并藏有古希腊、罗马的雕塑作品。对于艺术爱好者来说，乌菲兹美术馆无疑是佛罗伦萨这座"鲜花之城"中最为瑰丽的奇葩。

  因为有了美第奇家族对艺术工作者的保护和赞助，佛罗伦萨的艺术地位迅速崛起。当时聚在佛罗伦萨的名人众多，如达·芬奇、但丁、伽利略、拉斐尔、米开朗琪罗、多纳泰罗、乔托、莫迪利阿尼、提香、薄伽丘、彼特拉克、瓦萨里、马基亚维利等，而正是有了众多卓越的艺术家们创造了大量的闪耀着文艺复兴时代光芒的建筑、雕塑和绘画作品，佛罗伦萨才成了文艺复兴的重中之重，成为了欧洲艺术文化和思想的中心。

乌菲兹宫旁边就是著名的佛罗伦萨之桥——老桥（Pont Vecchio）。老桥架在阿诺河上，静静地度过了700多个春秋，历经了被拆和重建，散发出更深厚的历史韵味。当初散发臭味的肉店早已消失在历史的长河中，取而代之的是闪闪发光的黄金首饰店铺。桥的上面一层是意大利建筑师巴扎利设计的，曾经是连接乌菲兹宫与皮蒂宫的通道。因为美第奇大公不愿意与百姓走同样的路，就修建了著名的瓦萨里走廊（Corridoio Vasariano），以连通自己的办公地点乌菲兹宫和住宿地点皮蒂宫。

这座古桥之所以出名并不全在于它古老而传奇的历史，更重要的原因是这里曾经演绎过另一个版本的《廊桥遗梦》，而它的主人公正是被世人仰慕的伟大诗人、"文艺复兴前三杰"之一的但丁。著名画家亨利·豪里达在他的油画《但丁与贝阿特丽切邂逅》中描绘了但丁与贝阿特丽切在老桥上相遇并一见钟情的情景：一个春光明媚的上午，阳光洒在阿诺河上，波光闪闪，把河上的廊桥和桥畔的行人映衬得更加光彩夺目。一位高贵而美丽的8岁少女在侍女的陪伴下向老桥走来。此时，但丁正从廊桥的另一头迎着8岁少女走上廊桥，两人在桥上不期而遇。但丁凝视着8岁少女，既惊喜又怅然；而8岁少女却手持鲜花，双目直视前方，径直从但丁身边走过，仿佛没有看见但丁，但她的眼里放射出的异样的光芒和脸上泛起的潮红却透露出少女情动的信息。画中手持鲜花的少女就是诗人但丁的梦中情人贝阿特丽切。因为这位少女，大师心潮澎湃，不但创作了不少不朽的诗句，还写出了惊天地泣鬼神的《神曲》，拉开了文艺复兴的序曲。恩格斯说："封建的中世纪的终结和现代资本主义纪元的开端，是以一位大人物为标志的，这位人物就是意大利人但丁，他是中世纪的最后一位诗人，同时又是新时代的最初一位诗人。"

聪明的美第奇家族深深了解市民的嫉恨比什么都可怕，便在佛罗伦萨城内建造了一间貌似朴素的宅邸——美第奇·里卡迪宫（Palazzo Medici Riccardi）。粗看这个建筑很朴素，但它为后来意大利式宫殿大理石外墙的设计开了先河。三维立体图用在这里，显示理性、秩序的文艺复兴精神。三段划分强调水平方向，将建筑分为按高度逐渐递减的数层，使得当眼睛从极其沉重的檐口向上看时，建筑显得较为轻盈，并且明确规定了建筑物的轮廓。整个建筑分三层，自下而上变换着大理石的砌筑工艺。现在内部被开辟为收费的小型博物馆和展览室，展示出美第奇家族的历史和曾经的荣耀。现在这里也经常可以看见中国艺术家举办的展览了。

　　无论是坐在米开朗琪罗广场欣赏日落，俯瞰佛罗伦萨的醉人风光，还是傍晚漫步阿诺河边，静待两岸灯光渐渐亮起，买一瓶啤酒坐在阿诺河的堤坝上，一边欣赏着美景，一边发呆，都是最美的意式享受。十年前的 TVB 港剧《冲上云霄》使不少人彻底爱上了意大利，演技派男神吴镇宇和灵秀聪慧的陈慧珊扮演的男女主角就是在米开朗琪罗广场这里相拥而吻的。飞机师阿 Sam 和空姐 Belle 的美丽邂逅使佛罗伦萨更添浪漫色彩。

乡村旅舍／文艺复兴式的优雅

有一本日本女子写的书,叫作《佛罗伦萨的乡间生活》,讲述的是一位日本女子带着孩子移居文艺复兴之都——佛罗伦萨之后的乡间生活。此书在日本出人意料的大卖,连日本的皇太子妃小和田雅子也非常追捧。在佛罗伦萨乡间生活成为无数日本女性的向往。在佛罗伦萨,如果是自驾游的话,附近的家庭旅馆和农舍确实更能体验乡间生活。

离佛罗伦萨5公里远的一家乡间农舍酒店——拉法多丽莎旅舍(La Fattoressa),位于 Galluzzo 小镇上,去佛罗伦萨有公共巴士到达,仅10分钟车程,非常方便。选择这样的住宿第一是因为更能体验佛罗伦萨休闲的乡间生活;第二是因为市中心的酒店价格不菲,特别是带泳池的酒店,而这个农舍是带泳池的,夏日炎炎,大人孩子都需要享受泳池之乐;第三是因为在佛罗伦萨市中心的酒店,停车是需要收费的,有的高达25欧元一天,住上几天此笔花费也真不少;第四是如果对佛罗伦萨里面的交通路线不熟,碰上游人多,开车花费的时间更多,很有可能因走错路线方向等情形而遭罚款;第五是因为佛罗伦萨是一个非常适合步行游览的城市,从农舍的小镇上乘坐不到10分钟的公共巴士即可到达佛罗伦萨的老桥附近。

很庆幸自己选择了居住在佛罗伦萨乡间的农舍，既能品味地道农家美食，又可以感受到文艺复兴式的审美情趣，清澈的泳池更增添了夏日的清凉。深厚的文化底蕴以及地道的农家美食，构筑精神和味蕾的双重享受。

　　这里让我欣赏的是西葫芦瓜、番茄、土豆、桃子、苹果、李子和梨子等蔬菜瓜果，都是自家的菜园和果园出品，以本土原料烹制传统的意大利餐，原汁原味。我们一入住，店家便拿出了自家酿造的葡萄酒，让我们品尝。晚餐由一位老奶奶主勺，我们不用到处寻觅，便品尝到了"妈妈的味道"。最让孩子们开心的是游泳池，非常干净清澈。花园里还有滑梯和秋千等儿童设施，真的非常适合有孩子的家庭前来度假。

　　农舍的餐厅是我很喜欢参观的地方。餐厅的装潢既有托斯卡纳地区的农家风味，又带有文艺复兴式的优雅韵味。文艺复兴时代贵妇人的画像、狮子雕塑摆设、满墙的油画都给餐厅带来了艺术之风，几乎能以假乱真的母鸡下蛋摆设又充满了乡村乐趣。这个餐厅还有一个特色就是只有一张大餐桌，所有住客都是在这张餐桌上用餐。晚餐时分，来自世界各国的住客们可以一边品尝托斯卡纳的农家菜，一边互相认识聊天。英语、法语、德语、意大利语还有身体语言在餐桌上轮番播放，虽然是不同的语言，但是人与人之间的距离似乎更近了，实乃人生一大乐事。

比萨 / 斜塔与美食

小学课本中伽利略自由落体实验的故事让所有中国人都知道意大利有个比萨斜塔。比萨斜塔和罗马斗兽场一样，可以成为意大利的形象代表。能够来比萨亲眼见证斜塔还是蛮让人兴奋的，似乎是圆了小时候的一个梦，如果还能够告诉当年教小学语文的老师，那是更自豪的事情了啊。

比萨其实是一个很小的城市，属于托斯卡纳大区，从托斯卡纳首府佛罗伦萨坐火车过来只需 1 小时。比萨斜塔坐落于古城内部，古城有古城墙围绕。自驾车来的，停车都在古城的外边。走进老城门后不到 10 分钟，就已经能看见耸立的斜塔了。

　　让人感到不可思议的是,举世闻名的比萨斜塔景区竟然没有被围蔽起来收费。走到街道的尽头,没有围墙,没有牌坊,没有门口,就是一个偌大的开放式广场。这个广场叫作奇迹广场,任何人都可以免费进入,与斜塔尽情合影。广场上有四座建筑物:斜塔、大教堂、洗礼堂和纪念公墓。这四座建筑物连同奇迹广场于1987年被联合国教科文组织列为世界文化遗产。

　　比萨斜塔建于1173年，距今已经有800多年，然而白色的大理石建筑仍然如簇新的建筑物，不见任何腐朽瑕疵。塔的北侧高55.22米，南侧高54.52米，相差70厘米，至今仍在不断地倾斜中。通往塔顶的台阶共有293级，没有扶手，在塔顶可以将全城的风景一览无遗。斜塔耸立在绿色的草坪之上，周围的风景宜人，就算不登塔，光是从外部欣赏也令人觉得不虚此行。8岁以上的孩子才能登塔，可惜我们的女儿还没够8岁，所以并未能登塔，等孩子长大了我们再来圆登塔之梦。

　　比萨因为伽利略做自由落体实验的斜塔而闻名于世，人们越来越关心倾斜的塔会不会有倒塌的一天，因此去比萨与斜塔合影的人也越来越多。比萨人不断研究如何巩固斜塔的方案，可惜已经实施过的方案效果都不理想。很多人不知道的是，比萨曾经是地中海强大的航海国家，比萨大学的科学与数学科目位居意大利全国第一。

　　斜塔旁边的大教堂雄伟肃穆，是比萨艺术的代表作。比萨曾是著名的海上国家，所以与东方的交流比较多，教堂处处都可以见到东方文化的痕迹。值得一去的是布道坛，是由乔万尼·皮萨诺建造，它由6根柱子和5根支柱支撑，支柱上有精致的雕刻装饰，中央有表现信仰（Fede）、希望（Speranza）和慈爱（Benevolenza）的雕刻。画面极具戏剧性，表现人体时所用的哥特式手法也十分精彩。布道坛旁边天花板上的青铜吊灯是一盏十分不平凡的灯，据说当年伽利略就是从这盏灯的摇摆中悟出了"钟摆的等时性"原理的。

　　大教堂对面的圣洗礼堂建于12世纪中叶到15世纪，进门就可以看见一个浴缸一样大小的洗礼盆，是用来将身体浸水接受洗礼的。圣洗礼堂最精彩的地方是讲教坛，由尼古拉·皮萨诺建造。这里的音响效果好得令人惊奇，不时会有工作人员出来颂唱诗歌，让游客体会洗礼堂内圣洁、空灵的音效。

　　奇迹广场上有一座天使喷泉，炎炎夏日孩子们都会去喷泉那里洗手洗脸，享受清凉。喷泉旁边的一条路就是美食街，比萨店、冰激凌店、饭馆餐厅、纪念品商店、艺术品商店都集中在这条路上。在这里还可以租赁家庭自行车，轻松游走比萨城。路上有一家木制品店，里面很多艺术品都是用木制成的，巧夺天工。在这里，布偶匹诺曹跟孩子们打招呼，说谎鼻子会变长的匹诺曹的家乡距离比萨不是很远了。

看完比萨斜塔，不妨来到旁边的这条小街品尝一下意大利美食。如果你来到意大利的餐馆实在不知道点什么吃好，头盘不妨来一份火腿肉配蜜瓜拼盘；主食来一份海鲜意粉；喜欢吃蔬菜的可以点一盘烤蔬菜，那就绝对没错了。在冰激凌店里长时间纠结不知道选什么口味时，点上一个PANNA口味也绝不会让你失望，滑滑的新鲜奶油味只有在意大利才能吃到。

来到托斯卡纳不要住酒店，住在乡间别墅或者家庭式B&B（Bed and breakfast）最有风味。托斯卡纳有许多乡间度假别墅，很多是家族经营，历史悠久，风格独特。很多意大利和其他欧美家庭来到托斯卡纳，都喜欢一家子小住几天，选择带有简易厨房的房间，有时候自己采购材料烹饪，在庭院全家人品尝自制美食和挑选回来的意大利美酒，实在是人生美事。七八月份托斯卡纳的午后温度也颇高，所以游泳池是必不可少的。很多别墅都配有游泳池，游泳池边也许是橄榄树，也许是无花果树，也许是葡萄园，实在惬意。

卢卡／弥漫歌剧的馨香

《图兰朵》是一出十分迷人的歌剧。元朝时的一个公主叫图兰朵（蒙古语 dulaan 意思为"温暖"），她下令如果有男人可以猜出她的三个谜语，她就会嫁给他；如猜错，便处死。三年下来，已经有多个没运气的人丧生。流亡的鞑靼王子卡拉夫与父亲帖木儿和侍女柳儿在北京城重逢后，看到了猜谜失败遭处决的波斯王子和亲自监斩的图兰朵。卡拉夫王子被图兰朵公主的美貌吸引，不顾父亲、柳儿和三位大臣的反对来应婚。

公主图兰朵问道："是什么在每天白昼死去，却在夜晚重新诞生？"卡拉夫几乎不假思索就回答道："是希望！是我对图兰朵公主的希望！"图兰朵公主有些恼怒，她走近卡拉夫，逼视着他提出第二个问题："是什么有如火焰般燃烧，但当你死去，它就变得冰冷？"卡拉夫抬起眼睛，直视公主道："是热血！它将温暖你那冷酷的心！"第三个问题是："让你燃起烈火的冰块是什么？"卡拉夫王子大声地回答道："这最后的谜语我已猜出，答案就是你——图兰朵公主！"

卡拉夫答对了所有问题，但图兰朵拒绝认输，向父皇耍赖，不愿嫁给卡拉夫王子。于是王子自己出了一道谜题，让公主猜自己的姓和名，公主若在天亮前得知他的名字，卡拉夫不但不娶公主，还愿意被处死。公主捉到了王子的父亲帖木儿和侍女柳儿，并且严刑逼供。柳儿自尽以示保守秘密。卡拉夫指责图兰朵十分无情。天亮时，公主尚未知道王子之名，但王子的强吻融化了她冰一般冷漠的心，而王子也把真名告诉了公主。公主并没公布王子的真名，反而公告天下下嫁王子，王子的名字叫"爱（Amora）"——蒙古语为恋人或者太平的意思。

这就是歌剧《图兰朵》所描述的故事,由意大利歌剧之王普契尼所做,公演以来在全球都获得巨大的成功。张艺谋在鸟巢特别策划了一场规模宏大的《图兰朵》,里面的插曲《今夜无人入睡》成为现代歌剧中最著名的唱段,更加难得的是,普契尼从没去过中国,但是歌剧里还添加了《茉莉花》的中国小调,使得《茉莉花》成为欧洲人最为熟悉的中国歌曲。卢卡小城就是普契尼的故乡,这里到处弥漫歌剧的馨香。

比萨一个早上就能逛完，很多中国人不知道的是，距离比萨不到 20 公里的卢卡小城却是一个比比萨更耐逛、更美的小城，也是欧洲许多文艺小清新必到的艺术之城。如果时尚购物之都让你感觉高高在上、不接地气，卢卡小城则是一个万般柔情、充满生活气息的休闲逛街购物之城。就算不买东西，随便逛逛也充满诗意。小城里的橱窗最耐看，托斯卡纳的阳光和艺术氛围渗透在每一处，精品店、手工香皂店、艺术品店、皮革店、生活用品店，全都是接地气的百姓用品店，价格亲民，非常适合慢慢淘东西。

卢卡坐落在赛丘（Serchio）河岸的平原上，第勒尼安海就在小城不远处。它是比萨旁边一座平原小城，这里曾经是拿破仑姐姐——被称为伊特鲁里亚女王的爱莉萨·波拿巴（Maria Anna Elisa Bonaparte Bacciochio）的领地，也是目前保存比较完整的古城之一。卢卡位于比萨和佛罗伦萨之间，所以很多当地人都在比萨或者佛罗伦萨上班或者上学。游览卢卡的游客没有比萨多，所以显得十分安静。这里充满了音乐的气息，每逢周末都会有很多艺人在街头演奏，政府也会时常举行各种露天音乐会。这里不仅是著名剧作家普契尼的故乡，也是意大利最著名的盲人歌唱家安德烈·波切利的故乡，波切利曾是卢卡一所音乐学校的校长。

在卢卡的城墙上骑行是很地道的一种体验，假日里很多情侣或家庭租赁自行车骑行游览小城。卢卡的格局基本保留了古罗马人留下的方格网状，外面是高高的城墙，城墙包围之内是古老的城市。最负盛名的就是它的环城城墙，并因此和中国南京结成了城墙友好城市。城墙是意大利重要的抵御火炮的要塞体系，也是这座城市最富有魅力的古迹，沿着城墙步行或是骑车，一边是城外的森林和草原，一边是古老城市的瓦顶和教堂，吹来的风，满是古老的味道。

清晨，老太太坐在城墙上与骑自行车经过的老朋友唠家常，这是在卢卡最平常不过的景象。至今为止，世界上还有几个城市保存有城墙呢？还有几个城市能在城墙上晒太阳呢？中世纪古城卢卡却完全保留了这种独特的景象。卢卡的城墙始建于16世纪，全长大约4.5公里，共设置了12处幕墙、11处棱堡和4个城门。这里也是游客认识卢卡的第一站，因为出了火车站不远处就可以看到城墙。和中国的城墙不大一样，这里的外侧没有护城河。从外伸的棱堡可以爬上城墙，想要步行环绕完城墙大约要1小时，在中途也有很多出口可以下到城内。高大的城墙把老城环绕，最宽的地方甚至可以容得下一辆汽车行驶。

谁说世界上只有一幅《最后的晚餐》？在意大利除了达·芬奇，很多画家都画过《最后的晚餐》。圣马丁大教堂（Cattedrale di San Martino）里就收藏了大师丁托列托创作的《最后的晚餐》。丁托列托所描绘的《最后的晚餐》与达·芬奇所描绘的是完全不同的布局，采用的是从上而下的竖结构，而不是达·芬奇的从左到右的横结构。耶稣的光环之外包围的是来自阴间的黑暗势力，灯火都熄灭掉了，寓意耶稣的死亡，再外一层包围着的是来自天国的天使，寓意耶稣复活并回到天上。十二门徒的表情和动作也非常生动，出卖者犹大的形象尤为突出——在饭桌上按着钱袋。整幅画的光线从内而外、从光到暗非常分明，也是一幅大师级作品。

 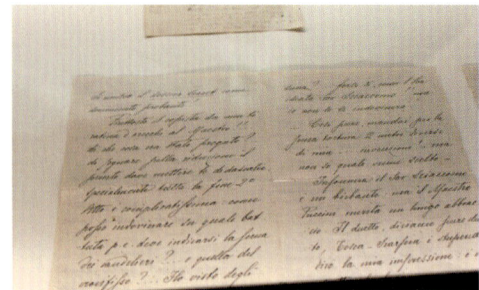

　　圣米歇尔教堂（Chiesa di Sam Michele in Foro）是卢卡最大的教堂，圣米歇尔指的是《圣经》里的天使长。这座教堂始建于公元8世纪，并于11世纪和19世纪两次修复，各个柱子上增加了很多精美的雕塑，最有名的就是顶部中央高达4米的圣米歇尔雕像。雕像是用铜制成的，夕阳西照时雕像会反射出耀眼的金黄色光。在教堂的旁边是著名的露天市场，每逢周末是二手品的跳蚤市场，小到针头线脑，大到古董家具应有尽有。而在圣诞节前夕则是大型的年货市场，从糖果气球到圣诞树、圣诞老人、玩偶，种类丰富。在市场旁边还有一个露天的凉棚，这里经常会举办一些露天的音乐会。

　　普契尼之家博物馆（Museo Casa Natale Giacomo Puccini）位于圣米歇尔教堂正对面的小巷中，是歌剧之王的故居。室内陈设简单朴素，仍保持着多年前他离开时的样子，钢琴旁的桌子上摆着普契尼用过的眼镜和笔。博物馆恢复了普契尼曾经生活的场景，并藏有他许多珍贵的创作手稿，还收藏着歌剧《图兰朵》里公主穿着的具有东方韵味的华服。普契尼出生在卢卡的一个音乐世家，并有很长时间生活在这里。他曾是卢卡大教堂唱诗班的一名风琴演奏家和教师，后去米兰继续学习音乐，并创作了大量世人熟知的歌剧：《图兰朵》《蝴蝶夫人》《托斯卡》《波西米亚人》等。

普契尼（1858—1924），意大利歌剧作曲家。他有一个很长的意大利名字 Giacomo Antonio Domenico Michele Secondo María Puccini，是19世纪末至欧战前真实主义歌剧流派的代表人物之一，共有作品12部。他在《图兰朵》中运用了中国民歌《茉莉花》的曲调，非常的了不起。在他那个年代，文化的交流受到地理位置的限制，但他仍能吸收东方的文化加以发扬，这也使得《茉莉花》成为西方世界最熟悉的中国曲调。可惜在写到《图兰朵》的第三幕时，普契尼因病逝世，剩下的部分由他的学生根据他的草稿完成。1926年4月，《图兰朵》在著名的米兰斯卡拉歌剧院首演，获得巨大成功。指挥大师托斯卡尼尼在第三幕临近结尾时放下指挥棒，转向观众低声宣布："大师的作品在这里结束。"帕瓦罗蒂演唱的《图兰朵》选段——《今夜无人入睡》（Nessun dorma）成为最经典不朽的篇章，也成为世界上最流行的歌剧选段。

在普契尼故居对面有一间普契尼餐厅，因为餐厅的主人曾经是普契尼的好友，所以这家餐厅还珍藏着许多普契尼生前生活起居的黑白照片。所以这里既是餐馆，又是纪念馆。餐厅的布置也以普契尼的歌剧为主要元素。墙面上悬挂着《图兰朵》和《蝴蝶夫人》的歌剧海报，陈列着一些歌剧类的书籍，氛围相当幽雅。提供的菜式是当地的托斯卡纳菜式，烤大虾、鹰嘴豆和海鱼都是十分地道的美食。

圣吉米尼亚诺 / 教堂前舔冰激凌

7月是最适合游托斯卡纳的季节,最好的方式就是自驾游。这个时候托斯卡纳到处都开满了金黄色的向日葵,是一年中最漂亮的时候。圣吉米尼亚诺(San Gimignano)—锡耶纳(Siena)—蒙特普尔恰诺(Montepulciano)—皮恩扎(Pienza)— 蒙特阿米阿塔(Monte Amiata)这条路线能把托斯卡纳的精华——中世纪古城、小镇、田园风光、酒庄、农庄尽收眼底。

距离佛罗伦萨56公里的中世纪塔城圣吉米尼亚诺历史中心于1990年被列为世界文化遗产,它被誉为"中世纪曼哈顿"的塔城。圣吉米尼亚诺自公元前3世纪起便是一个伊特鲁里亚城镇(Etruscan,意大利中部古文明之一),它真正的历史记录始于公元10世纪。这里是中世纪罗马朝圣者之路弗朗西斯科大道上建立的中途停留点和物资补充站,朝圣的人们在这里补给食物和必需品,历史上主要起防卫的作用。当时控制这个城市的贵族家庭在这里建造了72座塔楼,高约50米,以此表明权力和富有,现在只有14座塔楼残存了下来。圣吉米尼亚诺仍然保留了它的托斯卡纳封建城市的基调和随时准备战争的军事外貌,同时也保留了14—15世纪意大利的艺术杰作。

据说圣吉米尼亚诺之名源于摩迪那（Modena）的同名主教，传说他抵制了匈人阿提拉的入侵。圣吉米尼亚诺在1199年脱离了沃特拉主教（Volterra）的统治，独立成为城邦，但它与沃特拉之间的争斗持续不断，而城中两大家族之间也明争暗斗了两个世纪。多数的塔楼便是在这个时期建成的，这些塔楼和城堡是权力与安全的象征，最高的一栋达到51米。1348年黑死病夺去了多数居民的生命，削弱了贵族的权势，使圣吉米尼亚诺在1353年屈服于佛罗伦萨的统治。直到19世纪，圣吉米尼亚诺作为旅游与艺术胜地逐渐受到承认，并被收录成为世界文化遗产。

驱车向北或向西驶入圣吉米尼亚诺地界时，眼前呈现的是一座被古老城墙包围的山城与城中那些高矮相错的塔楼，这时你就会明白圣吉米尼亚诺那"中世纪曼哈顿"的美名的确十分贴切。数百年过去了，鼎盛时期的72座塔楼到现在只剩下14座，而可供游人登顶的也只有"大塔"（Torre Grossa）了。这一带土地肥沃，古城外多产的田园以及绿意苍苍连绵不断的小山脉，为圣吉米尼亚诺增添了重重生机和难以言喻的魅力。

圣吉米尼亚诺的外墙有几处凹陷和凸出，居民为8000人，防御的城墙长2.17公里，外面是蒙特马焦雷广场（Piazza Monte Maggio）。进入城门（Porta Sangimignao），一条主干道（Via Sangiovanni）蜿蜒穿过圣吉米尼亚诺，并且辅之以狭窄的街道网。主干道沿街两侧都是当地的特产商店和工艺品商店，还有酒窖的门市，是充满艺术气息的购物街。不妨花些时间流连在陶瓷店、画廊、葡萄酒特产店里，总有让人意外收获的惊喜。陶瓷店实在是让人欢喜让人忧，让人欢喜的是各式陶瓷用品绚丽多姿，让人爱不释手，让人忧的是喜欢的太多，实在不知如何下手，真让人恨不得把几个漂亮的大盘子大罐子都搬回家。

沿购物街前行大约500米就到了水井广场（Piazza della Cisterna）和主教堂广场（Piazza del Duomo）。水井广场的历史可追溯到14—15世纪，在这里可看到圣吉米尼亚诺在有限的空间环境中积聚了城市生活所需要的所有建筑物：广场和街道、房屋和宫殿、水井和喷泉，这些都是中世纪文明的独特见证。广场周围有大教堂和不同的宫殿遗迹，以及14座遗留塔楼中的4座。三角形的广场边缘以石块铺砌而成，并且中央有一口13世纪开凿的水井，广场的名字因此而来。如今水井已经干涸，为了保证游客安全，里面上了铁网，但有不少游人投入钱币于其中。广场周边遍布着咖啡店、纪念品商店和餐馆，夏天最热闹的就是冰激凌店。

Gelateria Dondoli冰激凌店是圣吉米尼亚诺的冰激凌冠军得主，曾获得2006—2009年的世界冠军。很多人来到圣吉米尼亚诺，就是为了寻找这家冰激凌冠军店。你只要看见排队的人群在哪儿，就知道冰激凌冠军店在哪儿了。不过附近也有一家自称为"世界上最好吃的冰激凌"店，混淆了许多游客的视线。与其他国家的冰激凌不同，意式冰激凌没有固定的原料比例和材料选择，而且绝不会加入除了原料（果汁、果肉、牛奶、砂糖、乳酪、鸡蛋、咖啡、香草等）之外的任何水分，所以制作出的成品不仅色彩丰富，其丝缎般香甜柔顺的细腻质感也是一般的冰激凌无法企及的。

很多人会选择坐在圣吉米尼亚诺大教堂前的台阶上舔舐冰激凌。大教堂又名圣母玛利亚升天教堂（Collegiata di Santa Maria Assunta），是古城内最大的教堂，始建于 12 世纪，为罗马式风格。教堂内部的博物馆藏有众多中世纪和文艺复兴时期锡耶纳画派的作品，其中比较有名的是 Pier Dandini 的名作《圣母圣子》。

圣吉米尼亚诺的餐厅居高临下，每个窗户都可以远眺托斯卡纳的田野风光。橄榄树的叶子在夏日的艳阳下闪烁着金光，周围的大片葡萄园等待着秋日的一场丰收。这个地方出产的维纳恰白葡萄酒（Vernaccia di San Gimignano DOCG）被公认为托斯卡纳大区最著名的白葡萄酒，口感清新，略带新鲜杏仁和柑橘的香气。不妨来一杯冰镇的白葡萄酒，在这迷人的夏日里优雅地发一场呆。

锡耶纳 / 赭石颜色的城市

锡耶纳历史悠久，文化独特，仍然保留了12—15世纪的中世纪风貌，被誉为意大利最有魅力的城市。1995年整个锡耶纳老城区被联合国教科文组织列入世界文化遗产名单。著名的007电影《007大破量子危机》的开篇，邦德和内奸在房顶追逐的片段就是在锡耶纳拍摄的。这座城市的颜色，就是"SIENA"（赭石）。

锡耶纳是一座古老的城市，曾经和佛罗伦萨同属托斯卡纳大公国，但是锡耶纳远离大海，在著名的基安蒂（Chianti）山谷中。整个城市建立在丘陵地段上，随着山势的起伏而错落有致。和罗马一样，锡耶纳的城徽也是一条母狼，也是为了纪念养育了锡耶纳的创建者罗穆卢斯与瑞摩斯的母狼，传说锡耶纳是由瑞摩斯的儿子塞尼乌斯与阿奇乌斯所建，所以你在城内随处可见母狼的标志。锡耶纳老城内是禁止外地机动车行驶的，去任何景点都需要步行或者乘坐公交，不过都不远。

锡耶纳大教堂位于古城最高处，表面镶嵌着黑白相间的大理石。教堂正面体现了两个时代的建筑风格：下半部的三个乔万尼·皮萨诺（Giovanni Pisano）式的大门属于罗马式风格（始建于13世纪末），而上半部是哥特式风格。教堂内部的装饰更是引人入胜，其整个地面由56块精美绝伦的大理石镶嵌画铺成。花上整整一小时来细细欣赏绝对必要。

贝壳广场（Piazza del Campo）原称田野广场，因为形状如贝壳被称为"贝壳广场"。这是锡耶纳城市的中心，是欧洲现存最大的中世纪广场之一，集中了城市设计的杰作。广场正对面是锡耶纳市政厅和塔楼，市政厅内有市立博物馆，里面藏有锡耶纳学派的众多绘画作品，包括 Ambrogio Lorenzetti 的《好政府寓意》和《坏政府寓意》。构成广场基础的市政厅是锡耶纳哥特式建筑最辉煌的范例。塔楼全名为曼贾塔（Torre di Mangia），它是锡耶纳最高的建筑，也是意大利第二高的塔楼，垂直高度达到 102 米，游客可以通过 55 层的阶梯到达顶端，一览锡耶纳城的美景。广场周边还有许多咖啡店、纪念品商店、饭店以及贵族公寓，广场周围的 11 条道路延伸到整个城市的各个角落，在广场的一侧有著名的欢乐喷泉（Fonte Gaia），始建于 14 世纪，是现代喷泉的雏形，也是最早运用液压系统制造的喷泉之一。喷泉的浮雕则描述了宗教场景，不过其形式特征非常自由活泼。喷泉的两个短边描绘浮雕——《创造亚当》（Creazione di Adamo）和《驱逐》（Cacciata dei progenitori），前柱描绘的是雷亚·西尔维亚和阿卡·拉伦蒂亚，长边中间描绘圣母子，两边是美德（Virtù）和天使（Angeli）。

广场还有一个出名的地方是两年一度的赛马节（Palio di Siena），这项古老的赛事起源于中世纪，是整个锡耶纳地区的 17 个分区赛马的盛会。能在意大利锡耶纳观看到赛马节是一件十分幸运的事情，因为这是一个极具民族特色、惊险有趣的节日。锡耶纳的赛马节有着悠久的历史，它第一次举办是在 1605 年。如今，锡耶纳每年都会举行两次赛马节，一次是在 7 月 2 日，另一次是在 8 月 16 日。每次比赛有 10 名选手参加。他们是从锡耶纳 17 个行政区的 17 名候选人中选拔出来的，剩下的 7 名候选人有资格参加第二年的比赛，另外 3 名从第一年已参加过的 10 个区中以抽签的方式选出。这样，每个行政区都有参加比赛的机会。比赛当天，10 名选手身着漂亮的服装，手持马鞭，先将马匹带到教堂进行洗礼。全城的人都举着赛马旗帜，集中在贝壳广场。每个选手都有一个吉利的绰号。比赛正式开始前，先要在市中心广场举行检阅仪式和耍旗仪式，然后比赛正式开始。枪声一响，10 匹赛马就犹如离弦之箭一样飞奔起来。比赛全程绕场三周，第一名到达终点的被称为骑手（Cavaliere），迎接他的将是人们的欢呼声和尖叫声。满场响起的都是"布拉维"（Bravi）的叫好声。第一名还将获得一笔丰厚的奖金。骑手所在的行政区还将在当晚举行盛大的晚会，庆祝他为该区赢得了荣耀。虽然现在比赛的娱乐价值已经远远大于竞技价值，但是比赛的紧张程度丝毫不逊于奥林匹克运动会。

　　锡耶纳另一个重要的广场是沙林贝尼广场。广场上坐落着三栋建筑物：沙林贝尼宫（Palazzo Salimbeni）、斯潘诺斯宫（Palazzo Spannocchi）和坎图奇宫（Palazzo Cantucci）。广场中央矗立着18世纪的经济学家萨卢斯蒂奥·班迪尼（Bandini Sallustio）的雕像。位于中央的沙林贝尼宫始建于14世纪，现在是世界上仍在经营的最古老的银行——锡耶纳银行的总部。在19世纪，沙林贝尼宫由当地的建筑师朱塞佩·帕尔蒂尼)（Giuseppe Partini）主持进行了修复和改造，强化了它原有的哥特式风格。宫殿中部有一排三孔的直棂窗户、小柱，还有上部盲拱和顶部的城垛，都受到不远处贝壳广场上的市政厅建筑的影响。位于沙林贝尼宫右边的是斯潘诺基宫，它始建于15世纪，由佛罗伦萨建筑师朱利亚诺（Giuliano da Maiano）设计修建。宫殿分为三层，整栋建筑虽没有繁复的装饰，却因精确计算的比例而显得优雅大气。位于左边的坎图奇宫则建于16世纪。附近的Nannini甜品店由锡耶纳城中的望族Nannini家经营，这里的甜品知名度非常高。店里的Riciarelli杏仁饼十分松软，杏仁味十足，热巧克力口感浓郁细滑，橱窗里的陈设也非常美丽，充满锡耶纳之风。

蒙特普尔恰诺 / 暮光之城与美酒之乡

这是比古罗马人还早的人——伊特鲁里亚人所居住过的地方，一个中世纪的古城，一个曾经拥有过40个贵族的城市，它有着美丽的托斯卡纳田园的风光，有着托斯卡纳经典的以城市命名的红酒——Montepulciano。它还是电影《暮光之城》的拍摄地，来到这个小镇，你会情不自禁地喜欢上它。小镇的名字就是蒙特普尔恰诺（Montepulciano）。

蒙特普尔恰诺小镇坐落于基亚纳山谷（Val di Chiana）和奥尔恰山谷（Val d'Orcia）中的一座石灰岩小山的山脊上面，由6个小村庄组成，人口大约14000人，最高海拔605米，距离佛罗伦萨124公里，距离锡耶纳70公里，距离皮恩扎13公里。这里盛产葡萄酒，是个很美丽而安静的小城。因为电影《暮光之城·新月》，这里引发了一股全球性的"寻鬼热潮"，片中所杜撰的沃尔图里吸血鬼家族的故乡，就是在这里取景的。全球的暮光粉丝，都来到意大利的这个小镇寻找爱情的踪迹。

小镇上的大广场（Piazza Grande）是文艺复兴式的建筑风格，坐落着全镇最重要的建筑，包括市政宫（Palazzo Comunale）、主教堂（Duomo）、塔如吉宫（Palazzo Tarugi）、塔如吉－斯那提宫（Palazzo Tarugi-sinatti）、康杜奇宫（Palazzo Contucci）、卡皮坦诺宫（Palazzo del Capitano），卡皮坦诺宫也是贵族酒联合会及葡萄酒专卖店——Consorzio del Vino Nobile e Enoteca 的所在地。

市政宫是小镇上的市政厅，由米开罗佐（Michelozzo）设计并沿用了佛罗伦萨旧宫的传统风格。这个市政厅可以让游人进入三楼，并登上塔顶眺望整个小镇的景观和托斯卡纳的田园景色。圣比亚焦教堂（Chiesa di San Biagio）的圆形穹顶在田野中尤为显眼。登塔的楼梯非常狭小，购票后进入还会经过市政宫的文件库房，两旁就是政府文件，真是亲民得不可思议。市政宫集市政办公与旅游于一体，没有卫兵把守，可以随便进入，真是属于人民的政府。

市政宫的旁边是小镇的主教堂，名为圣玛利亚感恩教堂（Santa Maria delle Grazie），建于16世纪晚期。它面对大广场，外表庄严朴素，粗糙的表面与旁边方塔的风格很相配，其正面并未完成。教堂内部高高的圣坛上有塔代奥·迪·巴尔托洛创作的漂亮的三幅一联装饰画《圣母升天》。

来到蒙特普尔恰诺的大广场，不能错过广场上和市政宫面对面的一栋三层城堡，它是有着 1000 多年历史的康杜奇（Contucci）家族的酒窖城堡。这个家族是蒙特普尔恰诺最古老的酿酒家族，其城堡与市政宫、主教堂交相对应，显示它延续至今的显赫地位。酒窖是开放式的，可供游人参观地下酒窖及购买葡萄酒。城堡的地底下藏着深达三层的酒窖与发酵车间，并且还有一条 400 年前人工开凿的长达 1000 米的地下栈道，通往小镇另一头的城堡（Fortezza），可谓意大利版本的"龙门客栈"。每年 7—8 月的旅游高峰时期，每天有超过 100 位游客前来酒窖城堡参观。

康杜奇家族早在欧洲文艺复兴（14 世纪）前就开始钻研葡萄种植技术，酿出的贵族酒是当地最有名望的，家族代代传人都是葡萄种植者或酿酒师。酒窖的入口处挂着一幅图片，是教皇接过酒庄主阿拉玛诺·康杜奇（Alamano Contucci）先生送到梵蒂冈的贵族红酒。这位教皇在继位教皇之前担任红衣主教，居住在附近的锡耶纳，常常来到此地享用康杜奇家族的贵族红酒，是康杜奇红酒的忠实粉丝。直到他后来荣升为天主教的教皇，移居至梵蒂冈。每次朝圣时节，康杜奇庄主还是会带着自己的佳酿前往梵蒂冈，献给教皇，作为他私人的御用之酒。

贵族酒联合会及葡萄酒专卖店位于市政宫的斜对面，里面收藏了大量此地区出产的贵族酒。韦诺·诺贝尔·蒙特普尔恰诺（Vino Nobile Di Montepulciano）红酒，被称为"贵族酒"，1980 年，贵族酒成为全意大利第一款法定 DOCG 等级（意大利葡萄酒的最高级别）的葡萄酒。该酒至少使用了 70% 的国宝葡萄桑娇维塞（Sangiovese，意大利栽培最多的红葡萄品种），允许混调一些当地的土生品种来酿造，单宁顺滑是其一大特点。从葡萄采摘后的 1 月 1 日算起，至少经过两年的橡木桶陈年，达到珍藏级（RISERVA）则至少需 3 年的培养。贵族酒开始时呈现宝石红色，随着陈年逐渐转红，以红色莓果、玫瑰花、紫罗兰香气为主，口感优雅顺畅，酒如其名。在贵族酒联合会及专卖店里面，可以付费品尝贵族酒，并有专人介绍葡萄酒的知识。

皮恩扎 / 教皇的理想之城

　　皮恩扎（Pienza）位于托斯卡纳地区，锡耶纳西南大约50公里处，它建于一座小山顶上，可以鸟瞰壮丽的奥尔恰山谷（Vald' Orcia）。奥尔恰山谷拥有极其秀丽的托斯卡纳田野景色，是全世界无数摄影爱好者的天堂。春夏波澜起伏的绿草地，秋天原野里一捆捆的干草卷轮，一排排整齐的葡萄藤，都成了独特的风景线。

　　整个皮恩扎小城10分钟不到就能从头走到尾，建在小丘陵之上的小城有着绝佳看风景的视角，能把托斯卡纳的田园风光一览无遗。这里是一个理想之城，也是当年一位教皇的夏宫。它宁静、质朴，是世界文化遗产，被誉为"文艺复兴都市生活的试金石"。

　　小城建立于公元 1459 年,是在一个名叫埃尼亚(Enea Silvio Piccolomini)的居民的发起下在科西哥拿诺中部村庄建立的。埃尼亚后来被提升为教皇,名号为庇护二世(1405—1464),他想改善该城居民的生活条件,并将皮恩扎作为其夏宫所在地。城市的概念则是由建筑师罗塞利诺(Bernardo Rossellino,1409—1464)提出的,他拥护著名的文艺复兴人文学者的思想和建筑师阿尔伯蒂,罗塞利诺和阿尔伯蒂二人最初都来自佛罗伦萨。街道规划是按照文艺复兴风格发展起来的,但同时也考虑到了先前城市的结构。建于皮奥广场周围的巨大建筑物与广场的布局相称。随着枢机主教和高级教士宅邸建立,房屋、商店、一家医院和一所旅店也建立起来。罗塞利诺对皮恩扎的城市建筑规划于 1460—1463 年间得以实施。庇护二世教皇去世以后,该城市和周围的乡村都未曾做过较大变动。《托斯卡纳秘境》一书中对皮恩扎的评价是"最令人倾慕的文艺复兴古镇"。

　　皮恩扎小城 15 世纪重建的围墙依然大部分完好无缺地被保存下来。勒·科索·罗斯里诺大街(Le Corso Rossellino)从东向西穿过皮恩扎,并且连接着两个主要的城门。这条大街的每一边都沿袭了古代布局,直线街道规划产生了不规则的街道布局。庇护二世广场(Piazza Pio II)为不规则的梯形,并且它构成了城市的中心和焦点。在地面上,圆石的人字形式样更加突出了广场的独特形状。庇护二世广场也是该城的艺术中心,广场边上是令人印象深刻的建筑物:大教堂、皮科洛米尼宫殿(教皇的夏宫)、市政大厅和主教宫殿。它们都是文艺复兴时期的杰作,按照庇护二世的爱好加入了一些哥特式因素,它们主要是由石灰岩建成的。这些建筑物大多沿勒·科索·罗斯里诺大街而建,所有的喷泉和水井都是文艺复兴时期的风格。这里的每一块石头、每一块地砖似乎都在诉说着一个故事。

　　皮恩扎还是著名美食羊奶酪（Pecorino di pienza）的产地，整个城里，走到哪里，都有一股浓浓的奶酪香味，如果你喜欢奶酪，就不要错过镇上的奶酪店。有一家名叫"BOTTECA DEL NATURISTA"的羊奶酪店，家族式经营，已经有20多年制造奶酪的历史，店里面陈列着许多不同品种和不同发酵时间的羊奶酪，此外还有托斯卡纳上等的红酒，搭配起来真是顶级的美食享受。

　　在皮恩扎还可以难得地尝到真正的野味，这野味就是有名的意大利美食野猪肉（Cinghiale），小镇上有一家名叫"BERNARDINI LAURA"的熟食店，有烧猪肉、野猪肉火腿、野猪肉腌肉肠和野猪肉三明治等各种地道美食出售，肚子饿了可以选择3~6欧元一份的野猪肉三明治尝尝，真正的物美价廉。

沃尔泰拉 / 安德烈·波切尼音乐会

在我的人生愿望清单中,有关音乐的只有一条,就是能亲身参加意大利盲人歌唱家安德烈·波切尼(Andrea Bocelli)的现场音乐会。他的歌声被誉为"被上帝吻过的歌声",在他的歌声里,永远都是幸福的沉醉。因为他看不见,缺憾成了馈赠,让他的声音更纯粹、安静、无与伦比。

第一次听他与莎拉布莱曼合唱的《告别时刻》(Time to Say Goodbye,意大利语 Con Te Partiro)我就被深深地吸引住了。这首歌我自己也不知道听了多少遍。后来才知道这首歌曲响彻了全球,征服了全世界的歌迷。据说意大利宇航员在执行太空飞行任务的时候,也要坚持把这张专辑塞进7公斤的行李限额中。我可以想象在孤独的太空中,听着这首激动而又柔情的歌曲,是怎样的一种体验。

他和席琳·迪翁合唱的《祈祷》(The Prayer)是另一首让我非常陶醉的一首歌曲。在充满深情的暖心旋律之下,似乎让我更接近了神圣美善的所在。祈祷是一种最简单的,能让我们感到安心和被需要的方式。它是我们在悲伤、痛苦的时候最可靠的武器。不知从何开始,我就暗生了一个愿望，未来的人生当中，如果有机会的话，一定要亲身参加安德烈·波切尼的音乐会，现场聆听他那令人沉醉的歌声。而且，我对他的身世产生了浓厚的兴趣，一个盲人怎会唱出如此美好的歌声。当我了解了他的人生经历之后，我更加热爱他的歌声了。

在流行歌曲横行的当今世界，他是一位相较冷门的古典歌唱家。但是他的唱片销量却在全球范围内突破了9000万张。他被称为世界第四大男高音，还曾为四位美国总统、三位教皇、英国王室做过演出，收获一个金球奖、七个英国古典音乐奖和七个世界音乐奖。

然而，安德烈·波切尼的前半生却是非常坎坷的。1958年9月22日，他出生在托斯卡纳的小城拉贾蒂科（Lajatico），这个生命的到来并非一帆风顺，医生预测到孩子将伴有残疾，曾建议夫妻堕胎。然而，波切利的父母是一群敬畏生命的信徒，在丈夫的支持下，他的母亲拒绝了医生的建议，毅然生下了波切利。果然，波切利出生后视力出现了问题，不久被确诊为先天性青光眼。幼年的他经历了一场又一场的手术，这个丰富多彩的世界对于他来说，只是一片朦胧。

波切利生活在四面环山的家族农场，童年的时光被美妙的音乐包围着，音乐对于这个幼小的心灵似乎是很好的安抚剂。他6岁便开始学习钢琴，之后又相继学会了长笛和萨克斯管等乐器。波切利也喜欢唱歌，他会静下心跟着录音自学咏叹调，高声模仿歌手的唱调。身边的亲戚朋友时常夸赞他的歌声，渐渐地，在他心里种下了追求男高音事业的种子。

然而，在波切利12岁的时候，不幸的事情发生了。他在学校的一场足球比赛中担任守门员的时候，被球击中，导致脑出血，霎时间完全失去了视力。

在迷茫和痛苦中，波切利的父亲告诉儿子，"既然你看不见世界，就让世界看到你"。小波切利开始告诉自己，他必须开始想办法去探索生活的可能性。就如他在自传里说的，"我看见的并不是黑暗。我看见了所有的东西，又什么都没看见。我能看见想看见的东西。如果其他人跳过栅栏，我就得跳过高山；如果他们骑马，我就得骑老虎。如果我想和其他人一样，我就必须做得比他们好"。

12岁的夏天，小波切利在叔叔的坚持鼓励下，去维亚雷焦市报名参加由玛格丽特咖啡（Caffe' Margherita）举办的歌唱比赛。他凭着一曲《我的太阳》（*O sole mio*）赢得了比赛，首次尝到了成功的滋味。然而他的音乐道路并未因此扶摇直上。之后他经历了痛苦的变声期，一度对自己的音乐天赋产生怀疑，后来他又顺从了父母的期望去学习法律。期间他也曾在钢琴酒吧兼职弹唱，在小酒馆卖唱通俗歌曲的现实和高雅的舞台歌剧梦想之间迷茫挣扎。一直到30岁，命运才迎来了转机。一位热心的调音师把波切利介绍给一位著名的作曲家，他终于开始接受系统的声乐训练。他的人生转折点发生在1992年，世界三大男高音之一的帕瓦罗蒂听到了他的一段试音歌声，这位伯乐被他的天籁之音打动了，找到了他。结果，帕瓦罗蒂和波切利同台演绎了《求主怜悯》（*Miserere*），一时间在全欧洲引起了轰动。在35岁的年龄，波切利让全世界看到了他。他成功了。

我这个心愿从来没有跟别人说过，只是自己默默地藏在心里。安德烈·波切尼实在是太有名了，他被邀请在全世界巡回演唱，我无法知道自己什么时候有机会能够亲身参加他的现场演唱会，能够近距离地见到他。然而，命运之神似乎也眷顾了我。2015年的夏天，在跟一位意大利友人交谈的过程中，我第一次透露了我的这个人生愿望，因为这位友人也非常喜欢音乐和歌剧。同年年底，我收到了这位友人的邮件，他告诉我2016年夏天波切尼将会在他的家乡托斯卡纳举办音乐会。收到这个消息我太兴奋，随即托这位友人帮忙订好音乐会的门票。

后来我才知道这音乐会的门票多么的来之不易。音乐会定在2016年的7月30日，然而需要提前半年就抢票了。官网一开售，门票就抢完了。一般人几乎是不可能自己抢到门票的，只有大型的票务代理或者旅行社才能抢到。因为全世界太多歌迷想去听波切利的音乐会了。

后来又多了几位喜欢波切利的朋友托我买票,这位意大利友人也帮忙买到了,更意想不到的是,还给我们拿到了很前排的位置,真是感谢上帝!

由于我的生日在 7 月,所以 2016 年的夏天,托奶奶照顾好女儿,先生带着我驱车托斯卡纳,来一个浪漫的二人之旅,既为我圆梦,也为我庆祝生辰。

当开车行走在托斯卡纳绵延起伏的山丘之间,我们完全陶醉在这自然风光中。一大片一大片的草坪如同柔软的绿毯子和黄毯子,披在山丘上。高大挺拔的松树矗立在路旁,似乎在招手欢迎远方而来的客旅。真是人杰地灵啊,怪不得能孕育出波切利这样的音乐天才。

我们下榻的酒店就在波切利的家乡拉贾蒂科(Lajatico)小城附近,一个叫作沃尔泰拉(Volterra)的古城。沃尔泰拉也是一个历史悠久的托斯卡纳古城,曾是古伊特鲁里亚(Etruscan)十二大城邦中的一个,因小说和同名电影《暮光之城——新月》开始为世人所知。在小说中,吸血鬼家族就住在沃尔泰拉的古堡中(但是电影实际取景在蒙特普尔恰诺 Montepulciano 古城)。当然吸血鬼家族的故事是杜撰出来的,然而沃尔泰拉这个古城确实值得好好游览。我们决定看完音乐会的第二天去好好看看这个古城。

进入酒店房间,打开窗户,托斯卡纳美景随即映入眼帘。远处是低缓绵延的山丘,近处是苍翠的橄榄山林。酒店晶莹的游泳池仿佛一块宝石镶嵌在天地间,游客们坐在太阳伞下面悠然自得,享受着托斯卡纳的阳光与空气。没有时间游泳了,我们决定来到游泳池边上的餐厅,享受美景和美食,饥肠辘辘的我先来了一盘海鲜沙拉。

简单地吃了一点,我们就赶着梳洗好前去音乐会了。这个音乐会很特别,不是在某个歌剧院或者体育场中举行,而是在托斯卡纳绵延的山丘中举行。拉贾蒂科(Lajatico)小城附近的山丘宽广之处,搭起了露天音乐会演奏台和观众台,自然美景就是音乐会的背景。由于观众人数众多,需要提前2小时到场停泊车辆和入座。当我们跟随指示牌进入音乐会所属场地的时候,都不禁吓到了。绵延的草坪停了一片又一片的车辆,看不到尽头,似乎全世界的歌迷都涌来了。

幸好我们买的是VIP票,有专属的停车区域,离坐席台比较近。VIP的宾客有一条手环,戴着手环可以在音乐会开始之前,进入开胃酒贵宾区,喝点小酒吃一些点心垫垫肚子,而且贵宾区就是欣赏美景的一个好地方。我们尝了鱼子酱面包和当地有名的美食——羊奶酪,非常不错。音乐会还融合了意大利当地的美景美酒美食,真是多层次的体验。

音乐会开始了,波切利的歌迷开始欢呼,不断的有人用英语喊叫:"Bocelli, I love you!"后来才知道很多美国歌迷是乘坐飞机专程来看音乐会的。这次的音乐会把歌剧与马戏团的元素结合了起来,不但有听觉的享受,也有视觉的刺激,制作精良。

我们坐在前排大饱眼福。当波切利唱起脍炙人口的经典歌曲，歌迷们都鸦雀无声保持安静，空气中只有波切利的歌声在流动，歌声结束，响起的是雷鸣般的掌声。两个小时的音乐会很快就结束了，波切利拉起参演者的手一起唱起了《祝酒歌》，场下的观众也不禁一起唱了起来，欢乐一片。音乐会结束，人们久久不愿意散去。波切利用他的微笑和歌声，给世界注入暖流，用他的柔情和坚定，深深触碰着人们的内心。

第二天早上我们顺道游历一下沃尔泰拉古城。沃尔泰拉与托斯卡纳的其他古城一样，仍然保留着中世纪的风格，粗犷的城墙、古老的宫殿、光滑的麻石路面，似乎可以让人穿越到几百年前。这里最大的一个遗迹是古罗马剧场（Teatro Romano），剧场沿着缓坡依山而建，更像一个古希腊剧场。安德烈·波切尼曾在这个剧场遗迹上弹奏演唱。

沃尔泰拉最吸引我的是城里的雪花膏大理石，这里有很多店铺的橱窗陈列着精美的雪花膏大理石艺术品，有人像、动物、水果、花瓶、灯罩等等，惟妙惟肖，令人惊叹。有的工作室开放供游人进入参观，可以看看匠人是如何制作艺术品的。沃尔泰拉有丰富的雪花膏大理石矿藏，专门出产这种比较容易雕刻的雪花膏大理石，所以相关的艺术品也成为当地的文化特色。

　　沃尔泰拉的午餐是朋友引荐的一个附近农庄。这个农庄出产的羊奶酪非常有名，前一天晚上安德烈·波切尼音乐会前的开胃酒小吃中，就有这一家的羊奶酪。我们来到农庄，这里地处开阔，一眼望去托斯卡纳的山丘景色尽收眼底。农庄不仅提供地道的当地农家菜，还可以游泳休闲，孩子们可以参与羊奶酪的制作，甚至可以羊奶做SPA。绿色的藤蔓爬满了墙，院子里的鲜花开得正艳。农庄的男主人热情好客，总是乐呵呵的。有趣的是他那辆运羊奶酪的货车上，也印着他的招牌笑容，还抽着雪茄端着红酒，桌面上满是他的羊奶酪，簇拥着他的是一大群可爱的小羊。

这一次的托斯卡纳音乐之行超乎想象的满意，不但有音乐，还有美食美景和古城遗迹。怪不得《托斯卡纳艳阳下》的作者弗朗西丝梅耶把托斯卡纳称为："最接近天堂的人间。"

Chapter 05

湖区

◎马焦雷湖 / 昂贵的情人礼物 ◎科莫湖 / 湖边散落的梦幻小镇
◎巴比安内罗别墅 / 星战花园与莱诺市集 ◎加尔达湖 / 住在朋友家

马焦雷湖 / 昂贵的情人礼物

科莫湖在中国人中知名度比较高,但在意大利人中,马焦雷湖(La ke Maggiore)是最具吸引力的。马焦雷湖是仅次于加尔达湖的意大利第二大湖,它位于伦巴第大区和皮埃蒙特大区(Piermonte)之间。它可谓意大利的湖泊中最美丽最有名的一个。马焦雷湖静卧于阿尔卑斯山的怀抱之中,流经瓦里沃(Vallivo)谷地,该谷地地质年龄极为古老,其形成可能可以追溯到遥远的造地运动年代。马焦雷湖的面积为216平方公里,长65公里,最宽处有12公里,最深处有372米。提契诺河既是湖水的源头,又是它的出水口。沿湖的城镇主要有阿罗纳(Arona)、莱萨(Lesa)、斯特雷萨(Stresa)等等。这些城镇之间既有渡轮相通,又有沿湖的公路连接。它们大都依山傍水,风景迷人,那众多的花园别墅让人以为是人间仙境。附属的旅游设施也十分齐全,吸引了八方来客。

马焦雷湖最值得游览的是湖中三岛:美丽岛(又称贝拉岛,Isola Bella)、渔夫岛(Isola dei Pescatori)和母亲岛(Isola Madre)。斯特雷萨是游览该湖的起始点的城镇之一。

最令人心动的情人礼物是什么?玫瑰?巧克力?钻石?房子?名车?私人飞机?史上最牛的情人礼物,也许就是它了——在美丽的湖水中央,一座美丽的岛屿,并且以爱人的名字命名。它就是意大利人所共知的最具浪漫色彩的岛屿——马焦雷湖中的美丽岛。美丽岛是马焦雷湖上的一颗闪闪发光的明珠。

16世纪,米兰的一个公爵——博罗梅奥三世(Borromean)送给他的爱妻依莎贝拉(Isabella)一件礼物——美丽岛。后来这个岛就以爱妻的名字命名,被称为贝拉岛(Isola Bella),"贝拉"也就是美丽的意思,在拿破仑占领意大利之后,这里也成为拿破仑和约瑟芬皇后的夏宫。

美丽岛包括博罗梅奥家族的宫殿和庭院两部分,其豪华程度令人叹为观止。庭院小巧玲珑,既像一座植物园,又似一所露天雕塑博物馆。庭院中有博罗梅奥家族的纪念台。纪念台一共有10级,每级都有雕塑、喷泉装饰,种满了花草树木。最上面一级十分精美,石柱和方塔之上有许多雕像,它们在一些巨大扇贝的装饰下显得十分气派。这组大理石雕塑群是博罗梅奥家族的象征。宫殿中包括大殿、会议厅、绘画厅、迎客厅、壁毯展览厅、拿破仑大厅和地下宫。每个大厅都金碧辉煌,令人叹为观止。还有几个房间是利用湖里的贝壳和鹅卵石装饰的,充满了天然的艺术气息。站在宫殿的大厅和房间内,打开门窗都能感受到迎面而来的清凉湖风,是夏天最佳的度假胜地。难怪拿破仑和约瑟芬皇后也喜欢在夏天前来避暑。

庭院中还有很多珍贵的植物，它们造型别致，色彩绚丽，到处可见月桂树、山茶树、黄杨木树篱和开着浅黄色花朵的木兰，美丽得如同梦幻世界。在这里你还可以见到稀有的白色孔雀在花园中悠闲漫步。以规则的几何图形布局的花园保存完好，如同 1670 年建造它的时候那般优雅。

拿破仑也曾在此度过他最失意的夏天，随着帝国战线的溃败，拿破仑的辉煌岁月不复存在。今天的你可以站在当年拿破仑站过的地方——花园的高处，凝望风雨欲来的湖泊，慨叹风云变幻的天空，历史在此刻穿越。

渔夫岛虽然不如美丽岛那般风情万种，但这里是作家海明威最喜爱的岛屿。它是一个朴实无华的狭小岛屿，岛上有很多典型的渔民住宅，别有情趣。这里是适合用餐的地方，许多小餐馆提供湖鲜菜谱，鲜美的湖鱼令人食欲大振。这里也是游人最爱散步休憩的地方。在岸边随处可见享受日光浴、湖畔清风的人们。岛上有一个教堂和钟楼，狭窄的道路两旁仍然保留着过去居民的住宅，渔网成为美丽的装饰品。这里也是购买纪念品的地方，美丽的彩色绘盘画着马焦雷湖景色，手工制作的围裙可以为你特定制作祝福的字句，岛上的小咖啡馆和陶瓷店也是值得留驻的地方。

　　母亲岛是博罗梅奥家族的植物园，岛上面仅有一座宫殿和一个教堂。这是一个梦幻的岛屿，你在这里可以看到优雅的茶花、柔美的虞美人、脱俗的白玉兰、浓烈的杜鹃、梦幻的紫藤、浪漫的玫瑰……除此之外，你还会看到洁白无瑕的白孔雀、色彩斑斓的五彩锦鸡。博罗梅奥家族仍然会在特定的日子来这个岛上的宫殿中居住。说起这个博罗梅奥家族，直到现在它仍然是意大利显赫的名门。家族现任的掌门人卡罗伯爵（Don Carlo Ferdinando Borromeo）拥有阿罗那（Count of Arona）伯爵的世袭封号，其四个女儿几乎垄断了欧洲地位最高的男人们。大小姐伊莎贝拉·博罗梅奥（Isabella Borromeo）嫁给了意大利 API 石油集团主席乌戈·布拉谢提·珀雷提伯爵（Ugo Brachetti Peretti），二小姐拉维尼亚·博罗梅奥（Lavinia Borromeo）嫁给了菲亚特集团总裁约翰·埃尔坎（John Elkann），三小姐玛蒂尔德·博罗梅奥（Matilde Borromeo）嫁给了德国亲王安东尼奥·冯·芙丝汀宝（Antonius Von Fürstenberg），四小姐贝雅翠丝·博罗梅奥（Beatrice Borromeo）是摩纳哥王子皮埃尔·卡西拉奇（Pierre Casiraghi）的女友。三小姐玛蒂尔德·博罗梅奥在 2011 年跟当时还是德国王子的安东尼奥·冯·芙丝汀宝结婚，婚礼就是在母亲岛上举行的，当时的照片登上了各大报刊版面，场面很是热闹甜蜜。

科莫湖 / 湖边散落的梦幻小镇

> 这湖超过了我所见过的任何美丽事物……文化、不可阻挡的充沛与丰富以及秀丽的自然景观在这里融为一体，以至无法找出它们之间的分界线。
>
> ——雪莱

科莫湖是意大利的第三大湖，面积为146平方公里，长46公里，最宽处有4.3公里。它是阿尔卑斯山脉的一个冰川湖，也是欧洲最深的湖，最深处达420米，是意大利北部阿尔卑斯山区最著名的湖泊之一，位于米兰以北50公里，被称为"米兰的后花园"，以自然景色优美著称。科莫湖气候温暖、潮湿，国际上的一些著名的影片也多在此取景。湖边的一些很有历史价值和建筑艺术价值的别墅是其最吸引人的地方。如果从空中俯览，科莫湖像汉字的"人"字，又像一位正在舞蹈的芭蕾舞演员，姿态优美动人。

自古以来，科莫湖就受到恺撒、奥古斯都等罗马皇帝的青睐。在18—19世纪，欧洲各国的王室、富豪、艺术家们都竞相在湖畔建立起了宫殿和豪华别墅，科莫湖神奇、壮丽的风景也让它成为多部浪漫爱情电影里最完美的布景。最著名的景点是贝拉吉奥（Bellagio），以及曾是电影《星球大战》取景地的巴比安内罗别墅（Villa Del Balbianello）。

　　现在的科莫湖是好莱坞影星们最喜爱的度假胜地。有些影星在湖畔不止购买了一套私人别墅。在春季，他们来到这里享受天伦之乐；而在夏季，这里便成为他们的避暑胜地。游客们千万别错过巨星们在这里可能会停留的地方，也许你会有机会在湖畔边的私人别墅附近看到自己最喜爱的影星。比如大名鼎鼎的影星乔治·克鲁尼，他在意大利的一举一动都是意大利娱乐新闻捕捉的热点。乔治·克鲁尼把影片《十二罗汉》的部分场景设在科莫湖拍摄，事实上是因为这里就是他所习惯享受的理想据点之一。他拥有三座私人别墅，其中一座就坐落在古城切尔诺比奥（Cernobbio）。在电影拍摄期间，整个剧组包括影片的著名演员马特·达蒙（Matt Damon）、朱莉亚·罗伯茨（Julia Roberts）以及布拉德·皮特（Brad Pitt）都在克鲁尼的别墅里集体度假。

　　科莫湖美得足够令人迷失，湖水来自阿尔卑斯的终年积雪，寒彻骨髓、幽深如瞳。游览科莫湖最好的方式就是坐上游船，游船会在科莫湖沿岸的各个小镇停靠，码头和船上都有时刻表领取。在游船上吹吹风，领略着湖光山色，看着各个码头上的人来人往，非常悠闲惬意。夏天的时候，还可以看见各个小镇的湖滨，优哉游哉的意大利老太太和老爷们一排排坐在岸边聊天看报纸，呼吸着科莫湖新鲜的空气，沐浴着温暖和煦的阳光。

　　贝拉吉奥（Bellagio）是科莫湖一个梦一般的小镇。它的名称来自拉丁语"bi-lacus"，意为"位于两湖之间"。小镇坐落在俯瞰科莫湖两处水湾的起伏不平的岬角上，它的景致独一无二。时间允许的话可以多住几天甚至一个星期，来过贝拉吉奥的人都会发自内心地爱上它，许多欧美游客甚至每年夏天都会全家来度假住上一段日子。小镇的美丽景致以保留完好的古老建筑为特征，几乎完全被宝蓝色的湖水围绕，并被周围的绿色林木覆盖。贝拉吉奥小镇只有3000多人口，小镇建立在山坡上，随处可见布置精美的商店、传统工匠的小店，还有当地著名的小餐馆以及富有历史特色的豪宅。位于山上主教堂对面的"I vetri di Bellagio"商店是不容错过的手工玻璃饰品店。走进这个小店如同进入了色彩缤纷、美轮美奂的玻璃艺术品殿堂。所有的手工饰品都是经营家族自己设计并制作的。从灯饰到水果盘，从圣诞树饰品到星座首饰，琳琅满目，每一件玻璃饰品都是独一无二的艺术品。

2000多年之前,拉丁作家小普林尼就非常热衷于来到贝拉吉奥度假。在15世纪,这里更成为意大利文艺复兴巨匠达·芬奇的喜爱。在19世纪,同样受到了最著名的皇帝拿破仑的青睐。还有许多音乐家、艺术家、作家及科学家,一个接一个地不吝啬用最美丽的诗句和言辞描述贝拉吉奥的美景,其中包括李斯特、司汤达、曼佐尼、古斯塔夫·福楼拜、马里内蒂和沃尔特,他们都在此暂居,表示这里的绝美景致及独特的魅力使他们沉醉不已。作曲家李斯特在贝拉吉奥居住期间创作了大量的作品,他的故居正靠近人来人往的购物街。在过去的两个世纪里,贝拉吉奥为来自世界不同国家的国王和皇帝所参观及拜访,例如俄罗斯的帝王、奥地利的国王,还有其他许多来自欧洲国家的国王,两位美国总统西奥多·罗斯福和约翰·肯尼迪,英国首相温斯顿·丘吉尔,还有久负盛名的金融家族——罗斯柴尔德家族。

科莫湖其他美丽可爱的小镇有许多,如伦诺(Lenno)、特雷梅佐(Tremezzo)、切尔诺·比奥(Cernobbio)、瓦伦纳(Varenna)、Lagio、Isola Comacina 等,人们可以参观游览不同的小镇岛屿和上面开放的花园。

  走出贝拉吉奥的码头向右行走，经过美丽的湖滨花园大道，就会来到梅尔齐花园别墅（Villa Melzi）。梅尔齐花园别墅坐落于科莫湖畔，又衔接着贝拉吉奥的丘陵地区，整座别墅花园是新古典主义式的英式花园，建于1808—1810年。它的主人是拿破仑统治意大利王国时期的副总统梅尔齐（Francesco Melzi d'Eril，1753-1816），又称洛迪公爵。梅尔齐委托建筑师阿尔贝托利（Giocondo Albertolli，1742-1839）建造这所乡间别墅，并要求建造物必须简洁，以突出周围美丽的景色。这里成为梅尔齐人生最后阶段的夏季别墅。内部的装饰和陈设都是有名的艺术家设计的。英式的花园则由建造师路易吉卡·农尼卡（Luigi Canonica）和植物学家路易斯·维尔雷斯（Luigi Villoresi）共同建造，花园里搜罗了来自世界各地的珍贵植物，其中不少是来自东方亚洲的品种。别墅花园里景色优美，植物精心栽种，可以沿着靠山的花园小径散步，还有一个小型博物馆，里面收藏了拿破仑的画像及两幅罕见的文艺复兴的考古壁画。拿破仑及约瑟芬皇后都曾入住此别墅，湖边的树都被修剪成为张开臂膀的样式，是为了让拿破仑的士兵可以在树荫下乘凉。你会发现这里的法国梧桐被修裁得比较矮，据说是根据拿破仑的身高来修裁的。春天来临的时候花园内会开满鲜艳的杜鹃花，非常美丽。

赛尔贝罗尼别墅大酒店（Grand Hotel Villa Serbelloni）旁的一家丝绸店"ARTE&MODA"也是不可错过的，就算不买东西也值得看看。店主是艺术大师Pierangelo Masciadri先生，他设计的丝绸充满了文艺复兴的艺术美感，连美国前总统克林顿和布什、比尔·盖茨都是他的顾客。克林顿和布什在竞选亮相的时候都是佩戴他设计的领带。比尔·盖茨款的领带设计灵感来自达·芬奇的作品，比尔·盖茨非常喜欢这款领带，并写了一封信给Pierangelo，以表达其赞赏之情。Pierangelo设计的女装丝绸包非常漂亮独特，色彩充满梦幻感，很多度假的王子王妃、明星都会在此挑选独一无二的艺术品。这里的丝绸品都是采用最上等的丝绸和最高端的工艺来制作的，所有丝绸品都是独家设计，弥足珍贵。真正的贵族对那些全世界一个样式的奢侈品并不青睐，反而更加珍视这种独一无二的艺术品。

位于贝拉吉奥码头附近的佛罗伦萨酒店（Hotel Florence）湖畔餐厅是一个十分理想的就餐之地，既可以欣赏科莫湖壮丽的湖光山色，又可以品尝地道美食。推荐意大利鱼肉饺子，这在意大利并不容易吃到。这里的鱼鲜都是当日从科莫湖里捕捞的渔获，非常新鲜。各种甜品也非常出色，犹如艺术家的杰作。

贝维德雷酒店（Hotel Belvedere）是在贝拉吉奥领略无限湖光山色的第一选择。这家酒店源自1880年，拥有超过130年的历史。在这130多年的历史当中，一直都是同一个家族的五代女人作为掌门人。酒店就如其名"Belvedere"（翻译成中文就是"美丽风景"的意思），极致优美。正面对着科莫湖，入住的客人无论是在游泳池、日光浴草坪，还是在餐厅、SPA房、健身房、阅览室，都是直接面对着科莫湖最美丽的景色。这家酒店虽然挂牌是三星，但是完全达到四星级甚至五星级标准。大部分房间是欧式的高雅风格，新装修的房间则是时尚简约风格。这里不同于其他酒店的特点之一，就是拥有自己的图书馆，住客可以免费进入图书馆选取喜欢的书本，在室内或观景阳台上阅读。早上在室内用早餐的时候，隔着偌大的玻璃窗可以看到晨光中的科莫湖。晚上在室外的露天餐厅，人们可以一边欣赏晚霞映照的科莫湖，一边享受晚餐，实在是人生一大美事。

在贝拉吉奥有一间这样的别墅酒店，从15世纪的英国王室贵族到20世纪的美国肯尼迪总统，都爱入住这间酒店。15世纪是欧洲的"大旅行时代"，英国的王室贵族子弟都会在成年后前往意大利这个文化历史深厚的国家旅行学习。而这个时候还没有火车，英国的王室贵族会带着随从驾着马车千里迢迢地行走数月，来到科莫湖的明珠——贝拉吉奥度假。赛尔贝罗尼别墅大酒店（Grand Hotel Villa Serbelloni）正是贵族们入住的地方，酒店拥有超过500年的历史，如今属于瑞士的Bucher家族。美国总统肯尼迪在意大利度假期间也是入住这家酒店，可惜当他返回美国后不久便遇害。所以当地人调侃地说肯尼迪应该永远留在意大利。

如果你能入住这家酒店将会是一生难忘的记忆。酒店在科莫湖面还有一个人工游泳池，泳池边又有一个日光浴沙滩。面对着湖天一色的美景，在室外享用下午茶或喝上一杯，也是一种美妙的体验。酒店内部无论是客房、大理石楼梯、欧式大厅，还是墙壁、天花板，处处散发着皇室的贵族风范。酒店的米其林餐厅拥有无敌湖景，让人顿时置身于湖光山色之中。湖畔花园更是赏心悦目，是一个消磨时光的好地方。酒店还拥有一个欧式豪华宴会厅，偌大的玻璃吊灯美轮美奂，可举办婚宴和各类时尚派对。值得一提的是，傍晚时分住客还可以去到大厅欣赏古典音乐的演奏，大厅仍保留着几百年来的贵族式风貌，天花板上的壁画都是历史古迹，酒店每年都花大量的人力物力去维护这些壁画。露台餐厅是一个非常浪漫豪华的餐厅，面对科莫湖的湖光山色，让人犹如沉浸在梦境中。

巴比安内罗别墅／星战花园与莱诺市集

巴比安内罗别墅（Villa Bal Bianello）是意大利科莫湖中央的一栋别墅，坐落在莱诺（Lenno）小镇。它是一座隐藏的天堂，因近年来拍过《星球大战前传》与007系列之《皇家赌场》而名声大振。它是星球大战主人公阿纳金·天行者（Anakin Skywalker）与帕德美·阿米达拉（Padmé Amidala）萌生爱意、举行婚礼的外景拍摄地。影片中最后的著名吻戏场景就是在巴比安内罗别墅的阳台拍摄的。自那以后，人们前来参观巴比安内罗别墅，就是为了重温影片中那动人的一幕，加以温存这份记忆。

007系列之《皇家赌场》的部分场景取景地也在此。这里是影片中的詹姆斯·邦德和他的爱人（伊娃·格林扮演）拍摄吻戏的取景地。导演马丁·坎贝尔也经常跟人谈起他是如何彻底地爱上了科莫湖岸周围别墅的花园。

  只有在阳光灿烂的日子亲身来到这个曾经是红衣主教拥有的湖畔别墅，才能感受到科莫湖无与伦比的美丽。别墅内的花园植物栽种修剪都独具匠心，房间豪华高雅，充满文艺气息。在这里既能欣赏到大自然的心旷神怡，又能感受到独特的人文艺术魅力，实在令人陶醉。在别墅的地下还有一条秘密通道，据说红衣主教邀请他的朋友们坐船而来之后，为避人耳目，让客人们在登上私家码头后进入秘密通道到达他的房间。红衣主教的背景故事又为这座别墅添上几分传奇色彩。

  巴比安内罗别墅所在的莱诺小镇是一个非常美丽的小镇，登上码头朝左行走，沿着湖畔有许多的餐馆，许多游客喜爱在这里享受着美景用餐，这里的消费价格比贝拉吉奥便宜。碰上集市还可以买到便宜的衣服、家居用品和新鲜水果。假日里很多家庭在湖边享用午餐和咖啡，或者带着孩子们欣赏波光粼粼的科莫湖水，尤为惬意。在集市上，人们还可以看到过去科莫湖的主要交通工具——一种叫作露齐亚的小舟。就是这种小舟，负责运输科莫湖小镇之间的物资。

加尔达湖 / 住在朋友家

这一年的夏天，我本来计划去意大利南部的阿玛尔菲海岸度假，但是公公的身体出现了状况，婆婆日日揪心，于是我们取消了度假计划，想着多点时间陪着老人家。所幸公公的身体在 7 月底得到了康复，婆婆不忍心我们整个暑假待在家里，叫我们 8 月出去玩玩。由于 8 月正值意大利的度假高峰期，无论上山下海都必须提前预订住宿，否则价钱昂贵自不用说，房间订不到也是正常的事情。正在发愁的时候，艾连娜告诉我，她们家在加尔达湖边的度假屋随时欢迎我们，给我们预留了两个房间。真是一个好消息，于是我们两大两小一行四人，朝着这个意大利最大的湖泊奔去，开启湖光山色度假模式。

　　老天总是有最好的安排。以前出外度假都是住酒店的多,这一次我可以地地道道地体验一下意大利人自有度假屋的生活。艾连娜家的度假屋位于加尔达湖边的萨罗(Salo)小镇,这个萨罗小镇在二战时期曾是德军总部所在地。我们从米兰出发,2小时左右的车程就开始下高速公路,蓝色的湖水渐渐映入车窗,孩子们都惊叫起来。跟艾连娜在约定地点会合之后,我们就跟随她的红色小车开进小镇。我们来到一座三层楼高的复古鹅黄小楼前,楼前的一树三角梅正开得热烈,红彤彤的,艳丽夺目。原来这就是艾连娜家的度假屋。一楼是朴素的石砖结构,二楼和三楼的外表铺着鹅黄和咖啡色混搭的几何图案瓷砖,木质的露台和廊柱式的窗台可以看出房子已经有一些历史了。

房子前面有个静谧美丽的花园，花园里种植着橄榄树、桃子树、柿子树，花园旁边的房子竟然是个城堡，意大利人真是住在古迹里的。一面黄色外墙上挂着很多来自世界各地的瓷片挂件，挂件上有北非的骆驼、荷兰的风车、希腊的蓝色小屋、西西里岛的火山和柠檬、卡普里岛的海岸、伊斯坦布尔的清真寺、锡耶纳的广场、丽树镇的尖头小房子等，原来这些都是艾连娜的公公生前去过的地方。

这所房子目前是艾连娜的婆婆拥有，公公已经去世。艾连娜和她的丈夫乔万尼平时在布雷西亚上班和居住，只有度假的时候才回来住两三个月。艾连娜的婆婆之前在米兰工作，是一位教法语的老师，退休后就选择住在加尔达湖边的萨罗小镇养老，天天去湖边晒太阳游泳。她现在已经 80 多岁了，身体健壮，说话响亮，在湖里能游很远呢。

这所房子里面布置得温馨而又充满了度假风。一进门是起居室，藤制的长椅旁边是一个鸟笼，里面有两只小鸟蹦蹦跳跳地在欢唱。墙面装饰着鲜花和植物的油画，油画下面是小主人格丽塔的小黑板，黑板上画着一幅地图，并用意大利语写着格丽塔的名字，寓意这是格丽塔的地盘。起居室另外一个墙面是两扇大大的玻璃窗，白色透明的薄窗帘优雅地挽着，隐约可以看见窗外绿意盎然的景色，靠近窗户还可以听到潺潺流水的声音，原来房子靠山，山下有一条小溪水。白色圆桌上的向日葵花给起居室增添了强烈的生活气息，一个黑色的大箱子上面装饰着蝴蝶、天使、花鸟的图案，俏皮又可爱，这是小主人的玩具箱。我一直很惊叹意大利人布置家居的神奇能力，他们总能把我觉得很不搭的东西搭配得完美融洽。

放下行李，孩子们迫不及待地换上泳衣，向湖边出发。这里的度假设施非常完善，进入湖边的一个俱乐部后，我们可以选择在游泳池游泳，也可以选择在湖里游泳，还配有网球场、烧烤营地、咖啡馆。我们选择了靠近湖边的阳伞坐下，欣赏着远处优美的景色。加尔达湖位于阿尔卑斯山南麓，由冰川作用形成，东南部属于维罗纳省，西南部属于布雷西亚省，北部属于特伦托省，由三省管辖。我们远眺阿尔卑斯山脉，近处可以看到清澈见底的湖水。大孩子们在伸出湖里的木栈道上一个一个不停地往下跳入湖水中玩耍，乐此不疲。

第二天早上艾连娜带着我们来到了位于加尔达湖西岸的加尔多内里维耶拉小镇（Gardone Riviera）。这个小镇依山傍水，有很多郁郁葱葱的公园，种植着棕榈、木兰、茉莉花、雪松和丝柏树。而最著名的一个公园叫作"意大利胜利者"（Vittoriale degli Italiani）。这是加尔达湖畔最著名的景点之一，也是意大利最多人参观的博物馆。博物馆收藏着加尔多内里维耶拉一带全盛时期保留至今的珍贵遗产。意大利诗人邓南遮于1922年移居这里，宣称搬到这里是为了"逃避让他恶心的世界"。所以，博物馆里面收藏了一战时和邓南遮有关的物品，包括从南斯拉夫夺来的战船。公园内宏伟的露天剧院则沿用至今，每年7—8月有大量的演出。

我们来到小镇上的一座教堂，教堂的一面向着小镇，似乎在守护着这里的人们，另一面面向宽广的加尔达湖，此处风景独好。最有趣的是我们可以在这个小镇坐上小火车游览，穿过小镇的街道，路过咖啡馆和小酒馆，从山上一直来到湖边。沿路怒放的三角梅灿烂无比，似乎在热情地招呼着来这里的每一个人。坐在小火车上的修女脸上也洋溢着幸福的笑容。

　　加尔多内里维耶拉小镇的湖边有很多度假酒店、旅馆、餐馆，还有广场和精品店、纪念品店等。面对着浩瀚湖水的广场走廊里面，一对老夫妇坐在长椅上，时光凝滞，岁月静好。海鸥在岸边的铁栏上驻足，又飞去。鲜花与湖水互相辉映，这就是加尔达湖的美景。

　　孩子们怎会放过这天然的泳场，他们迫不及待地踏入湖水与野鸭们嬉水。蓝天、白云、青山、绿水，与孩子们的背影浑然一体，构成了一幅秀丽的图画。岸边的人们要么懒躺，要么阅读，这才是度假的感觉啊。一条长凳上，我看见一家四口都带着各自的书本在阅读。这么美的地方，相约来阅读，也是赏心的事情。

　　附近还有一个柠檬小镇，本以为只有意大利南部生产柠檬，原来在意大利北部也有优质柠檬产区，就在加尔达湖边。因为这里冬季相对气候温和，夏季阳光充足。艾连娜驱车带领我们来到柠檬小镇的一处高速公路路旁停了下来。就在高速公路弯角处是一片湖边沙滩，准确来说是小石子滩，很多本地人在晒太阳和游泳；而另一边是依山而建的柠檬园。从俯瞰的角度来说，这座柠檬园位于加尔达湖西岸的高大青山之下。柠檬园内排列着高大雄伟又整齐的水泥柱，原来在冬季，工人们会用适合的材料覆盖在水泥结构上，给整个柠檬园保暖。这个时候已经过了柠檬采摘期，但是可以让游客

们参观，里面俨然一个科学馆，展览着柠檬种植的工具和历史。意大利人非常注重保存珍贵的历史遗产，展柜里面生锈的工具和钉子，这些在意大利人眼里是宝贵的文化遗产和历史的见证，这种执着，着实让我感动。虽然园内的柠檬已经不多，但是游客仍可以购买各式各样的柠檬果酱，还有一系列柠檬做的护肤品。

第三天，艾连娜安排我们坐上了游船，在加尔达湖上游玩畅泳。游船在绿色清冽的湖水中行驶，孩子们兴致勃勃地观赏着周围美丽的景色。加尔达岛就在湖水中，岛上面有一座美丽的宫殿，这座湖中宫殿可以预订来举办婚礼，实在是奢华而又私密。船长行驶到离水中岛不远的地方停下来，给孩子们一个机会跳到水中畅游。孩子们兴奋极了，都是第一次在湖中游泳，既惊喜又有点害怕。远处是黛青色的山脉，近处是翡翠色清透的湖水，孩子们的身影在青山绿水之中，构成了一幅美妙的图画。艾连娜事先预备了饮料和小吃，孩子们游完泳后在船上一起吃吃喝喝，又是一番乐趣。船长开始返航，孩子们躺在白色的甲板上，吹着凉爽的风，都睡着了。到达湖边，湖滨酒吧的冰激凌是不可错过的，很多游人在湖滨餐厅一坐就是一个下午。

来加尔达湖度假的人们，享受着阳光明媚的慢时光和湖光山色的自然美景。游泳，阅读，游船，呆坐，闲聊，晒太阳，吃冰激凌。加尔达湖的美食秉承意大利美食的风格，丰富多彩，新鲜美味。加尔达湖位于米兰和威尼斯的中间，交通非常发达，无论去米兰还是威尼斯都非常便利。所以饮食上，加尔达湖能满足你所有的需要。奶酪、湖鲜、海鲜等食材都非常新鲜，你可以去当地的一家 16 世纪私人别墅的花园里享用午餐，也可以让当地的私人大厨安德·里亚·贝尼尼（Andrea Benini）来到你的住所为你和贵宾朋友们准备米其林式的意大利晚餐。

　　锡尔苗内（Sirmione）是加尔达湖的一颗明珠。这个小镇坐落在湖水当中，古老的城门内是一个童话式的城堡，进入城堡内，映入眼帘的是一番迷人的景象，有许多13世纪建造的房屋，狭窄的小巷、鲜花盛开的三角梅、惊艳的精品店橱窗、餐厅小酒吧、冰激凌店、咖啡馆，处处散发着浪漫的情趣，让人流连忘返……

　　加尔达湖也是欧洲鼎鼎大名的温泉疗养胜地。锡尔苗内小镇里的温泉疗养中心紧靠湖水，风景迷人，吸引了大量的游客前去体验。小镇里面有一座私密的贵族酒店，始建于16世纪，偌大的花园里有树林、雕塑、喷水池，处处流露着贵族气息。更美妙的是，这座酒店的另一半坐落在加尔达湖滨，而加尔达湖底的温泉水直接涌入湖水里，这座酒店的宾客可以在私人游泳区直接下湖感受着天然奇特的温泉。

　　艾莲娜告诉我们，在小镇的另一边山崖的脚跟处，是加尔达湖的天然温泉区，每逢周六日免费开放，人们可以租一条游船开到温泉区，尽情下湖游玩。从湖底冒出的温泉，我还真是头一次听说，很希望在冬天的时候来好好体验一回。

Chapter 06

北部

◎ 威尼斯 / 惊世之美 ◎ 米兰 / 骨子里的时尚 ◎ 维琴察 / 帕拉迪奥之城
◎ 维罗纳 / 遇见罗密欧与朱丽叶 ◎ 亚历山德里亚 / 圣山下的野餐
◎ 蒙菲拉托 / 家家都有"硬飞了" ◎ 法拉利小镇 / 全世界男人的梦想
◎ 奶酪之王与顶级香醋 / 岁月精华

威尼斯／惊世之美

米兰·昆德拉曾经说过："人生旅程无非两种，一种是为了到达终点，那样生命便只剩下了生与死的两点；另一种是把目光和心灵投入到沿途的风景和遭遇中，那么他的生命将是丰富的。"威尼斯，全世界最著名的浪漫水城，正是一个非常适合"把目光和心灵投入到沿途的风景和遭遇中"的地方。它的柔美身姿，不仅仅使千千万万的游客倾倒，也使无数的诗人、画家和作家纷沓而至，洗涤心灵。普鲁斯特、詹姆斯、海明威、拜伦都觉得它的诱惑无法抗拒。威尼斯也是文化历史长河中最耀眼的一颗明珠，世界上没有哪座城市能比威尼斯拥有更多的本土画家，如贝里尼、吉奥乔尼、提香、丁托列托、提埃波洛和瓜第等。

威尼斯已经有1500多年的历史了,相传在公元453年,威尼斯当地的农民和渔民为了躲避匈奴人的抢掠而逃到亚得里亚海的这片潟湖的沼泽地上。威尼斯建在100多座小岛上,由上百万的桩子支撑着,由400多座桥连在一起,是世界上唯一完全建在水上的城市。据说,为了建成威尼斯,意大利北部的森林全被砍完了。拜伦是这样形容威尼斯的诞生的:"她的身姿从碧波中升起,好似被巫师的魔杖击起。"威尼斯水城的祖先为的是求一个安身之地,没想到1500多年以后,当初满是滩涂和蚊子的湿地、小岛,变成了全世界游客梦寐以求的旅游胜地。

有史料显示那些强悍的匈奴人其实就是被汉武帝手下的霍去病赶出漠北的那批匈奴人的后裔。也就是这些汉武帝曾经的手下败将,导致了欧洲人历史上的大举向东迁徙,以及催生了后来显赫一时的威尼斯。正是匈奴人使遥远的威尼斯与我们中国有了一种说不出的渊源。

威尼斯,这个"因水而生,因水而美,因水而兴"的水上之都,拥有"欧洲最美丽的客厅"圣马可广场;拥有世界最负盛名的教堂圣马可教堂;拥有那座让无数人梦想情定一生的叹息桥;拥有巨大奢华的总督府;拥有上演过"凤凰槃涅"传奇的凤凰歌剧院;拥有《威尼斯商人》记述过的里亚托桥……威尼斯拥有的,还远远不仅如此。

　　在这些大名鼎鼎的建筑背后,更多的是那些无名的建筑,那些被来去匆匆的观光客忽略的威尼斯细节。主岛上的每一条街,每一座桥,它们不是由一个或几个建筑师在图纸上精心设计的,而是世世代代的威尼斯居民在生活中积累建成的,自主的,属于人民的建筑。当你迷失在威尼斯的小巷中,触动更深的是这些威尼斯人世世代代的智慧。在这些斑驳残垣的背后,包含着以往海上霸主的光荣与梦想。

　　穿梭在威尼斯的小巷中,远离了圣马可广场的喧嚣,不禁让人体验到一种纯真、古朴和自在的感觉。手心触摸的或者是老得掉漆的大门,或者是历尽岁月沧桑而露出红砖的老墙,或者是街道两边一条条墨绿色的水浸痕迹,这些都足以勾起人们的好奇心,想去探讨这里的过去、这里发生的故事,不由自主地产生一种与过去时光强烈的共鸣。

　　事实上,更有味道的威尼斯,正隐藏在那些说不出名字的建筑之中。威尼斯城内古迹甚多,除了那些赫赫有名的建筑外,还有大大小小120多座教堂、120多座钟楼、60多座男女修道院、40多座宫殿。此外,威尼斯民居也是充满艺术思想的,建筑风格各异。它的每一砖每一瓦都是美丽的笔触。高高的拱门是受到拜占庭的启发而建,尖拱则是哥特式风格,这种土耳其带来的拜占庭风格混合了北欧典型的哥特式风格,被后人称作"威尼斯哥特式"。14—15世纪是威尼斯的全盛时期,威尼斯成为意大利史上最强大和最富有的海上"共和国",也是地中海的贸易中心之一。从美洲来的咖啡、非洲来的珍禽异兽、亚洲来的茶叶和瓷器,还有世界各地的香料,都从这里进入欧洲。重要的贸易地位使威尼斯成为多元文化的综合体,所以东方拜占庭艺术、古罗马艺术、中世纪哥特式艺术和文艺复兴艺术等多种艺术式样除了在圣马可教堂得以集中体现,在威尼斯的民居建筑中也都随处可见。

　　世界上没有哪个城市像威尼斯一样拥有这么多不同风格的窗户。走在威尼斯的大街小巷中,不妨放松心情,抬头好好看看头顶上的窗户。这些窗户或是拱圆形的巴洛克风格,窗前摆放着娇艳的红色小花和绿色的小松柏,或是古罗马风格廊柱形的窗户,窗前栽种着白色的喇叭花。还有很多窗户,你根本无法说出到底是哥特式风格还是拜占庭风格,是文艺复兴风格抑或是巴洛克风格,它们或尖或圆,或单独或并排,或有廊柱分隔又或者没有。这已经能让那些学建筑的后生哥们惊叹无比,威尼斯就是一本活生生的建筑图鉴,伟大的建筑艺术都融入寻常的民居之中。威尼斯人总爱在家的窗前栽种着鲜艳欲滴的小花和绿油油的植物,阳光透过生机勃勃的绿叶,让人感到一

种莫名的感动。木质的窗门因为岁月的流逝而斑驳陆离，窗棂的雕刻或许也已经脱落了不少，然而窗前温馨娇美的小花小草却让人有种幸福的感动，不禁遐想里头居住着的是怎样爱美、爱家和热爱生活的人。

漫步在威尼斯无名的建筑中，或许让人感受到一种颓废的感觉，毕竟曾经的辉煌已不复存在，但是在建筑的细节中不难发现威尼斯人曾经执着的浪漫和发自内心无比的骄傲。房屋的大门、窗棂、走廊上都雕刻着精美的图案和花纹，四叶草的镂空图案则最为瞩目，四叶草寓意着幸运。即使房屋背面的入口，一楼停泊贡多拉的小码头，小院的侧门，也装饰得极为奢华，或头像浮雕，或图腾石刻，绝对拒绝平庸。威尼斯人曾经是欧洲最富有的人，贸易让他们积累了庞大的财富，复式记账法就是威尼斯人发明的，直接影响现代金融的发展。威尼斯的每一幢房屋曾经都是一个家族企业，而每一个家族都不约而同地用建筑艺术来荣耀着家族门楣。无论是大运河边的豪宅，抑或是小巷小街里的楼房，如今都变得沉寂无声，只有那些浮雕和石刻，作为历史的见证仍旧陈迹于此。世界第一驴友马可·波罗的家乡就是威尼斯，马可·波罗家族靠着当年他从中国带回来的财宝，一度成为威尼斯城中的巨富，后来故居却因17世纪的一场大火而毁于一旦，现在的故居则是重建的。

　　威尼斯正好赶上文艺复兴的高潮时期，具有古典美的事物接受时光的锻造，更显得妩媚迷人。可以说，几乎每一座无名建筑里都收藏着威尼斯画派的作品或复制品。艺术的思想直接渗入每一栋建筑里头。每一座无名建筑都见证了威尼斯的艺术成就，收藏着一份属于威尼斯人的骄傲。威尼斯的艺术与浪漫为众多的作家和艺术家所倾倒。英国著名作家拜伦也安家于大运河边。拜伦非常喜欢居住在威尼斯，被威尼斯深深地迷住了，写出了不少关于威尼斯的作品，他曾经还在大运河里畅游。拜伦在威尼斯有为数不少的情人，在放荡迷乱的狂欢节上甚至勾搭上了娼妓，最终患上了淋病。

　　威尼斯除了有因埋葬耶稣门徒马可的干尸而著名的圣马可教堂、大运河边上的因纪念黑死病结束而建造的圣母安康教堂，还有许多游客无法记住名字的小教堂。然而这些小教堂不但是威尼斯人生活的一部分，也是威尼斯音乐的一部分。17世纪，威尼斯的音乐发展到了一个相当高的水平，意大利最著名的一首小提琴曲《四季》的作者安东尼奥·卢奇奥·维瓦尔第（Antonio Lucio Vivaldi，1678年3月4日—1741年7月28日）就是威尼斯的神父兼作曲家。当时教堂里培养出来的唱诗班小提琴手非常优秀。每次威尼斯狂欢节过后的 9 个月都会迎来一股婴儿潮，鉴于父母需要隐瞒身份的原因，这些婴儿很多都被送往了教堂收养。教堂精心培育这些孩子的音乐才情，作为唱诗班成员，很多孩子竟然还成了当时非常优秀的演奏者。由于这个原因，一些富有的家庭为了使自己的孩子能有较高的音乐成就，竟然也把自家的孩子投进了教堂的收养箱。后来教会不得不在收养箱上面写了一行字："若是谁出于不诚实的心把孩子交与教会，并增加教会负担的，必受诅咒。"在威尼斯行走，无意中就会遇到一个小教堂，这些教堂与威尼斯人的生活是如此的息息相关。他们在教堂中或是为了洗涤灵魂，或是为了寻找救赎，又或是仅仅为了在喧闹声中享受片刻的宁静。

威尼斯，是一座介于过去和未来的城市，一座古老却又赶上了时代潮流的城市。整座城市处于一种微妙的平衡状态：美丽与颓废的平衡，强权和衰落的平衡。

在小巷入口，或许你会因一个无法看透看懂的石雕图腾而着迷，历史的元素仍旧陈列于现代之中。图腾代表着一种权力、一种地位，然而如今的人们已经无法从图腾去解说权力和地位的故事了。在小广场的边上，或许你会发现一堵油漆得鲜艳如血的墙面上钉着几个特有文艺范的铁花防盗网，防盗网上满是灰尘，窗台上又放着一两盆美丽的小花，生活真实却又如此浪漫。走着走着你又很可能会无意中发现，类似于朱丽叶故居的楼房竟然是一个现代化的银行！文艺复兴风格的红砖橱窗里，陈列的竟然是最新款式的运动鞋！古老的文艺气息与现代的商业气息互相碰撞出火花，并弥漫在这个时空之中，不禁让人有种穿越的感觉。

坐在贡多拉上，游荡在如胡同般的水道中，水道边威尼斯民居间晾晒的毛巾、床单和衣服，在浓郁的背景之下变成了一幅色彩亮丽的油画，似乎在告诉游人，你并非穿行在梦中。

这就是威尼斯。虽然当年的海上霸主已经衰亡，威尼斯的艺术也褪去了华丽的色彩，但是她就像一个风韵犹存的贵妇，本质还是如此，并没改变。如今这里变成了属于游客的威尼斯了。威尼斯的常住人口由20世纪50年代的17万人，递减到现在不到6万人。而游客则由20世纪50年代的100万人激增到现在每年2000万人。兴盛的旅游业推高了生活成本，大批市民不得不"逃离"威尼斯，选择到意大利其他城市或欧洲大陆居住。威尼斯房价高昂，而且很多房主乐于将房子短租给外来游客，以获取更多租金。此外，旅游业还排挤了其他产业的生存空间。在威尼斯，如果有人不想从事旅游、餐饮等服务类工作的话，就很难找到其他工作岗位。威尼斯的居民还为这座"垂死"的城市举行过"葬礼"。

米兰 / 骨子里的时尚

米兰是个赫赫有名的时尚之都，是无数潮流达人的膜拜圣地。

可惜，2006 年初到米兰的我并不是什么潮流达人，如果当时你能在米兰见到亚洲人面孔，那多半是来自日本以及中国香港、台湾的高级买手，前来选购奢侈品。甚至于连"买手"这个名称，我也是后来才明白它的意思。

并没有 OUT（落伍）与不 OUT 的问题。要知道，作为一个 70 后，在十来二十岁应该做粉红色公主梦的时候，我身上大多数的衣服却是表姐留给我的。只有过新年之前，才可以欢欢喜喜地骑着自行车去我们小镇市集的地摊上，挑选我喜欢的牛仔裤。那时候的我，剪着短发，戴着厚厚的眼镜，Babyfat 的脸，Babyfat 的身材，正宗丑小鸭一只。

　　70后的一代，大多数人的童年和青春期仍处在物质缺乏时代，衣服有得穿算不错了，要提"审美"要求，那就真是"奢侈"了。整个夏天，可能就只能换着穿两条裙子。有些女生的亲戚在香港的，偶尔带一两条彩色或者带花边的裙子回来，已经让人艳羡不已。那个时代对于奢侈品，可以说闻所未闻，见所未见。

　　因此，当我置身于米兰殿堂级的时装长廊时，我感到有些气场不继。在我的脑海里并没有储备如此之多的信息，很多东西很多LOGO我从没见过，或者只在一些高级时尚杂志中见过面，但再多一点的信息都没有了。在大大的橱窗面前，好多品牌我都无法读音，只能一个字母一个字母地蹦出来。后来上网恶补了一顿功课，才开始了解那些大名鼎鼎的品牌名字。这，就是我对米兰的初印象。

　　之后将近 10 年的旅居生活，我才渐渐熟悉这个城市。米兰拥有欧洲最豪华的哥特式教堂——米兰大教堂（Duomo di Milano）；米兰拥有欧洲最漂亮的长廊——艾玛努埃莱二世长廊 (La Galleria Vittorio Emanuele II)；拥有全世界最有名的歌剧院—斯卡拉歌剧院（Teatro alla Scala）；拥有意大利独一无二的稀世珍品收藏馆——布雷拉美术馆 (Pinacoteca di Brera)；拥有达·芬奇最著名的杰作——《最后的晚餐》(L'Ultima Cena di Da Vinci)；拥有鼎鼎大名的"米兰时装周"，以及潮流达人最爱流连的时尚四方街；还拥有一个记录着米兰历史的中世纪城堡——斯福尔泽斯科古堡（Castello Sforzesco）；不仅如此，米兰还拥有足球界的荣耀之地——圣西罗球场，见证着 AC 米兰与国际米兰的意大利热情和卓越球技。

　　来到米兰的游客，或许会惊叹大教堂的雄伟与庄严；或许漫步在长廊的玻璃拱顶之下，欣赏着璀璨豪华的橱窗；又或许正在长廊精美的马赛克地砖上寻找着那只公牛，在其身上旋转几圈祈求得到好运；或许在时尚四方街上大袋小袋地血拼；或许在圣母感恩教堂里等待着亲眼见识达·芬奇的旷世奇作；或许在圣皮奥内公园的草坪里晒着太阳；或许随着"电车餐厅"，一边品尝美食，一边欣赏着夜色里的米兰。热爱音乐的人们也许正在翘盼着夜晚的歌剧，在华丽的斯卡拉歌剧院里圆一个人生之梦。艺术之子或许正流连在布雷拉美术馆里面，一睹名家风采。

人类最早在米兰定居的痕迹可以追溯到公元前 400—公元前 500 年，经过岁月的熏陶练就，今天的米兰成为一座古典与时尚完美结合的城市。跟罗马、佛罗伦萨或威尼斯所体现的中世纪风格不同，米兰是一座生气勃勃的商业大都市。在风格和外观上，它比其他意大利城市更体现出现代及北欧风格。与意大利其他城市慵懒的节奏不同，米兰给人卓尔不群、充满创新精神以及快节奏的大都市感觉。几百年来，米兰以它的活力、创造力和不断创新的力量吸引着全世界的游客。在这里你可以感受到古典与时尚的完美结合。

　　米兰是一个很适合自由行的城市，几乎最重要的景点都在米兰大教堂附近，街道商店林立，橱窗精美，非常适合漫步欣赏，并挑选心仪之物。走累了在街道上的冰激凌店舔一个意大利冰激凌，或者在咖啡座坐下看着这个时尚之都来来往往的人群，也是一种很特别的体验。这个城市包容性很强，在这里可以看到世界各国的面孔。

　　米兰人务实、创新，米兰这座大都市在意大利是出了名的生活节奏紧张。但是在咖啡馆和高级糕点店里面，米兰人又似乎停留在了另一个时代氛围里面，透出闲逸和优雅。下班后到吃晚饭前是米兰人的开胃酒时刻，可以前往 Corso Como 好好转转，只需付一杯开胃酒的钱，就可以享有许多自助食物。感受米兰的夜生活，晚上可以去运河区(Naviglio)吃饭或喝酒，运河边有各种酒吧和餐厅，附近有不少充满创意的小店。每到夏天周末，有很多人在河边拿着啤酒跟朋友聊天畅饮，这里不像巴黎、阿姆斯特丹夜生活那么重口味，完全就是一脸小清新。米兰人的生活相对富裕，一年中他们总会安排至少两次的假期——8 月的假期和圣诞假期。冬季的周末会到附近的阿尔卑斯山上滑雪，夏天会到湖边或海边享受阳光。另外，时尚似乎是米兰人骨子里的东西，他们总是穿着得体又有品位，生活得十分精致。

很多人以为米兰只有米兰大教堂，只有时尚，只有购物，其实米兰的文化历史底蕴一点也不薄弱。沿着城中的道路行走，走进博物馆，走进教堂，走进城堡，走进昔日私人豪宅的庭院，将会发现米兰更多的文化韵味。那些隐藏在角落里未被发现的美景和宝藏都值得去慢慢探索。米兰的电车是文艺青年镜头下的主角。米兰是意大利拥有最多电车的城市，比罗马还多。跟随着电车轨道的痕迹，可以随意而又轻松地游览这个古典和时尚结合的城市。

离米兰大教堂广场不远是梅尔坎托街，从那儿沿着但丁大街就可以走到斯福尔泽斯科古堡。这座古堡是米兰的一座重要历史建筑，也是米兰最壮观的纪念物，14世纪由维斯孔蒂家族动工，实际上到了1447年就被游行示威反对该家族垄断政权的愤怒人群摧毁。斯福尔泽斯科家族在15世纪统治米兰，把这里重新修建成堡垒和住所。时至今日，这座原来的军事要塞已经成为10座博物馆的集合。斯福尔泽斯科古堡彰显米兰的历史底蕴，提醒着全世界来朝拜时尚的人们米兰并非只有现代，也有着悠久的历史。各类的汽车在古堡前鱼贯穿梭，轻轨电车不徐不疾地驶过，现代的繁华景象与历史的厚重感并存于这个空间。

　　布雷拉美术馆珍藏了几百幅国家级的艺术珍品，庞大的展厅按时间顺序展出了15—20世纪跨越几个世纪的油画作品，重现意大利的艺术发展历史，是一个宏大的艺术宝库。美术馆在最重要的展品前放置了椅子，让人可以坐着慢慢欣赏最杰出的艺术作品。

　　隐藏在米兰街区里的私人豪宅博物馆同样令人惊叹，14—15世纪的家具、玻璃器皿、首饰、油画、地毯、盔甲武器等保存完好的收藏品再现了真实的历史，精美程度实在是令人叹为观止，著名的有波迪·佩佐里博物馆（Museo Poldi Pezzoli）和巴加蒂·瓦塞基博物馆（Museo Bagatti Valsecchi）。

　　米兰一年两次的时装周显示着它在全球时装业的霸主地位。时装周的时候，在时尚四方街或者艾玛努埃莱长廊，时常可以看见各路明星、模特和潮人盛装而来，为这个城市增添了不可抵挡的迷人魅力。

维琴察 / 帕拉迪奥之城

距离威尼斯1小时车程有一个世界文化遗产之城维琴察,又被称为"帕拉迪奥之城"。帕拉迪奥是意大利文艺复兴时代最伟大的建筑大师,世界上仅有一种建筑风格用人的姓氏来命名,就是帕拉迪奥式建筑风格。美国白宫也属于帕拉迪奥式建筑风格。几百年来,帕拉迪奥建筑风格在欧美的乡间别墅、官邸大宅、银行机构被广泛地运用,帕拉迪奥写的《建筑四书》也成为建筑史上的圣经。他的建筑风格讲求完美对称,廊柱式的门楣和配备双楼梯式的正门使入口更显庄重,整座建筑更显大气。

  在这位建筑大师的家乡，杰出的建筑更是处处可见。最为著名的是维琴察市中心的巴西利卡大会堂（Basilica Palladiana），巴西利卡来源于希腊语，意思是"王者之厅"。建筑学上著名的"帕拉迪奥母题"源于此建筑。帕拉迪奥在原本的会堂基础上加建了回廊部分，加建其实比重新建造一座建筑物的难度更高，需要计算得更加精密准确，布局必须考虑得更加精巧。就犹如在一首旧诗上添新词，在一部旧的文学作品基础上重新拓展，都比重写要难得多，必须迁就旧有部分，还必须带有升华。然而帕拉迪奥做到了，而且把大会堂改造得更大气雄伟。他巧妙地用了双柱子拱廊，相距尺寸经过天才般的计算，既符合力学要求，又符合审美平衡原则。别看好像是很容易，这是开创性的建筑风格，在他之前还没有过的。帕拉迪奥大教堂前的广场在500多年的风风雨雨里见证了维琴察的历史，从中世纪走进现代，见证了教皇到访、国家元首参观、人民的集会、纪念伟大音乐家的音乐会等等。

巴西利卡大会堂的对面是卡皮塔纳塔凉廊（Loggia del Capitaniato），也是帕拉迪奥的作品。建筑的底层由四根高耸的科林斯半柱分割而成的三个开间构成。除去墙上的浮雕、雕像和柱头的毛茛叶，整栋建筑几乎毫无装饰，只有红砖与白石为它增添了色彩的视觉对比。建筑风格虽然简单，却透出一种不由分说的厚重感，让你无法忽视它的存在，非常经典的一个"Less is more"（少即多）。

韩剧《雅典娜——战争之神》的前半部剧情是在维琴察取景的。剧中总统的女儿独自在维琴察学习建筑学，而主要人物的第一次见面正是在帕拉迪奥的作品——巴西利卡大会堂前。

另外一个帕拉迪奥建筑风格的典型代表就是近郊的圆厅别墅，四面严格的完美对称，是美国白宫的原型。圆厅别墅是建筑学子必到的朝圣之处，是现实版的建筑学历史教科书。

维琴察还有一个神秘而完美的室内歌剧院——奥林匹克歌剧院。这是欧洲最古老，而且是使用至今的室内歌剧院。歌剧院建筑本身就是一部令人惊叹的史诗。环形的观众席、廊柱雕塑和舞台的布景看起来都像是大理石建筑，但其实都是木结构。舞台布景是它的独特之处，街道看起来有百米长，利用了视觉效果，其实只有二十来米。然而，更吸引人的是歌剧院的音响效果，给人一种神秘而悠远的感觉，让人沉醉其中不能自

拔,犹如灵魂出窍,肉身坐在那里,灵魂已经飘浮在天地之中。不少游客都希望能待上两个小时才走。

维琴察有一种地道的美食叫作巴卡拉(Bacalà alla Vicantina),是用一种来自挪威的干鳕鱼,用牛奶或者橄榄油经过长时间的特殊烹制而成。为了传承和发扬这种美食,维琴察还成立了巴卡拉协会,评选烹制巴卡拉最杰出的餐厅。

在奥林匹克歌剧院出来不远的地方,有一家荣誉无数的巴卡拉餐厅。它既是餐厅,也是熟食店,一进门口,人们可以看见巴卡拉协会颁发的认证和获奖荣誉。在一楼的熟食店里满是地道美食,有维琴察本地的沙拉米肉肠、奶酪,等等。然而这家餐厅最奇特的部分是地窖,正式的餐厅必须走下楼梯进入地窖。进入地窖以后灯光在红色、黄色、绿色的酒瓶后散发着时尚的光芒,两排的酒架上全是美酒。最令人惊叹的是,这是一座建在古罗马遗迹上的餐厅,地面的绿色玻璃下可以看见古罗马花园的遗迹。

维琴察还是意大利著名的黄金之城,黄金饰品制造业是维琴察的传统产业。每

195

年有三个世界级的黄金展会在维琴察召开。不仅可以看到数不胜数的金饰店，更难得的是，你还可以在这里看到金匠们像百年前一样，用双手打造独一无二的饰品。

维琴察向东北驱车半个小时左右，有个风景如画的小镇叫作马罗斯蒂卡（Marostica）。这个小镇犹如莎士比亚剧中的城堡和中世纪乡村。小镇不大，但是拥有恢宏的堡垒大门、连绵的城墙，以及一个棋盘广场，一切都保持着15世纪黄金时代的原貌。在历史上小镇曾多次被外来势力侵占而不得不筑起了围墙，把整个小镇包围了起来。最奇特的是小镇的广场是一个国际象棋的棋盘，每到偶数年份的9月份，马罗斯蒂卡都会在这个广场举办国际象棋锦标赛。届时，人们会穿着跟国际象棋棋子相呼应的中世纪服装，来一场完全真人版的国际象棋比赛。兵卒、主教和王后在内的参赛者都会身着文艺复兴时期的服装，重现15世纪家族决斗的传奇场景。士兵、国王、王后，甚至连骑兵也骑着真马，玩起全民Cosplay，非常有意思。平日里可以在市政厅的博物馆里看到这些角色的服饰。

在维琴察朋友的引导下，我们来到了罗密欧和朱丽叶城堡，从维琴察驱车往郊外半个小时的路程即到达。一开始挺迷惑的，不远处的维罗纳城已经有了"朱丽叶之家"了，怎么维琴察也来个"罗密欧和朱丽叶城堡"？后来经当地人介绍才知道，其实罗密欧与朱丽叶的故事最早是住在维琴察的一位意大利作家写出来的，莎士比亚后来看到这个故事，才加以改编成爱情悲剧。而这位意大利作家写的故事，就是来源于维琴察的两个家族。所以算起来，这里比维罗纳还正宗一些。

我们首先经过了罗密欧城堡，正值盛夏，城堡里有演出，所以周围都停满了车。过了一会儿我们到了朱丽叶城堡。登上朱丽叶城堡顶层开阔的露台，景色非常迷人。我发现原来罗密欧城堡和朱丽叶城堡是据守在两个山头的城堡，并彼此遥相呼应。我打趣地想，说不定以前罗密欧经常用望远镜望过来，望到露台上的朱丽叶，望得多了，就坠入爱河了。当地人介绍，两座城堡之间还有地下通道。如今地下通道成了酿酒的酒窖，而在城堡周围的确有很多葡萄园。进入朱丽叶城堡仔细参观，里面保留了中世纪的风格，厚重的大窗和淡彩的壁画诉说着历史。维琴察政府最近还开放这个城堡举办公证婚礼，在大厅里面有数张布置精美浪漫的餐桌。能在朱丽叶城堡结婚，这真是一个超越时空的完美婚礼。从大厅的一扇门走出去，竟然是真正的"朱丽叶阳台"。这个阳台可以远眺罗密欧城堡，而这个阳台到地面有很高的距离，估计十几米高。所以罗密欧爬上这个阳台真的是不容易的。城堡的一楼被改造成了一间布置高雅的餐厅，做地道的意大利菜。餐厅有两款特色甜品，就如你能猜到的，一款叫"罗密欧"，另一款叫"朱丽叶"。

维罗纳 / 遇见罗密欧与朱丽叶

中国最伟大的爱情悲剧非《梁山伯与祝英台》莫属,西方世界最伟大的爱情悲剧则属于莎士比亚笔下的《罗密欧与朱丽叶》。《罗密欧与朱丽叶》的故事背景就是在意大利的维罗纳小城。家族的仇恨、缠绵的爱情、凄婉的结局令世上无数男女为之动容。其实罗密欧与朱丽叶的故事仅仅是一个传说,而且莎士比亚也并不是原创者,莎士比亚也从来没有去过罗密欧与朱丽叶生活的地方。故事的原创是一位意大利文学家,远在英国的莎士比亚读到了这个故事并产生了灵感,在原作的基础上演绎成一段旷世爱情故事。

维罗纳东距米兰160公里,西离威尼斯120公里,背靠阿尔卑斯山,往南200公里便是艺术之城佛罗伦萨。重要的地理位置使得维罗纳历来为兵家必争之地。维罗纳城历经了两千多年的风风雨雨,历经不同的统治家族统治。战争和被征服对于维罗纳人来说并不是陌生的词,但是,维罗纳人至今还对13—14世纪的统治者斯卡利哲家族念念不忘,那是维罗纳最鼎盛的时期,也是传说中罗密欧与朱丽叶爱情故事发生的时间段。

20世纪30年代,维罗纳的一位博物馆馆长突发奇想,在刚收购来的一座朱丽叶时代的、准备改建成民俗博物馆的民居上,开墙凿洞,加了一座从另一幢同时代建筑上拆下来的阳台,终于使这段感天动地的爱情故事有了实实在在可以让人凭吊的处所:朱丽叶之家和朱丽叶的阳台。从此,全世界的痴情男女都来到了朱丽叶之家凭吊和宣誓他们的爱情。故事是否真实已经不再重要,罗密欧与朱丽叶的坚贞爱情成了这座小城的永恒主题,维罗纳已经成了全世界人们心中的爱情圣地。来到维罗纳的人们都肯定要来朱丽叶之家,缅怀朱丽叶,表达自己对美好爱情的向往。

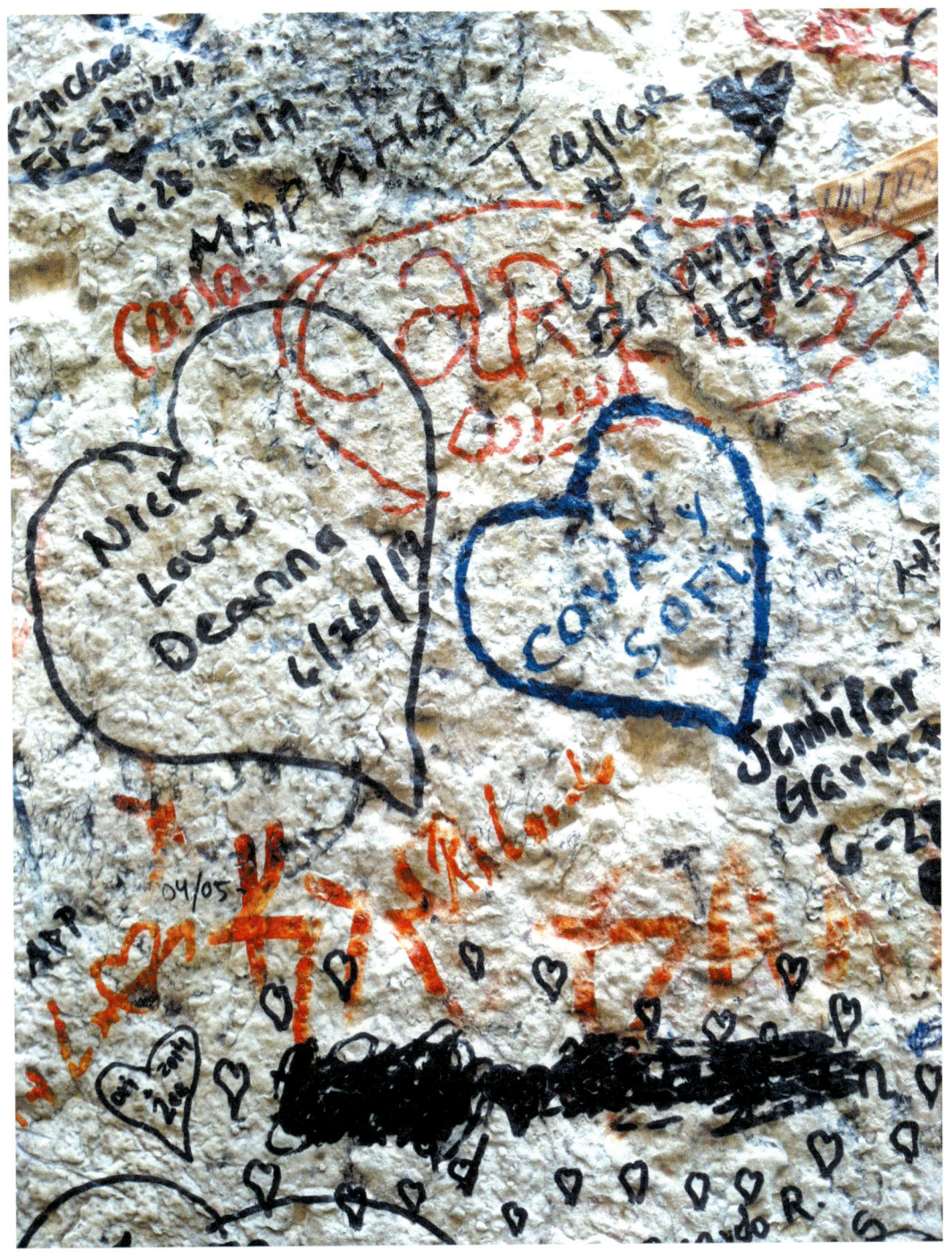

在"花子tt"的博客里面曾经推荐了一部电影,叫作《给朱丽叶的信》:"每一年,来自世界各地给朱丽叶的情书如雪片般纷纷而至,有的向这位女神表露自己的爱慕之情,有的则向她倾诉自己感情路上的相似遭遇,更有甚者托付朱丽叶向自己的意中人传达爱意……为了让他们的期待得到回应,某位维罗纳市长将这些情书交到了一群因热爱莎翁著作而自发组建的'朱丽叶俱乐部'负责人的手中,从那时起,每封写给朱丽叶的信都有了来自天堂的回音。从1993年开始,维罗纳文化局和朱丽叶俱乐部专门设立了'亲爱的朱丽叶'回信奖,每年情人节都要举行盛大的颁奖典礼。正因如此,诞生了前几天我看过并向朋友们推荐的电影《给朱丽叶的信》;也正因为这部电影,我迫不及待地来到了这座充满爱的城市。"

我按照花子的推荐去看完这部电影时,幸福感油然而生。陷入人生低潮的女主角来到维罗纳,无意之中在墙的缝隙中发现了一封几十年前的情信,并决定要重新让这对被迫分开的老情人重聚。经历种种,女主角也收获了自己的爱情,找到了生活的方向。朱丽叶,不再是悲剧的代名词,而是新生活的代名词了。维罗纳的迷人风光也增加了影片的可观赏性。

　　朱丽叶之家位于维罗纳老城弯弯曲曲的小巷中，但是人生地不熟的游客一点儿也不用担心找不到。因为朱丽叶之家的入口处总是人头攒动。进入院子之前，两旁墙壁上密密麻麻地写满了各种语言文字，还有地球人都懂的图案：两颗相连的心，每颗心里都写着一个人的名字。实在是没地方写的干脆贴上一块口香糖或者创可贴，把名字写在口香糖或者创可贴上。

　　穿过门洞进入内院，就到了朱丽叶之家。占地不到50平方米的小院，让人处处感受到爱情的力量。内院的一面墙上固定着铁丝网，铁丝网上挂满了各种颜色、大小相同的"爱心锁"。毋庸置疑，这跟中国黄山上的同心锁不谋而合。旁边的纪念品商店就特供这种精致的小锁。

　　一座跟真人大小差不多的朱丽叶铜像，微笑地站在同心锁墙的侧前方。不知道从何时开始，传言摸到朱丽叶右胸可以给人带来好运，因此，朱丽叶铜像的胸成为被肆无忌惮地大耍咸猪手的地方，以至胸前的位置尤为锃亮。网上也早有帖子称其为"史上被摸胸次数最多的女人"。

　　朱丽叶之家内院的右边，就是维罗纳民俗博物馆的入口，买票之后可以到楼上参观。登上阳台是很多女士的梦想，梦想着自己像朱丽叶一样，在阳台上向着自己的爱人挥手。电影中，阳台上下的少男少女在月光中表达着自己的爱意。而现实版的朱丽叶阳台却永远充满喧闹和激动。登上阳台的女士拼命地向人群中的某位男士招手，那位男士也奋力伸出双臂，举高手中的相机或手机，只顾连续按动快门，早已忘记了事先准备好的激情表白。

　　在朱丽叶之家的四楼，真有一个可供游客寄信的信箱，旁边是几台可以直接给朱丽叶写信的机器，而且真的有一个"朱丽叶俱乐部"，有热心的志愿者用各种语言回复来信。当然现在是网络时代，人们还可以写电邮，朱丽叶的邮箱地址是：info@julietclub.com。朱丽叶之家的三楼是一个可以举行正式婚礼的大厅，很多新人选择这里作为他们天长地久的结合之地，正如众多的好莱坞明星都在意大利的某座古堡里举行他们的浪漫婚礼一样。

　　维罗纳还有一个著名的地标——圆形竞技场。维罗纳的圆形竞技场与古罗马斗兽场是同一时期的建筑，然而，维罗纳的圆形竞技场至今仍然可以使用。每年夏天，这里的露天歌剧演出都是欧洲的文化盛会。欧洲人会自豪地炫耀自己曾经在维罗纳的圆形竞技场看过音乐演出。意大利所有著名的男高音都在这里演出过，包括多明戈。歌剧爱好者一定不要错过这个地方！

亚历山德里亚／圣山下的野餐

知道有亚历山德里亚（Alessandria）这个地方，是因为 Serravalle Designer Outlet，这是欧洲最大的折扣村，距离米兰一个多小时的车程，很多明星到意大利都会来这里扫货，包括姚明和任贤齐。在路上无意中看见许多葡萄酒的招牌，才知道原来我很喜欢的一款意大利白葡萄酒——佳维（GAVI）的产地就在附近。

亚历山德里亚省位于都灵、米兰、热那亚三个城市构成的三角地区的中心，是一个风景如画的地方，可以体验像米兰这样的大城市以外的田园风光。这里适合自驾游，旅游项目丰富多彩，包括山地自行车、森林徒步、温泉、葡萄园、高尔夫、购物和中世纪建筑观光等。这里是意大利自行车奥运冠军美侬德·罗西（Mino De Rossi）的故乡，也是著名意大利作家翁贝托·艾柯（Umberto Eco）的故乡。亚历山德里亚省有两处世界文化遗产，一处是位于皮埃蒙特和伦巴第交界的九座"圣山"（Sacri Monti），另一处是位于蒙菲拉托（Monferrato）的酿酒区。

　　翁贝托·艾柯是一位享誉世界的哲学家、符号学家、历史学家、文学批评家和小说家，被誉为"意大利20世纪后半期最耀眼的作家"。最为中国人熟悉的作品是《玫瑰的名字》《美的历史》《丑的历史》《带着鲑鱼去旅行》《诠释与过度诠释》《植物的记忆与藏书乐》等。悬疑小说《玫瑰的名字》是他的成名作，被译作多国语言。此小说中有一个情节，罪犯采用毒药浸渍书籍，使阅读者沾口水翻开书页时就会慢慢中毒而死。根据意大利汉学家白佐良（Giuliano Bertuccioli）考证，传说中国明代大臣兼文学家王世贞（1526—1590）曾试图用此法浸泡《金瓶梅》一书，以图毒死奸臣严嵩。不知道这一说法是否属实，但是中意文化确实有很多不谋而合的地方。

　　第一次来到"圣山"是因为这里是我先生小时候爸爸妈妈经常带着他和弟弟罗伯特来野餐的地方。我很想带着我们的孩子也来一次野餐之旅。正巧罗伯特一家也有空，这样我们一大家子带着好吃的，一起重温他们小时候的温馨时光。

　　九座"圣山"位于皮埃蒙特大区和伦巴第大区的交界，周围的自然环境非常优美，有山峦、森林、湖泊，果然是家庭周末度假的好地方。沿着山路我们可以看到路旁有许多用木搭建的桌椅，方便野餐的人们，而且非常干净，并不会见到垃圾。我们选择了一处地方停下，提着我们的食物篮子，呼吸着新鲜的空气，在森林里找到一张桌子，准备我们的野餐。

漂亮的桌布一铺下，温馨感立刻充满了整个地方。孩子们在周围捡树叶，男人们带着孩子观察大树和各种植物，女人们把餐具、水、饮料、面包、火腿肉、沙拉、开胃菜一一拿出，布置着餐桌。奶奶竟然还用保温壶把咖啡也带来了。一大家子就这样在大自然的环境中开心地享用起午餐来。新鲜的空气在流淌，不时传来小鸟的鸣唱，大树婆娑的间隙投下温暖的阳光。不花什么钱的旅行，却带来了奢侈的享受。不知道从什么时候开始，一家人在风景优美的地方开心地野餐似乎变成了一种奢侈。不是时间问题，就是地点问题。而这一天，一直梦想的情景真的实现了。其实吃什么喝什么已经不重要，重要的是一家人能够在一起享受着大自然的恩赐。

吃完午餐我们开始慢慢欣赏这座世界文化遗产。"圣山"有一组修建于16世纪的小教堂建筑群，它们是专门为人们以不同方式向基督教表示虔诚而建造的。沿着圣山的小路，坐落着一个个不同的宗教建筑物，每个建筑物里面都有一幅展现圣经故事情景的壁画，以及若干组雕塑。情景里面的人物雕塑都是1:1的，非常逼真。令我印象深刻的是亚当和夏娃偷吃禁果的场景、希律王屠杀婴孩的情景、约瑟带着玛利亚逃离埃及的情景，当然还有《最后的晚餐》那个经典场景。这些建筑物除了具有精神方面的象征意义之外，它们与周围自然环境的高度和谐、融合及统一也令人赞叹，精湛的建筑技艺给人以美的享受。走到圣山的最高处，有一座教堂，教堂旁边可以俯瞰整个山谷的河流、平原和小镇房屋，景色美不胜收。

其实我算过一笔账，在国内去山上玩，一家几口人的门票也要几百块，其实也不便宜。如果去峨眉山、黄山这样的地方，门票更加昂贵。但是在意大利，美丽的高山到处都是免费的，一家人去远足或者野餐，带上自己准备的食物，真的花不了多少钱，就可以有一个美好的周末。好山好水真是意大利人的好福利，不过这也是意大利人非常爱护自然环境的结果。

当然如果预算充足的话，在亚历山德里亚也可以很容易地找到米其林餐厅。我在当地一个叫作"葡萄串"的餐厅第一次吃到意式牛肉刺身，而且了解到原来意大利最有名的甜品——意式奶冻（Panna Cotta）就是源自这个地区。意式奶冻出自皮埃蒙特大区，是意大利北方的牧羊人流传下来的一道甜点：把新鲜奶油煮熟后等其冷却，自然凝固后便可搭配简单的调味品食用。Panna cotta 字面意思是"煮熟的奶油"，通常搭配红色水果的浓汁果酱，也可配巧克力或是焦糖。

蒙菲拉托／家家都有「硬飞了」

意大利第 50 个世界文化遗产，就是兰格和蒙菲拉托的酿酒区（Langhe-Roero e Monferrato）。这里到处都是绵延的山丘，山丘上是行列整齐的葡萄园。山丘的顶部是一个个村落。这里是世界著名的葡萄酒产区。许多葡萄酒爱好者驾着车来到这里的葡萄园寻找心中所爱的葡萄酒。

在意大利当地导游的介绍下，我们才知道原来这里几百万年前还是大海，地质非常年轻。这里的土地是砂砾岩的质地，我们竟然在一个古村落里看到了地质层里藏着的贝壳。在这个叫作 Cella Monte 的小村落有一座废弃的修道院，现在成了名为 "Ecomuseo della Pietra da Cantoni" 的大砖头地质博物馆。这个地区的人民就是利用本地的沙砾岩制作成砖头来盖房子，周围很多房屋，在裸露的粉刷痕迹里面都可以看到这种地质砖头，跟红砖非常的不同。这种低价的自制砖头曾经被墙灰覆盖着，而如今当地的人民越来越为这种特殊的地质现象而感到骄傲，纷纷把墙灰刮掉，特意裸露出这种地质大砖头，让人文和大自然和谐地展现在蒙菲拉托的天地间。这不跟认识人一样吗？越清楚自己的独特之处，越认识到什么是宝贵的东西。

　　这个由修道院改造的博物馆很好地见证了砂砾岩地质房屋的特点。更让人惊叹的是，这里的人民有一股"愚公移山"的劲头，硬是在自己家里的地里凿开了坚硬的砂砾岩，一点一点地挖出了深深的地窖。这种地窖有一个特定的名称，叫作"硬飞了"（Infernot）。意大利人的奇思妙想再一次活灵活现地出现在生活中，他们在一点一点开凿地窖的时候，顺便把墙凿成藏酒藏食物的架子，顺便把地窖中心凿成一个大桌子，这样就不用把桌子和架子搬进去了，天造地设，浑然天成。因为地窖冬暖夏凉，而且储藏大量的好酒美食，人们还干脆就在这里开派对、吃大餐了呢。由于石质坚硬，地窖里面是没有任何支撑的。蒙菲拉托地区有无数这样的"硬飞了"地窖，一个家里甚至有几个，成为这个地区的特色。从地理海拔分析图可以看到，蒙菲拉托地区的每个小丘陵上面都有好多这样的"小洞洞"。

这些地窖还是孩子们地理课的课外教堂,负责人告诉我们,他们曾经在地窖里像几百年前的人一样,用葡萄酒瓶子盛着蜡烛,点燃了许多的蜡烛,当小学生们走进地窖看到这样的场景时,都兴奋得尖叫起来。我也可以想象到,如果自己看到这样的情景也会情不自禁地惊叫起来。米开朗琪罗凿的是文艺复兴的艺术,这里的人们凿的是生活的艺术,同样伟大啊!

经意大利导游介绍，我们来到了当地一家由古老教堂改造而成的米其林餐厅用餐。这个餐厅不只是餐厅这么简单，竟然也是一个"硬飞了"地质博物馆，而且里面还真真实实地窖藏了许多美酒。一进门就感觉到历史的气息，斑驳的墙面仍然可以看到昔日的壁画。部分墙面没有被粉刷掩盖，呈现出当地的地质砖头。正对着入口的墙面悬挂着一幅老画像，画像的下面似乎是曾经的祭坛，上面摆放着灿烂的鲜花。墙的另一面用拉丁语写着建筑的历史。再往里面走，进入餐厅，一切又变得富丽堂皇，典雅高贵。威尼斯的穆兰诺水晶灯璀璨生辉地吊在天花顶上，铜质的蜡烛台、摆放整齐的玻璃红酒杯、白瓷餐盘和鲜艳的花朵装饰着餐桌。餐厅的女主人带我们参观了她们家的"硬飞了"地窖，原来有大大小小几个地窖。每个天然地窖都是"愚公移山"的见证，顺着狭窄的楼梯，我们走进了每一个地窖藏室，石头架子上珍藏着意大利各地的好酒美酒，让人垂涎欲滴啊。原来这些天然地窖的湿度和温度非常适宜藏酒，连空调机都省了，大自然多么钟爱这里的人们啊。她们还在地窖里装上了音响设备，播放起了悠扬的音乐，一些酒会和派对就在这里举行。真是各处乡间各处风情。我们的小妞也情不自禁地跟随音乐跳起了舞蹈。

走在"硬飞了"地窖，不得不赞叹意大利人的审美情趣，到处点缀着油画和鲜花。几百年的建筑保存得如此完好，不得不赞叹意大利人对建筑的保护水平。其实除了在罗马，在佛罗伦萨，意大利的各处乡村都可以感受到这一点。意大利在设计时尚等方面走在世界的前沿，它本身却又是生活在古迹里的民族，古典与时尚竟然可以如此完美地结合在一起。

这个米其林餐厅坐落在蒙菲拉托的葡萄园小丘陵中间，视野非常开阔，举目望去都是葡萄园，景色宜人，夏天有很多新人会选择在这里举行婚礼。在这个餐厅我们品尝了炸虾炸奶酪头盘、鲜牛肉刺身、意大利饺子和烤蔬菜，味道与出品都是杠杠的好。

午饭后我们来到了一个迷人的小城——卡萨列·蒙菲拉托（Casale Monferrato）。小城广场上还有狂欢节过后留下的彩色碎纸。每年 2 月都是意大利的狂欢节，无论大小城镇都会有当地组织的狂欢活动。每个意大利小镇都会有市政广场和主教堂，主要的街道也是围绕着市政广场或者主教堂。所以，游览当地最好从市政广场和主教堂开始。我们进入了圣司提反教堂，女儿和侄女捐献了一个小钱，点起了蜡烛，并虔诚地做起了祈祷。在意大利游走，永远不会缺少宁静的地方，只要一走进教堂，就可以得到片刻宁静以及心灵的安慰。时值 2 月，小城的商店还在打折，步行街上的商店琳琅满目，鞋店、家居店、书店、时装店、花店、食品店、咖啡馆、雪糕店……每个角落每个细节都充满美。其实逛街不一定要去米兰这样的大城市，来小城一样可以有很多收获，也不一定要去佛罗伦萨这样的艺术名城，来小城，广场上的小石砖同样有着文艺复兴式的美。

当地最有名的特产是一种叫作 Krumiri Rossi 的曲奇饼，形状像扭动的小毛毛虫，吃了第一口就让人停不下来。居住在这附近的一位朋友曾经送过给我们吃，所以我至今还记着。当我们在小城找到这家老字号饼店时，非常兴奋。一进门烘焙的暖暖香气扑鼻而来，因为是冬天，这种温暖更让人感觉特别的美好。饼店里陈列着许多老照片和烘焙的老工具，不少名人也是他们的粉丝。这家饼店的成功之处就是永远精选最好的鸡蛋、牛油和面粉，不会在材料品质上妥协，而且使用的糖都是从英国进口的特级糖，所以能一直保持好品质。饼干盒也非常漂亮，充满了历史感。从"硬飞了"到毛毛虫饼干，都能感觉到当地人对自己历史的自豪与珍视。

日落西山，我们走回卡萨列·蒙菲拉托城堡附近的停车场取车。这里的老城堡还在整修，曾几何时这里是中世纪贵族的居住地，红砖上的青苔诉说着历史的孤寂。而不远处就矗立着 18 世纪新古典主义建筑，停车场上停着大量的菲亚特汽车。中世纪、近代和现代的景象完美地融合在一片夕阳之下，味道醇厚。

法拉利小镇／全世界男人的梦想

提到意大利，很多人会想到一级方程式，想到法拉利（Ferrari）。是的，法拉利是速度和勇气的象征，拥有一辆法拉利几乎是所有男人的梦想。来到意大利的车迷，都会去到博洛尼亚大区，一个叫作马拉内罗（Maranello）的小镇，朝圣他们心中的偶像。

我的先生是一位超级法拉利迷，去摩德纳（Modena）地区的马拉内罗体验法拉利是我送给他的一份生日礼物。为了最大限度地享受这种喜悦，先生还约上了他的老朋友一起去。我们从米兰自驾3小时到达马拉内罗，很快我们找到了法拉利博物馆，在博物馆门口对面有免费停车场。停好车刚准备走过马路对面，只见一辆敞篷、鲜艳刺眼的红色法拉利在我们面前突然疾驶而过，顿时让人热血沸腾起来。

博物馆的正门入口用意大利语写着"VIVI LI SOGNO"，英语写着"LIVE THE DREAM"，不知道是"你让梦想不灭"还是"梦想让你活着"的意思，或者两者兼而有之。进入大门口后，右边是游客资讯中心IAT，可以免费获得各种资讯，里面还有提供给身高115—140cm孩子玩的模拟驾驶。进入博物馆正门后，右手边可以看到1986—1997年的一级方程式赛车的外壳渐变过程。博物馆的语音导览有多国语言，其中有中文语音。博物馆还特别安排了一位中国女孩子做我们的向导。

　　法拉利于 1929 年由恩佐·法拉利创办，主要制造一级方程式赛车、赛车及高性能跑车。法拉利生产的汽车大部分采用手工制造，年产量大约 4300 台。早期的法拉利赞助赛车手及生产赛车，1947 年独立生产汽车，其后变成今日的规模。现在菲亚特公司拥有法拉利 50％股权，但法拉利能独立于菲亚特公司运营。这里除了有法拉利车队，还有手表、香水等周边产品。法拉利博物馆（Ferrari Gallery）于 1990 年开放，这里是法拉利迷们的乐园，记录了法拉利从 1947 年至今的历史。除了经典跑车外，博物馆里还陈列着法拉利从 1947 年至今所有的一级方程式冠军车。

　　博物馆有三层，展示着各式各样霸气华丽的法拉利跑车。一进入展示厅，首先看到黄色的背景板前展示着一辆非常漂亮的法拉利跑车，背景板上是"Ferrari"字样，还有众所周知的法拉利标志——一匹向上腾跃的马。原来伴随着线条动人、马力惊人、颜色诱人的法拉利赛车转战各地的"跃马"车徽，也有一段感人的故事。法拉利创始人恩佐·法拉利的好朋友——一对于二战中捐躯的意大利空军英雄的双亲，恳请法拉利将原来标绘在其爱子座机上的"跃马"标志镶嵌在法拉利车系上。法拉利欣然接受，

并在"跃马"的顶端加上意大利的国徽为"天",再以"法拉利"横写字体串连成"地",最后以自己故乡摩德纳的代表颜色——黄色渲染全幅,组合成"天地之间,任我驰骋"的豪迈图腾。那辆飞机的模型至今仍在恩佐·法拉利办公桌的台面上。

博物馆的重头戏是"王者之厅"。这里陈列着曾经赢得一级方程式F1的8辆赛车。就舒马赫已经5辆了。这里是荣誉的殿堂，大厅另一边是无数的奖杯和冠军获得者的照片。大厅反复响起激动人心的音乐和强大的发动机声音，令人血液沸腾，血管膨胀。

美国展厅里面展示的是几款典型的经常出现在美国好莱坞电影里面的法拉利跑车，这个大厅都是以美国风光为背景的。敞篷的加利福尼亚（California）款实在是帅爆。蓝色的法拉利和红色的一样出众。值得注意的是，游客拍照时是不能摸车的，因为这里陈列的车都是属于私人的收藏品。高尔夫展厅陈列的法拉利车型是后现代的感觉；而科技展厅陈列了法拉利跑车的车内构造和法拉利的工程师名单。最新款的车型放在一个单独的房间里面。一进房间，光线非常暗，但随着音乐、灯光的变换，车身呈

现出的荧光流线，美不胜收。在博物馆出口处还有模拟驾驶的地方和纪念品销售点。

我们从博物馆出来，去另一个地方试驾法拉利。由于安全原因，法拉利博物馆是不提供真车试驾服务的。想要体验真车得去小镇上的私人商店。经朋友介绍，我们去到了一家，先在模拟车里习惯一下，然后就可以坐上真车开始兜风了。法拉利真车体验是我送给先生的生日礼物，他非常兴奋，坐上驾驶室，摩拳擦掌准备开始。导师也坐到了副驾驶的位置上。随着轰轰的发动机声，老沙一踩油门，体验到了前所未有的加速度。一路驾驶，就算坐在后座的人也可以感受到驾驶者如鱼得水，游刃有余和畅快淋漓。简单来讲就是一个字：爽！虽然只有短短的十来二十分钟，但是一个梦想就此实现了。为了纪念这个珍贵时刻，店里还会发放证书和DVD盘，原来驾驶过程已经被车载摄像头拍摄下来了。

奶酪之王与顶级香醋 / 岁月精华

在马拉内罗，著名的不只是法拉利，还有帕尔玛干酪和意大利香醋。马拉内罗所在的摩德纳（Modena）地区，与附近的帕尔玛（Parma）、雷焦艾米利亚（Reggio Emilia）以及博洛尼亚（Bologna）生产的一种干酪被称为帕尔玛干酪（Parmigiano-Reggiano）。根据欧盟的法律，也只有这四个地方生产的这种干酪才能用这个名字，别的地方即使做出同样的东西，也无权使用此名。

第一次详细了解帕尔玛干酪是在 SOFIA 的博客里："正宗的帕尔玛干酪水分极少，质地坚硬，色泽淡黄，需要经过至少 12 个月的生产周期，高品质的则需要至少 24 个月。在这么多个月里，16 公升鲜奶慢慢凝固浓缩成 1 公斤干酪，可见它有多么精华！又因为成熟期长，它比别的奶酪更容易被人体消化吸收，维基百科里称之为'奶酪之王'。帕尔玛干酪带有强烈的水果香味，有浓郁的奶香，还有一点咸味，吃意大利面，一定要撒上帕尔玛干酪磨成的粉末才够正宗，意大利人也喜欢把它切片了跟摩德纳芳香醋（Aceto Balsamico di Modena）和芝麻菜一起吃，还有人把它切成小块佐红酒，另外还可以做成意大利饺子的馅儿，或者放汤里以及各类小吃里。本人最热衷的吃法是把它切薄片跟芝麻菜和摩德纳芳香醋一起拌沙拉，那叫个回味无穷啊……"

制作帕尔玛干酪的配方至少已经有 700 年的历史。如今帕尔玛干酪的生产过程受到严格的监督，意大利有专门的 Parmigiano-Reggiano 奶酪控制局，每一个帕尔玛干酪在成熟初期还是柔软状态的时候就要被检验，合格的盖上官方印章放到专门的地方储藏，不合格的就扔去喂猪，而那些吃奶酪长大的猪的猪腿据说最后都制成了帕尔玛火腿！

在干酪储存间里面，如车轮般的干酪被整齐地存放在架子上，等待着岁月之火的淬炼。熟练的工人仅仅凭借一个特定槌子敲打的声音，就可以判定这个干酪是否合格，而这种技术完全依靠日积月累的经验。

不说不知道，世界上最贵的醋就是这个地区出产的摩德纳巴萨米克香醋（Aceto Balsamico di Modena）。意大利人千百年来对葡萄酿造有着深厚认识，除了葡萄酒外，酒醋的酿造也是世界顶级的。意大利出品的香醋，100毫升过千甚至过万元人民币。20世纪70年代末期，传统的巴萨米克香醋在美国流行并风靡全世界，摩德纳的醋业也跟着兴起。1986年传统巴萨米克香醋法定产区D.O.C.成立之后，让这种珍奇独特的醋得到应有的保护，并且为传统的品质提供保证，但每年的产量仍然极少。

这种酸酸甜甜又浓稠的黑色汁液，在意大利正餐中用到的机会非常多，基本是作为主菜的点缀和调料。传统巴萨米克香醋可以被用于开胃前菜、面食、主菜、奶酪、甜点或是雪糕的调味上，因其本身具有均衡、浓重的口感和丰富的香气，即使单独品尝都会非常可口。

传统的巴萨米克香醋酿造至少12年，然后还有25年、40年、60年、80年，甚至100年以上！试过40年及60年这种黑醋的"幸运儿"，都会异口同声赞叹这黑醋的美妙，哪怕只是几滴"甘露"，都如享尽了人间日月精华！几十年的尚且如此，100年，是怎么样的光景呀？电影里面的100年很容易过，一个蒙太奇，20世纪的荒郊野岭一下子就可以变成今天高楼密布的现代大城市，当中的变迁，只不过是几秒钟。可是现实中的100年，没有几人能经历！

这么难得的黑醋，可以想象一定不是大企业出品，甚至比较工业化的生产都不大可能。的确，真正的意大利陈年黑醋，大部分都是家族营运，"酿造厂"就是家里的阁楼，而"酿造师"是母亲与女儿！但为什么人们都愿意为这些发酵的葡萄汁而坚守一生呢？那得先了解"alsamico"这个词。这个词来自拉丁文，是补药、补品的意思。在近1000年之前，意大利人发现，发酵了的葡萄汁有治疗与防御鼠疫的功效，多喝也对身体有益，所以贵族、王室家里会自行酿造，就在府邸的阁楼设置"酿造厂"。人们也会互相馈赠陈酿作为名贵的礼物。女儿出嫁，甚至会送出整套酿醋的木桶与陈年的黑醋作为嫁妆。

几百年下来成为风俗，女儿会学好酿醋的技术，与醋桶一起出嫁；人们也慢慢发现，醋陈放越久越浓，味道越显醇厚，便逐渐兴起饭后来一小杯作消化酒的习惯；后来更以它入馔，作为日常菜肴调味品了。有着亮丽的历史渊源，又对健康有裨益，意大利人就很愿意也很认真地去酿醋了，其中特别认真的是西北部摩德纳地区的居民。首先是这里冬冷夏热，干湿度差距极大的气候，造就特别适合酿醋的环境；其次因为由

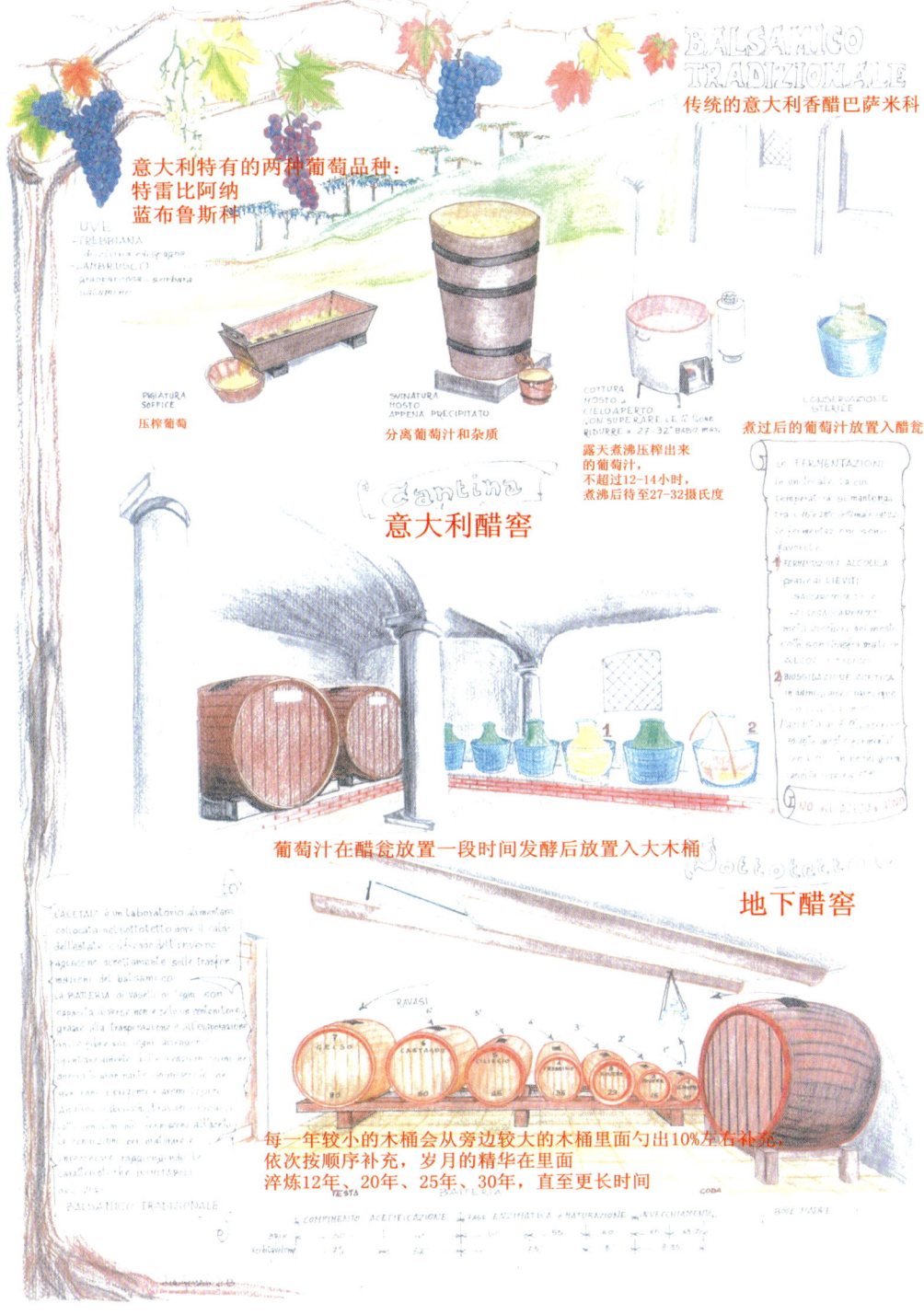

中世纪开始，这里的贵胄王室一直热衷酿造酒醋，他们的技术与规模最为成熟和浩大，所以今天欧盟及意大利政府发出的 D.O.P.（来源地保护认证）及 D.O.C.（法定产区）认证，也只是朝摩德纳（Modena）而来。现在不管是正牌还是批量生产的意大利黑醋，瓶上很多都有"Modena"字样，因为意大利人都只视它的出品为正宗了！

我们来到了当地一家传统的香醋厂，虽然没有尝到100年历史的香醋，但是我们也尝到了获得国际"金勺子"奖的巴萨米克香醋。女主人热情地介绍了醋厂的历史，原来她爸爸的爷爷是当地最早酿造香醋的人之一，他们的醋厂就在典型的阁楼之上。大醋桶从大窗口吊进来，每个系列的醋都有7个从大到小的桶，称为"BATTERIA"。

酿造香醋需要时间的沉淀，葡萄在采摘之后压榨，得到葡萄汁。然后将葡萄汁煮24小时，葡萄汁的体积减小一半，变得非常浓缩。之后将煮好的葡萄汁放入橡木桶中，进行长达两年的发酵。这个过程不能调节房间的温度，不加入酵母，因此发酵的过程非常缓慢，特别是在冬天气温很低的情况下，酵母是不活动的。在完成了酒精的发酵过程之后，这样的"葡萄酒"将会放入到一组7个的木桶中，逐步成为醋，并且完成陈年的过程。这一组7个的木桶体积由大到小，分别是80、60、45、35、23、15、10升，所使用的木材也不一样，分别是桑木、栗木、橡木、樱桃木等，不同的木材给醋带来不同的风味，并且增加其风味的复杂性。在这一组木桶第一次启用的时候，酿好的"葡萄酒"将会加入到这7个木桶之中，每个桶只加满到⅔，目的是留出空间让其接触氧气，有条件完成氧化的过程。并且每个木桶是开口的，不进行密封，只是在桶口放置一块通风的纱布，以阻挡灰尘和昆虫。另外香醋陈年的房间也是不可以调节温度的，一年下来会有至少10%的蒸发，因此每年要进行一次添桶。添桶是把大一点的桶里的液体加入到比其小一号的木桶之中，补充蒸发的量，使其保持⅔的位置。每年如此反复，直到陈年的时间达到12年之后，才能从最小的木桶中取出成品，而且每年一次只能取出3升的量，以避免破坏12年的时间里在木桶中形成的微生物环境。之后的每一年都可以从这一组木桶中取出3升的醋。因此，香醋的产量非常少。

当我向女主人询问香醋做嫁妆的习俗是否属实的时候，她带我去看了两组"BATTERIA"，这两组醋桶的墙头都挂着小女孩的照片。原来这是她给她的侄女准备的嫁妆，每一组的第一个醋桶上面就写着小女孩出生的年份。我非常的惊奇，原来这个传闻是真的。这真是一份珍贵无比的嫁妆，是岁月的精华，爱的浓缩啊！在这个地区，不要以为开着法拉利的男孩有多厉害，一出生就有专属的巴萨米克香醋做嫁妆的女孩更让人惊叹。

Chapter 07

美酒

◎ 酒庄别墅 / 为美好生活干杯
◎ 瓦特琳娜 / 高寒地区的"傲骨御姐"
◎ 普罗塞柯起泡酒 / 酒不醉人人自醉

酒庄别墅 / 为美好生活干杯

我是一个一喝葡萄酒就脸红的人，以前很少喝葡萄酒，但是来到意大利之后，随着对葡萄酒的认知越来越深，我也越来越爱上这个有岁月的朋友。第一次偶遇葡萄园是第一年来意大利的圣诞节，一家人一起去邻近不远的属于皮埃蒙特大区的一家餐厅吃圣诞大餐。这家餐厅就坐落在葡萄园里面。车子在忽高忽低的丘陵小路里波浪式前行，两边都是整齐的葡萄树藤。虽然是冬季，绿色的叶子已经凋落，但是顽强扭曲的葡萄藤依然可以让人感受到强大的生命力，让人不禁联想来年开春这里的葡萄园便会一片嫩绿，充满生机。

后来读到了一本很好的中文葡萄酒著作，是国内著名的女评酒师刘慧写的《托斯卡纳名酒庄》，非常详细地介绍了意大利托斯卡纳大区的葡萄酒。于是我产生一个念头，有机会一定要去托斯卡纳，看看那里的酒庄。

果然机会来了，2013年的夏天，我真的来到了托斯卡纳，从我们居住的帕维亚地区出发，来到了文艺复兴之都佛罗伦萨，随后又游历了"世遗"圣吉米尼亚诺和美丽的中世纪古城锡耶纳，最后来到了蒙特普尔恰诺（Montepulciano），并受邀请住进了一家葡萄园酒庄里。酒庄主人非常慷慨地让我和我的家人在酒庄别墅里住了三个晚上，借此我有机会近距离地接触葡萄树和葡萄酒。已经是8月暑假，员工们都放假了，平时只有住在附近的莎拉（Sara）小姐来值班工作。晚上酒庄更是空无一人了。整个酒庄就属于我们一家子，连销售展览室都没有锁，里面有很多很多的葡萄酒。看来酒庄主人真不怕我们把他们家的酒都喝个精光。很感激这样的信任，就连我的意大利先生老沙和小叔子都感到不可思议。

　　别墅的外面就是一个小花园，一丛丛的红玫瑰和白玫瑰争相开放。以前很多葡萄园里都会栽种玫瑰，玫瑰可以警报葡萄园是否有虫害，虽然到今天已经不再依赖玫瑰的警报了，但是玫瑰和葡萄园已经分不开了。花园里摆放着室外桌椅，让人闲坐品酒，周围的景色煞是美好。近处是玫瑰，稍远处可以看见红砖酿酒厂，再远处是一排排整齐的葡萄树，而后是婆娑多姿的橄榄树。在日间，葡萄园的大门大开，大门外的桌子上放着几个空酒瓶。原来这是一个标志，告诉路过的人们，这里开放品酒，欢迎入内。在托斯卡纳有很多来自世界各地的葡萄酒爱好者，他们喜欢在夏天自驾游，一个一个酒庄地游走品尝葡萄酒。当看到这样的标志时，就会一抽方向盘，驶进葡萄园了。

　　全世界只有在意大利才会有这样惬意的葡萄酒之旅。因为整个意大利的葡萄园分布极其密集，特别是在艳阳高照的托斯卡纳大区。游客们可以进入葡萄园查看葡萄树，免费品尝葡萄酒，晒着托斯卡纳的阳光，分享自己的心得爱好。最关键的是，意大利葡萄酒的价格非常亲民，一般十多或二十欧元就可以买到一瓶不错的佳酿。我亲眼看到，很多自驾游的游客就是这样驶入葡萄园，停车观看葡萄园，品酒、倾谈，然后满意地买上几瓶，又开车离开。能够亲自来到葡萄园挑选葡萄酒，这样的体验比在商店超市里买可有趣多了。当与家人或者朋友分享美酒的时候，还能描述一番此酒的诞生地和景色，肯定可以增添许多话题和感染力的。而且碰巧的话还可以跟酿酒师攀谈，有的酒庄也有预约评酒师讲解。展览室内还提供很多葡萄酒杂志和葡萄酒工具书，让人慢慢了解，实在是一个很好的葡萄酒课堂。

莎拉也耐心地给我讲解葡萄树的品种和如何搭配酿造红酒。这里的葡萄园主要栽种着三种葡萄：桑娇维赛（Sangiovese）、梅洛（Merlot）和莎当妮（Chardonnay）。而以桑娇维赛居多，因为桑娇维赛是意大利特有的品种，更是托斯卡纳最有代表性的品种。他们用桑娇维赛为主要品种酿造这个地区独有的贵族酒。

意大利的葡萄品种，除了国际流行的赤霞珠、梅洛等之外达800多种之多，其中名气最大的就是内比奥罗（Nebbiolo）和桑娇维赛。这是意大利的两大支柱葡萄品种，在全球葡萄酒界都是赫赫有名的。内比奥罗是世界上最古老、最高贵的葡萄品种，意思是雾葡萄，多产于皮埃蒙特大区，酒王巴洛罗（Barolo）就是用这种葡萄酿造。桑娇维赛的名字起源于拉丁文"Sanguis Jovis"，意思是"朱庇特之血"（朱庇特是古罗马神话当中的主神）。桑娇维赛被人视为意大利葡萄酒业的骄傲，是经典意大利酒基昂蒂（Chianti）、布鲁奈罗（Brunello di Montalcino）和贵族酒（Vino Nobile di Montepulciano）的主要原料。

我们跟随着 Sara 进入酿酒的厂房里，看到了高大的不锈钢酿酒设备。据说这些设备都是酒庄主人的弟弟亲自改良设计的，非常先进。来到了地窖，一个个橡木桶躺在那里，里面的红酒静静地等待着时光的淬火，脱胎换骨变成柔美的少妇，渐渐地变成我们的杯中佳酿。

黄昏时分，托斯卡纳的艳阳渐渐消逝，色彩绚丽的晚霞围绕天际，橙黄向深紫过渡的颜色比那昂贵的爱马仕丝巾还要梦幻，许久没有看到如此美丽的日落了。葡萄园里耸立的柏树让我想起了三毛那美丽的诗句：

如果有来生／要做一棵树／站成永恒／没有悲欢的姿势
一半在尘土里安详／一半在风里飞扬／一半洒落荫凉／一半沐浴阳光
非常沉默、非常骄傲／从不依靠、从不寻找

夜幕降临，第一次看到了传说中的托斯卡纳星空，清澈的夜空中星星多得像海边的细沙，像上帝的意念。老沙同志连续三个晚上都坐在花园里，享受着这样一片宁静的夜空。不远处的丘陵上是千年古城蒙特普尔恰诺的灯光。其实蒙特普尔恰诺并不是因为《暮光之城·新月》这部电影才出名，它拥有千年的酿酒历史，一直都是著名的美酒之乡。其出产的贵族酒在几个世纪之前已经是教皇的宠儿。

蒙特普尔恰诺的贵族酒是意大利最早认可的DOCG级别产区之一。伏尔泰的《憨第德》、大仲马的《基督山伯爵》都曾提及此地的贵族酒。贵族酒必须含至少70%的桑娇维赛，经过至少两年陈年才能上市，珍藏版（Riserva）必须经过至少三年的陈年才能上市。贵族酒香气浓郁独特，劲力耐久，有很大的陈年潜质。相比基昂蒂（Chianti）和布鲁奈罗（Brunello di Montalcino），风格朴实而低调一些。

我们一家人就在托斯卡纳的艳阳和葡萄园里度过了美好的假期，晚上我们没有出去餐厅吃饭，而是去当地的超市采购了面包、意大利面、帕尔玛火腿肉、蜜瓜等材料，全家人一起动手在葡萄园的别墅里预备晚餐，我们真的是想在如诗如画的葡萄园里多留一会。别墅里原来还提供了精美的玻璃红酒杯和漂亮的餐具。小叔子罗伯特动手布置好了漂亮的餐桌，花餐巾、红酒杯一样不少。我们全家一起举杯，为美好的生活，CIN! CIN!（干杯！）

瓦特琳娜／高寒地区的"傲骨御姐"

如果说托斯卡纳大区的葡萄酒是柔美的少妇，那么瓦特琳娜（Valtellina）高寒地区的葡萄酒就是傲骨的御姐。经意大利友人的介绍，我们去了伦巴第之北，靠近瑞士的葡萄酒产区瓦特琳娜。瓦特琳娜就是"小山谷"的意思，这里已经属于阿尔卑斯山山脉。

瓦特琳娜地区最有名的一个小城叫作蒂兰诺（Tirano），它是伯尔尼纳快车（Bernina Express）的始发点。这列火车经过的路线是世界上最美的火车路线，红色的火车从意大利蒂兰诺出发，经过瑞士著名的滑雪胜地圣莫里茨山。沿途风光极其秀丽，被列为世界文化遗产。火车路线也能被列为世界文化遗产，还真是绝无仅有，可真得见识见识。

我们专程坐在慢车上，以便尽情欣赏沿途风光。火车内有极大的玻璃窗，甚至有敞开式的几列车厢，美景一览无遗。本来想乘坐敞开式的车厢，可惜一早就满座了。我们跑去火车最前面，登上了第二个车厢。火车开动了，我兴奋得像小鸟，看着经过的教堂、草地、河流、湖泊、雪山，真是美翻了！火车跟教堂、民居距离非常近，似乎触手可及，真让我惊叹。在山区，火车就是人们的朋友。火车带来物资，带来希望，带来归家的人。

　　午餐时间，我们来到了山上的一家米其林推荐餐厅 COMBOLO 品尝高山美食。一进餐厅就看见墙上、桌上各式各样的奖章、奖状、奖杯，全都是获得的美食荣誉。餐厅的主人就是 COMBOLO 家族，现在由家族的一对表兄妹主理。这里最有特色的面条叫作"Pizzoccherro"，是一种用粗麦做成的意大利面，配料是很多的奶酪和北方大白菜，必须热着吃，所以盘子也是热过才上盘的。COMBOLO 表兄为了表示对客人的尊敬，亲自来上这一道主食。这种意大利面提供更高的热量，在高山地区可以很好地填饱肚子并且御寒。为了保存传统的饮食文化，这种意大利面还有一个协会组织，叫作"Accademia del Pizzoccherro Teglio"，这个组织会评定各个餐厅是否提供正宗的Pizzoccherro 意大利面，并组织各种比赛和美食节。这里的头盘也是野味，除了一般的帕尔玛猪肉火腿，还有鹿肉、驴肉和马肉，配阿尔卑斯山牛油吃。奶酪拼盘也是一绝，6、12、18、24 个月的奶酪让你逐一品尝，还有特色炸奶酪。

　　除了高山美食，这里出产的高山葡萄酒也很出名。此地专注于 Nebbiolo 葡萄品种，葡萄树藤拔地而起，冬季气候严酷，叶子凋零，似但丁之地狱，出产的"超级瓦特琳娜"（Valtellina Superiore）有着深石榴红色丰满的酒体和纯正的酒香。可能跟"梅花香自苦寒来"一样道理，这里的葡萄酒似乎让人感觉傲骨，却又使你感觉到平淡生活里的浓烈醇厚。

一路上我们看到许多依山而建的葡萄园,嶙峋的山体上覆盖着顽强的葡萄树藤。其实这样的环境酿酒真的很不容易,采摘就是个苦力活,不同于平原地区可以轻松采摘归集,这里都必须靠人背负篮筐进行采摘。可喜的是,阿尔卑斯山的山麓并不缺乏阳光,虽然短暂但仍充足。也许就是高耸的海拔离阳光更接近,使得这里的葡萄酒更加的丰满,绽放出石榴红的艳丽色彩。天高地宽的环境似乎也给这里的葡萄酒注入更多的丰盈情怀。

饭后的甜品是用一道烈酒做的,上面覆盖着冰激凌,极具诱惑性和欺骗性。这是意大利北部有名的餐后酒,用阿尔卑斯山上多种珍贵的花草药制作而成,喝起来好像还有点当归的味道。我心想,说不定意大利人也会喜欢中国人的药材酒呢。

饭后我们接着参观了一个酒庄。酒庄在一个小山丘上,视野广阔,山坡上栽种着葡萄树,山脚下都是果实累累的苹果树。酒庄的主人和工作人员都度假去了,留下了一位年纪较大的女管家看门。我之所以叫她"女管家",是因为我感觉她不只是工作人员这么简单,她对这里非常熟悉,如同自己的家一般,手里拿着一大串钥匙。她喋喋絮絮地介绍着酒庄的历史和葡萄酒的方方面面,虽然大多我都听不懂,但这并不妨碍我的兴趣。因为我发现这里不但是酒庄主人的家,也是一座葡萄酒博物馆。

　　酒窖里不仅仅陈列着葡萄酒，还有一个区域陈列着许多古老的葡萄酒酿造工具——筐子、篮子、木推车、压榨机，还有许多我说不出名字的东西。在楼上的一个房间里，墙壁上的壁画再现了以前酿造葡萄酒的情景，从壁画中就可以解读那些不知道拿来干什么的工具了。在一个餐厅里，我留意到美丽的天顶画两头好像写着什么东西，仔细一看，一头写着"SALVE"，意即"拯救"，另一头写着"IN VINO VERITAS"，就是"酒后吐真言"的意思。原来在意大利也有这样的说法。酒庄的主人在餐厅的天顶画上写这两句话，言简意赅，要么是"别有用心"，要么是文学修养极高。在这吃饭的人，是不是两杯下肚，所有的秘密都会和盘托出呢？

　　最后我们坐下来开始品酒。品酒室的一侧墙面安装了品酒设备。为了避免浪费，品酒机每次只出一杯红酒的量，不同品种的红酒有不同的出酒嘴。我们从第一种喝到最后一种，几乎要醉了。在品酒室摆放着一瓶陈酿，仔细一看竟然是1984年的红酒，超30年的历史，而且这批红酒是为了纪念酒庄130多年的历史而特别酿造的。在女管家介绍葡萄酒的过程中，我听到了一个"山鸡变凤凰"的故事。

　　2011年酒庄迎来了当时曾任意大利总统的卡洛·阿泽利奥·钱皮（Carlo Azeglio Ciampi）先生一家。卡洛总统一家在酒庄用餐的时候喝到了一款"Moscato Rosa"葡萄酒，卡洛总统非常喜欢，并问这款酒的名字。由于"Moscato Rosa"这个葡萄品种在当地是极其少量的，而酒庄家族也就是酿来自己喝，所以从来没有想到给这款酒起个什么名字。卡洛总统回到罗马后专门写了一封信给酒庄主人，表达了对这款酒的挚爱，并鼓励酒庄主人继续酿造这款酒并发扬光大。酒庄主人为了纪念卡洛总统的钟爱，把这款葡萄酒命名为"Il Vino Del Presidente"，意思就是"总统之酒"。于是，这款名不见经传的葡萄酒飞上枝头变凤凰，变成了限量版的佳酿。展览室里还陈列着卡洛总统的亲笔署名信。看着这封信，我一来赞叹意大利人喜爱表达赞赏之情的高尚情操，二来纳闷怎么意大利的总统先生那么有闲，连这点小事也要写个信。不过在科莫湖的一家丝绸店，我也看到过布什、克林顿和比尔·盖茨写给意大利领带设计师的感谢信，感觉在西方，再高再大的官，再显赫的人，对艺术都是非常推崇和尊敬的，酿酒也是一门艺术。嗯，这就是修养。

普罗塞柯起泡酒 / 酒不醉人人自醉

在法国喝香槟，来到意大利就肯定是要喝普罗塞柯（Prosecco）起泡酒了。明亮的气泡、迷人的芳香和优雅的酒体是普罗塞柯酒的特点。而威尼托大区(Veneto）的普罗塞柯起泡酒是意大利最著名也是最传统的起泡酒。

普罗塞柯，这个拥有几个世纪历史的美妙佳酿，在保留岁月赋予它的深邃时，又总能保持着一股新鲜的滋味。近年来起泡酒在年轻一代中非常受热捧，并成为庆典上的宠儿。普罗赛柯既可以作为圣诞节、新年派对上的祝酒，又可以在任何时尚的场合中以开胃酒的身份出席。当然这一盛况并不局限于意大利，它闪亮登场于世界各地，就连美国总统奥巴马也曾在公开场合表示过，这是他最爱的意大利葡萄酒。

普罗塞柯葡萄起源于古罗马时期，是意大利最古老的葡萄品种之一。这种白葡萄品种的成熟期比较晚，大约到10月份才成熟，但是果肉含有高浓度的芳香果汁。普罗塞柯的酿造方法比香槟来得简单，保留了葡萄本身的自然果香，还带有苹果和柑橘的味道，深受大众喜爱。在意大利，普罗塞柯起泡酒通常作为开胃酒来饮用，搭配烤面包片、沙拉和海鲜十分爽口美味。其口感柔和、清新，果香浓郁，极易入口，酒精含量也较低，就算平时不大爱喝酒的人也会喜欢上。如果去到意大利餐厅坐下，点上一瓶普罗塞柯起泡酒，侍应一定会对你产生好感，知道你是一位懂得放开生活、享受美食的人呢。

薇拉圣地酒庄（Villa Sandi）位于威尼托大区著名的普岁塞柯酒产区—— 瓦尔多比亚德尼（Valdobbiadene），距离威尼斯一个多小时路程。这里因为美丽的风土与丰富的饮食文化，而赢得了意大利葡萄酒最高级别DOCG（Denominazione di Origini Controllata e Garantita） 的称谓"科内利亚诺—瓦尔多比亚德尼特级普罗塞柯"（Prosecco Superiore Conegliano – Valdobbiadene）。夹在威尼斯与白云石山脉之间的起泡酒王国里，大大小小的酒庄散落在陡峭的山脚下，它们正是世界顶级普罗塞柯起泡酒的生产商。

当我阅读到酒庄的介绍时，已经迫不及待地想要拜访这位"普罗塞柯王子"了。我想造访的原因有三：第一是这个庄园的建筑是典型的帕拉迪奥式建筑，威尼托地区的帕拉迪奥式建筑被列为世界文化遗产受保护，而且拿破仑也曾入住于此酒庄；第二是这个庄园的葡萄酒是直供给梵蒂冈教皇府和意大利总理府的；第三是薇拉圣地的卡迪策（Cartizze）起泡酒大有来头。我迫不及待地想看看这个酒庄的真容。

我们首先到达的不是酒庄,而是隶属于薇拉圣地的花园旅馆(Locanda Sandi)。当我们停好车,把行李往花园旅馆搬的时候,不禁都惊呆了。我一直有一个梦想,就是住在墙面铺满叶子的屋子里,屋外鲜花盛开……曾经以为那是最幸福的画面。没想到这个梦想就在这一天实现了,一切犹如在梦中。花园旅馆不大,前面是一个绿油油的大草坪。整座房子都布满了碧绿的叶子。簇簇绣球花在房前盛开,美不胜收。楼下户外就是餐厅,布置得充满田园气息,连吊灯也是葡萄形状的。旅馆对面是一个酒庄陈列室,非常高雅迷人。

酒庄正面的建筑就是世界文化遗产——帕拉迪奥式建筑。在其旁边修建了现代建筑作为办公室。大气的建筑,璀璨的威尼斯玻璃水晶大吊灯,布置高雅的房间……文艺复兴时期很多漂亮的建筑就是这样散落在威尼托地区。我们还去参观了地窖,地下酒窖在一战中为军队所用,战后归还了薇拉圣地酒庄,在庄园被归还后的一次改建中,一名建筑工人在地道中发现了1927年的意大利著名前卫赛车品牌 Moto Guzzi。因为这个,现在地窖里还有个小型的古董摩托车展览。我们还走近了窖藏的特供意大利总理府和梵蒂冈教廷的起泡酒,黑色的木板上用粉笔写着年份和总理府、梵蒂冈的字样。然而,颇有点讽刺的是,这两个地方曾经处于领导人同时空缺的时候呢。来到展厅,墙面挂满了大大小小的奖项和名人的照片。教皇、摩纳哥王子等名人也都非常钟爱薇拉圣地的起泡酒。

　　薇拉圣地的卡迪策起泡酒（Villa Sandi La Rivetta）是赢得意大利葡萄酒最高荣誉——大红虾三杯奖（Gambero Rosso）的普罗塞柯酒，而且卡迪策的小产区是意大利乃至世界最昂贵的葡萄园地块之一。第二天早上我们驾车去到了这块昂贵的葡萄园。虽值8月葡萄还没有成熟，然而看见小山丘上布满了整齐有序的葡萄藤，怡然清新，我们完全陶醉了。打开了一瓶卡迪策，芬芳的果香扑鼻而来，坐在葡萄园的小屋外，感受着诗一般的优美景色，酒不醉人人自醉了。

Chapter
08

咖啡

◎ 拿铁 / 拿着块铁干吗　◎ 咖啡馆 / 家庭式经营
◎ 咖啡逆袭 / 曾是撒旦的饮料　◎ 浓缩咖啡 / 醇香透过窗户

拿铁 / 拿着块铁干吗

话说星巴克在全世界都流行，可在意大利流行不起来；必胜客在全世界都流行，可在意大利流行不起来；麦当劳在全世界都流行，可在意大利还是流行不起来。意大利人普遍认为美式咖啡不算什么咖啡，对于喝惯特浓咖啡的意大利人来说，美式咖啡什么味道也没有。实际上，美式咖啡就是意式浓缩咖啡兑了水。

在国内的星巴克有一种咖啡叫作"拿铁"，一直独自纳闷了很久，怎么会有咖啡叫这名？拿着块铁干吗呢？跟咖啡又有什么关系？后来知道了一些意大利语才明白，"拿铁"是意大利语 Latte（牛奶）的音译，当头一棒，一直以来的疑惑给解除掉了，也不再思索是哪块铁了。

实际上很多花式咖啡就是基于意式咖啡加以变化的。如康宝蓝咖啡，就是 Caffè con Panna 的音译，意思就是加了奶油的咖啡。拿铁咖啡 Caffè Latte，是指加了牛奶的咖啡。

意大利人的早餐就是一杯咖啡，最多加个羊角包。这是让中国人感到不可思议的。如果是前一天晚上吃得太多，又吃得太晚了，还没消化，这还可以理解。不过有些意大利人天天如此。早上街角的咖啡馆里，上班的人们走来，站着将新鲜集萃的浓缩咖啡一饮而尽，将钢镚儿放在柜台上，微笑着跟熟络的咖啡馆主人打个招呼，聊聊天气便出门上班。这成为很多意大利人的生活习惯。

肠粉、白粥、炒面、牛腩面、叉烧包……这些都是我喜欢的广式早餐，如果去喝早茶的话，就会有更多好吃的，虾饺、牛肉丸、药膳凤爪、姜汁糕、牛百叶……然而来到意大利后，我的丰盛早餐消失了。与意大利文化的丰富繁杂比起来，意式早餐的做法真是简单得多了，主要是咖啡和羊角包，再有就是牛奶、坚果、酸奶、奶酪、饼干了。我的公公婆婆喜欢煮一壶咖啡，然后倒在牛奶里，泡上几块饼干吃，就是一顿早餐了。刚开始还真有点不习惯。不过，牛奶里荡漾着咖啡的香味很快吸引了我，这不就是咖啡馆里头的拿铁咖啡吗？

咖啡馆／家庭式经营

关于咖啡馆有一个故事。一对意大利夫妇，开咖啡馆开了几十年，每天早上来喝咖啡的人络绎不绝，赚着大把大把的钢镚儿。然后有一天，一位美国人劝说他们去开分店、开连锁店。这对意大利夫妇就说，我们为什么还要这么辛苦去赚钱，我们已经习惯了每天跟老朋友们打招呼，做咖啡给他们喝，我们喜欢这样的生活，我们很幸福。这对夫妇深谙《马太福音》里的那句话："人若赚得全世界，赔上自己的生命，有什么益处呢？人还能拿什么换生命呢？"

在意大利有很多咖啡馆都是家庭式经营的，历史悠久。散发着咖啡醇香的古老咖啡馆还传承着欧洲的文艺记忆。威尼斯圣马可广场上的花神咖啡馆，又称弗洛里安咖啡馆（Caffe Florian），始于 1720 年，近 300 年历史，精致却不矫情，传统却不失风姿，它是意大利最著名最昂贵，也是最古老的咖啡馆，曾是歌德、拜伦、普鲁斯特、狄更斯、海明威、卢梭和巴尔扎克常去的咖啡馆。

在罗马西班牙广场附近的康多提大道（Via Condotti）有一座古希腊风格的咖啡馆 Antico Caffè Greco，也是一家有着众多名人名气的古老咖啡馆。英国诗人济慈、意大利雕塑家卡诺瓦、挪威作家易卜生、俄国作家果戈理、波兰音乐家肖邦，法国作曲家柏辽兹、比才，匈牙利作曲家李斯特等文学界、思想界和艺术界的精英，都曾是这里的常客。德国大文豪歌德更是在此地完成了名著《塔里夫斯的公主》。

在我的游历过程中，最喜欢的是在威尼斯大街小巷的咖啡馆散步。花神咖啡馆高昂的价格让普通人望而却步，但在威尼斯大街小巷的咖啡馆，平民价格的咖啡同样不失风雅。威尼斯悠久灿烂的历史背景为这里的咖啡馆增添了许多让人遐想的注脚。

　　威尼斯让你有很独特的咖啡情怀。因为在这里，你不只是喝一杯咖啡这么简单。我看到往日喧闹繁华穿梭来往的商船，它们从美洲运来了咖啡豆，从亚洲运来了丝绸和瓷器，从非洲运来了各种各样的奇珍异兽……

　　坐在威尼斯的咖啡桌旁，你可以看到河道里穿梭的贡多拉，游人坐在上面不时地拍照，不时露出幸福的笑容。你可以看到擦身而过的年轻人，沸腾着甜美的谈笑声。当然，你也可以岿然不动，任凭身边的一切事物纷扰变化，来了又往，往了又来，但内心异常地安静，呼吸异常地平顺。

　　因为，你所做的，只是想与这座海上城市共同度过一个宇宙时刻，不去捕捉历史，也不去思索它的将来。

　　这座饱经沧桑的海上城市，虽然外貌已经改变，由金碧辉煌到今天的略带忧伤，但正因为如此，她的吸引力有增无减……而你手上的这杯咖啡也一样，无声中陪你度过生命里一个美丽的下午。

咖啡逆袭 / 曾是撒旦的饮料

意大利是一个拒绝速溶咖啡的国家。意大利浓缩咖啡举世闻名，最主要的原因是它独特的咖啡味道，它是继承了千年咖啡王国——奥斯曼土耳其的传统，利用瞬间萃取的方法精制而成。

咖啡树最先发现于非洲的埃塞俄比亚，后来咖啡被阿拉伯帝国的修道僧和巡礼者广泛传播开来。因为提神的神奇功效，朝圣者把咖啡称为"神圣的、神赐予的珍药"。阿拉伯帝国分裂之后，奥斯曼帝国（现在的土耳其）则以"新霸主"的身份登上了历史的舞台，这个时期咖啡更为广泛地普及开来，成为奥斯曼人生活中不可缺少的一部分。奥斯曼人还把咖啡一直以来的名称"Quewha"（驱赶睡意的饮料）改为"Kaveh"——既表示"咖啡饮料"的意思，又指代咖啡果实与开放的场所。渐渐地，这个词演变为今天的"Coffee"。

欧洲人首次接触咖啡是在12世纪十字军远征的时候。不过咖啡在当时被认为是"异教徒的饮料"而遭到大多数人的排斥。很长一段时间里，除了游客和商人之外，没有欧洲人对咖啡感兴趣。转变从奥斯曼帝国七大苏丹之一的马赫麦特二世开始。他在征服拜占庭文化中心君士坦丁堡之后，同主导意大利文艺复兴的前拜占庭文人和学者们也保持着良好的关系。他邀请文艺复兴时期以绘画巨匠桑德罗·波提切为

首的,包括米开朗琪罗、达·芬奇等人的艺术人士前往伊斯坦布尔,热情地招待他们。同时,奥斯曼帝国和意大利设立了地中海商圈,在对立的同时也进行着商品交易。就这样,咖啡从威尼斯进入了意大利,并以艺术人士为中心开始流行了起来。1615年,一位威尼斯商人这样记载:"奥斯曼人有一种黑色的饮料,夏天喝起来非常清爽,冬天喝热的会很暖和。除了深夜,不论什么时候,奥斯曼人总喜欢加热喝。他们很喜欢这种饮料,和朋友聊天也总不忘记它。就算见再多的人,也不会忘记这个'老朋友'!"

可是,当时教会上层人士认为文艺复兴过分的自由会威胁到他们神圣不可侵犯的宗教权威。而威胁的病根就是艺术人士所钟爱的咖啡。于是,教会首脑于1605年向罗马教皇厅提出禁止饮用咖啡的请求。他们说咖啡是异教徒的饮料,异教徒的饮料就是撒旦的饮料,应该禁止饮用。谁知道,大主教克雷芒八世(Clement VIII)在判决之前决定亲自品尝一口咖啡。在品尝之后他立刻就迷上了咖啡独特而神秘的味道!他不但认为咖啡不会危害到宗教,而且还认为可以奉劝更多的宗教人士一起饮用这种绝妙的饮料。于是他宣布:"从现在开始,咖啡被冠冕为基督教饮料!"并为咖啡进行了洗礼!

这之后,咖啡不仅为艺术人士所钟爱,也得到了宗教人士和普通人的青睐。1625年咖啡在罗马开始被卖柠檬水的小贩作为街头饮料兜售。1645年欧洲最早的咖啡馆"波的葛"(Bottega del Caffe)在威尼斯诞生。这家咖啡馆销售口味纯正的奥斯曼式咖啡,很快便有了名气。跟着,无数的咖啡馆也陆续出现,咖啡馆一度相当繁荣。人们在咖啡馆里边喝咖啡边畅所欲言,边抽烟斗边讨论文艺或者读书,有的人在咖啡馆里下象棋,有的人在那里讲笑话逗人开心,游吟诗人在那里吟诗读句,理想青年在那里针砭时弊。咖啡馆不再是因为其独特的咖啡味道而聚拢人气了,咖啡馆俨然成了必需的社交场所。

浓缩咖啡／醇香透过窗户

时至今日，曾经作为华丽的文艺场所而存在的咖啡馆已经变成了人们悠闲小憩的好去处。在意大利各处的广场和大街小巷都可以见到咖啡馆，同时还提供意式冰激凌、意式三明治和意式开胃菜等小吃。咖啡馆那份特殊的祥和与温馨，成了意大利人生活中不可缺少的一部分。正如村上春树所说："有时，所谓人生，不过是一杯咖啡所萦绕的温暖。"

咖啡与茶一样，伴随着人类的历史走来，并广泛根植于人们的生活之中。它为人类制造爱与离别的记忆，为文学及艺术的诞生增光添彩；它能安慰人类的心灵，舒缓我们的痛苦；在心与心之间架起桥梁，传达爱的讯息；在你缺乏灵感的时候，为你插上创意的翅膀；它能提高人生的品位，使整个生命都散发出芬芳……

来到意大利千万别像在国内一样，故作清高点一杯蓝山咖啡或者巴西咖啡。在意大利只提供意大利咖啡。最基本的是浓缩咖啡（Espresso），你也可以点添加了牛奶的拿铁咖啡，或者含有丰富牛奶泡沫的意大利泡沫咖啡玛其朵（Macchiato），或者加了新鲜奶油的康宝蓝咖啡。卡布奇诺一般是在早上喝，意大利人会觉得在午饭后喝卡布奇诺很奇怪。名为"Espresso Lungo"的咖啡是指一杯量的咖啡粉兑两倍的水，口感比浓缩咖啡（Espresso Solo）清淡。而双倍意式浓缩咖啡"Espresso Doppia"与Espresso Lungo正好相反，要更苦更浓。美式咖啡（Café Americano）是专为美国观光客调配的，其实就是往已经制好的意大利浓缩咖啡中倒入一定的热水，然后将其倒入8盎司的大杯中提供给顾客。

陈丹燕在《咖啡苦不苦》这本书中写道："旅行中用来遮风避雨排解孤独的咖啡馆，其实也是人生中散发着清冽苦味的教室。一杯甜若爱情、苦若生命、黑若死亡的热咖啡里，其实盛着人生。"咖啡的独特味道被赋予了人生的含义。

意大利浓缩咖啡之所以以浓郁香醇闻名于世，与其独特的烘焙方式有关。意式咖啡大部分都是精选几种咖啡混合在一起烘焙的。咖啡豆品种的选择与搭配比例，直接影响到咖啡的口感和香气。意大利的咖啡文化发展了几百年，积累了大量的经验和完美的制作工艺。他们在咖啡原豆的质量和烘焙程度上严格把关。烘焙开放是咖啡制作过程中难度最大的步骤，也是提升咖啡品种的核心环节。选择优质新鲜的原豆与合适的烘焙火候，是制作意大利浓缩咖啡非常必要的基础环节。为了生产出品质量上乘的意大利浓缩咖啡，极富责任感的意大利咖啡批发商先到全球各个咖啡产地购买咖啡原豆，之后在咖啡生产厂的精选机进行二次筛选。利用光检寻找坏豆子的方法，咖啡豆每秒能被筛选掉400粒。没熟透的、颜色发黑以及发酵的咖啡豆被压缩空气分离出去。这一流程很好地杜绝了劣质咖啡豆进入浓缩咖啡。对咖啡豆质量的严格把关才能生产出上乘的意大利浓缩咖啡。

意大利那不勒斯著名的剧作家菲利普（Edouard de Filippo）在其回忆录中写道："小时候，炒咖啡是大人们的事情。他们把咖啡豆倒进圆桶后，一边转动圆桶，一边不停地炒啊炒啊，直到咖啡豆变成深褐色。咖啡的浓香透过窗户，飘到我的房间里来，把我从睡梦中唤醒。所以，在得到父母允许前，我早就知道咖啡那令人陶醉的味道了。"

意大利浓缩咖啡来源于土耳其咖啡，可是老式的土耳其咖啡制作方式非常耗时。于是意大利人研究出高效率的咖啡制作方法——意大利摩卡壶应运而生，成为许多意大利家庭的日常生活用具。1906年，世界上出现了第一台商用意大利浓缩咖啡机。浓缩咖啡机利用空气压缩的原理，能在极短的时间内萃取咖啡，并且不会使咖啡变味。它还可以萃取出土耳其人眼中十分宝贵的咖啡泡沫，堪称最科学的咖啡提取方式。在米兰和罗马，我们经常可以看到穿戴整洁的上班一族在上班前来到咖啡吧里，以最快的速度喝完一小杯清晨咖啡，然后匆匆离去。咖啡吧台上的咖啡机为上班族快速地提供着浓缩咖啡。

来到意大利，尽量不要在大酒店里喝咖啡，出于赢利的目的，酒店一般只用价格便宜的咖啡豆制作咖啡，也就是说，在这些地方喝到的咖啡新鲜度会大打折扣。建议大家到路边的"bar"去坐坐。伴随着意大利的美景和街上的帅哥美女，也是一种养眼享受。

Chapter 09

恋家

◎ 脆炸节瓜花 / 花痴吃花　◎ 意式水果沙拉 / 不花钱的水果
◎ 番茄 / 意大利菜的重要角色　◎ 芦笋与野蘑菇 / 奶奶储藏的美味
◎ 意大利海鲜烩饭 / 吃得好才是硬道理

脆炸节瓜花 / 花痴吃花

夏日的意大利小镇，鲜花簇簇，各家庭院都红红火火，布置得漂漂亮亮的。然而对于吃货+花痴来说，意大利有一种花让人情有独钟，就是节瓜花，又称西葫芦花（Zucchine）。西葫芦瓜类似我们中国的云南小瓜，不像节瓜。它在意大利是最受欢迎的小瓜，或烤或蒸都好吃，也经常用于配菜。这种瓜的花也能吃。有一次在餐厅，我无意中看到别桌的人在吃黄黄的花，非常诧异。回来问了问迪雅奶奶，才知道那些黄色的花就是我们门前开着一大片一大片的节瓜花。我表露出了极大的兴趣，想要尝一尝这样的花。

没想到第二天奶奶出去买菜回来，带回来了好大的几朵节瓜花。她说邻居知道了我想尝节瓜花，就立马去院子里剪了最新鲜的花朵给奶奶带回来了。我看着这几朵开得极灿烂极鲜艳的节瓜花，兴奋得不得了。到了午餐准备的时间，就迫不及待地请奶奶立刻烹制节瓜花。

烹制方法其实也很简单，就是把花洗干净晾干，用鸡蛋黄和一点盐打成蛋浆，将节瓜花蘸上蛋浆，然后在面包糠上压几压，使得节瓜花上沾满面包糠，再放进油里炸，炸到呈金黄色就可以捞上来，用吸油纸吸一吸多余的油分，就可以上碟啦！节瓜花被炸得脆脆的，带着鸡蛋香，好吃极了。除了节瓜花外，还有茴香茎、西葫芦瓜，都可以如法炮制。

意式水果沙拉 / 不花钱的水果

意大利的夏天拥有很多大自然的馈赠。我们家葡萄的庭院每年夏天都挂满了葡萄，伸手可摘，自家吃也吃不完，奶奶就会剪下来送人。也不知道是哪家的无花果成熟了，清晨也送来了我们家，我们睡眼蒙眬地下楼就看到餐桌上一盘美丽的无花果，立刻精神了。新鲜的无花果非常清甜，在国内很难吃到。广东人喜欢用无花果干来煲汤，因为清甜细润。没想到来了意大利竟然可以吃到这么新鲜的无花果。还有新鲜的苹果、李子、覆盆子、杏子和奇异果等水果，大家互相赠送果子分享，乐也融融。

爱莲娜爷爷早上开车送来了一大箱子桃子。我们立刻请求下午也要去亲自摘桃子，过过孙悟空的瘾。爱莲娜的爸爸和爷爷都是种稻米的农民，拥有好大的一片片稻田。在意大利，很早实现了农业现代化，所以农田里是看不到农民伯伯的，只有大型机械在作业，农民伯伯每天可以舒舒坦坦地喝咖啡呢。很多有钱人或者贵族都喜欢过田园生活，种种稻米，养养马。我们这个地区是意大利少有的产米区，大部分的意大利米都产自这个地区。来到爱莲娜的家，好奇的迪雅跟着爱莲娜爬到了巨大的收割机上，小不点想驾驭庞然大物呢。

爱莲娜家的院子里除了种桃子树，还种了茄子、番茄、豆角等蔬菜，爱莲娜的奶奶养着鸡、鸭、鹅、火鸡，还有两条可爱的大狗，一派田园牧歌式的生活。在意大利，其实大部分人都是"乡下人"，对自己的乡土特别亲。如果是来自同一地区的，比如说碰到来自托斯卡纳地区、伦巴第地区、普利亚地区的人，就如同遇到同乡人一样很亲热。

  远远看去，爱莲娜家的几棵桃子树，红彤彤的桃子挂满了枝头，在阳光的映照下分外诱人。我们掩饰不住兴奋的心情，跳来跳去地摘起桃子来。这个时候真恨不得自己是一只猴子，可以在树上自由自在地跳来跳去呢。我们摘下了好多的桃子，与爱莲娜一家道别，回到家中。加上早上爱莲娜爷爷送来的一箱，我们一共有两箱桃子了。怎么吃得了这么多啊？迪雅奶奶说，我们可以做玛切当妮亚（Macedonia）。玛切当妮亚是一种意式水果沙拉，与我们在国内吃的水果沙拉不同，意式水果沙拉是不放白色的沙拉酱的，而是放柠檬汁和白糖。

  制作方法非常简单，把桃子削皮切粒，再加上切好的苹果粒、杏子肉、欧梨，也可以加入草莓和奇异果，各种各样的水果切小块，然后切半个柠檬，挤出柠檬汁，撒在水果块上，加入砂糖，拌匀；停放一会儿，酸酸甜甜的玛切当妮亚就做好了。柠檬汁可以防锈防氧化，使得水果味道更新鲜。玛切当妮亚是意大利最普遍的水果沙拉，无论是在餐馆里面还是高速公路的休息站里面，都可以看见诱人的玛切当妮亚。尤其在夏日的维罗纳，朱丽叶故居外的街头，大杯大杯的玛切当妮亚吸引着成千上万的游人。

番茄 / 意大利菜的重要角色

意大利被称为"番茄国",虽然番茄不是原产于意大利,但是番茄在意大利被发扬光大,在意大利菜中扮演着重要的角色。无论是意大利面还是比萨,无论是蔬菜沙拉还是各式配菜,都少不了番茄的存在。 意大利常见的番茄有小樱桃番茄、牛心西红柿、圣马扎诺西红柿(口感硬质,或生吃或烤都不错)、梨状西红柿和小菜篮西红柿。

爷爷的菜园每年春天都会栽下番茄苗,到了夏初就已经开始挂满大大的番茄了。每年夏天回到意大利度假的时候,迪雅在清晨都喜欢穿上她的粉红小水鞋,跟随奶奶去菜园里给番茄苗浇水。

收获的季节总是让人充满期待的,篮子里装满着从菜园里摘来的红彤彤的大番茄,实在让人愉悦。爷爷会坐在院子里,耐心地把一个个番茄剥皮去籽,然后放进那20年前就开始用的搅拌机,把番茄搅烂,做成番茄酱。虽然爷爷的动作很缓慢,但他就是这样享受他的夏日时光。奶奶按照一定的分量来把番茄酱分好一盒盒,放在地窖里冷藏。每次需要的时候拿出来一盒,这样可以一直吃到冬天。想吃番茄罗勒意粉的时候,只需要把番茄酱从地窖里取出,加一点橄榄油煮一下,再加盐调味,就可以拌到煮好的意粉中,撒上帕尔玛干酪粉,在院子里摘上一片新鲜的罗勒叶摆上,就可以大快朵颐了。更简单的是,把新鲜番茄切小片,拌上初榨橄榄油、意大利葡萄醋和盐,就是一道蔬菜沙拉。意大利菜很讲究食材的品质,很多菜式的做法并不复杂。

我们的最爱还有夏日里的一道清新菜——吞拿鱼酿番茄。制作方法非常简单:

1. 取几个大番茄洗干净,切一半,去籽;
2. 把罐装的地中海吞拿鱼倒进大碗,放适量盐和蛋黄酱(maionese)拌匀;
3. 把拌好的吞拿鱼用小勺子塞进半个番茄当中;
4. 上碟,开吃。

芦笋与野蘑菇 / 奶奶储藏的美味

芦笋被誉为"蔬菜之王",每年的 5 月是芦笋收获的季节。我们所在的小镇曾经是著名的芦笋种植区,可惜现在种植户已经很少了。不过"芦笋节"的传统被保存了下来。由于我们一般在 7 月才从中国回意大利度假,所以 5 月的芦笋节都没有赶上的。不过,意大利的节日也就是给吃吃喝喝找个由头。在芦笋节,大厨们会用新收获的芦笋炮制出美味的芦笋食谱。

虽然总是赶不上芦笋节,不过这并不妨碍我们吃上当季的芦笋,因为迪雅奶奶会挑上好的芦笋,冷藏起来留着 7 月暑假我们回意大利度假的时候吃。芦笋是季节性很强的蔬菜,虽然在其他时节也能看到芦笋,但是味道完全不是那么一回事了。

　　白色的芦笋比绿色的芦笋味道略苦，本来我不大接受，但是吃了几回之后，竟然爱上了白芦笋。类似这种状况的还有意大利芝麻菜和意大利茴香。我喜欢的吃法有白芦笋烩饭、白芦笋炒家鸡蛋和白芦笋奶酪肉卷。做法都是非常的简单，还是那句话，意大利最讲究的就是食材。

> **● 白芦笋奶酪肉卷的做法：**
>
> 1. 洗干净白芦笋，切掉根部，焯水；
> 2. 用意大利火腿肉包起两三根白芦笋；
> 3. 铺上奶酪片；
> 4. 放进烤箱，220摄氏度烤10分钟；
> 5. 上盘，开吃。

　　浓浓的奶香和肉感配合白芦笋，天衣无缝。

　　11月份是意大利北部的雨季，这个时候树林里藏着大自然的恩赐——野蘑菇。在我们居住小镇不远的郊外，就可以采集到野蘑菇。迪雅奶奶这个月的任务就是去郊外采集野蘑菇，为的是圣诞节我们回来意大利的时候，仍然能够吃上这鲜美的珍馐。黑色的野蘑菇炖起肉来特别美味。奶奶把野蘑菇洗干净，焯水，然后放在地窖里冷藏起来备用（地窖里面藏着太多美味的东西了）。12月份我们回来意大利过圣诞节的时候，野蘑菇炖肉肠永远是吃不够的美味。野蘑菇吃完，就要等到第二年的冬天了。对于我们来说，野蘑菇也是奶奶爱的精华。有一个意大利奶奶，太幸福了。

意大利海鲜烩饭 / 吃得好才是硬道理

意大利人爱吃是举世闻名的。有一个"二战中意大利负责卖萌"的帖子，里面记载了很多有关意大利人爱吃爱喝的爆笑趣闻。比如，当盟军占领了意大利营清点仓库的战利品时，发现红酒比炸弹还多……又比如德军在沙漠中接收到意大利的救援请求，派出了一个中队的兵力前往救援。当他们与意大利会合的时候，发现对方正用宝贵的水煮通心粉……某俘虏营的意大利人越狱了，因为没有 Pasta（意大利面）吃，他们跑到了另一个有 Pasta 的俘虏营，后来，之前的俘虏营向他们保证会提供 Pasta，于是他们又回去了……

还有一个更奇葩的故事。一个英军飞行员被意大利人抓获，投入了俘虏集中营。当天晚上，他在监牢中得到了自己的晚餐。那是从前菜开始到通心粉和肉食，连最后的水果和红酒都配备齐全，豪华到不自然的料理。

"这就是所谓最后的晚餐吗……"

第二天早上，一个看起来级别很高的将校出现在他面前："昨天我们犯了一点小小的错误，给身为将校的阁下提供的是一般士兵的晚餐。这绝对不是有意虐待俘虏，能看在我的面子上原谅那位出错的看守吗？"

虽然不知道这些趣闻是否属实，不过意大利人不爱打仗爱吃喝是不争的事实。意大利人总是有一副好胃口，对美酒美食的偏爱与生俱来。他们的生活哲学是，吃得好才是硬道理。

时至今日，无论是走进意大利的超市还是集市里面，都如同走进了美食博物馆，品种繁多，琳琅满目。日常吃的意大利面就有几十种形状。二战时期各国都争先研制先进的武器，意大利没有研制出什么先进武器，却研制出了食物保鲜冷藏干燥的方法，因为他们想在战场上也能吃到家乡的美味。今天超市里的保鲜食品冷冻技术最初都是由意大利开发的。如果买不到新鲜的海鲜，在超市里面的冰冻海鲜也不赖。我们有时候也会在意大利超市提回一袋冰冻海鲜，做个意大利海鲜饭。为了方便烹饪，意大利超市里有已经切好、搭配好几种海鲜的现成料。一般包括虾仁、鱿鱼、蛤蜊肉等。这些材料做海鲜饭、海鲜面都可以。

意式海鲜饭做法也是非常的简单，就是时间长一点：

1. 冰冻海鲜解冻后，打开包装在滚水中稍微过一下水即可，水不要倒掉（意大利超市里真空包装的冷冻海鲜不需要再清洗的了）；
2. 橄榄油倒入锅内，稍热后放进洋葱粒爆香；
3. 放进意大利米入锅，轻炒，然后注入一些高汤（没有高汤清水也可以）；
4. 不停搅拌，水干了加入之前的海鲜水，再搅拌，再加水，煮大概15分钟；
5. 煮到米的软硬程度已经差不多适合个人口感了，加入白葡萄酒，搅拌1~2分钟；
6. 加入超市里买的番茄酱，搅拌1分钟；
7. 加入之前过水的海鲜，搅拌2~3分钟；
8. 加入盐调味，也可以撒一些牛至叶；
9. 上碟，开吃。

Chapter
10

南部

◎ 罗迪—加尔加尼科海滩 / 隐藏的瑰宝 ◎ 萨兰托 / 原汁原味的地中海风情
◎ 阿尔贝罗贝洛 / 现实中的童话小镇 ◎ 马泰拉 / 千年文化古城的失落与复兴
◎ 莱切 / 南方的佛罗伦萨 ◎ 罗马 / 属于自己的罗马假日

罗迪—加尔加尼科海滩 / 隐藏的瑰宝

普利亚在意大利人的心目中，就是蓝天碧海、度假躺沙滩、吃海鲜的代名词。它是一个隐藏的瑰宝，你在各种中文攻略里面很少能看到它的介绍，或许会看到大区内蘑菇房子阿尔贝罗贝洛，或者千年古城马泰拉的介绍，但是关于海岸度假区的介绍，就凤毛麟角了。然而，喜欢来普利亚度假的意大利人，往往都会再来第二次、第三次……我们第一次来普利亚度假，始于好友克里的邀请。

好友克里（Cristiano）从儿时开始，每年夏天都会到他的阿姨家，位于罗迪—加尔加尼科（Rodi Garganico）海滩度假。后来克里来到了中国，在中国结婚生子，每年夏天，他依然会带着中国妻子和女儿，回到这个海滩度假。这一年的夏天，我们一家也应邀来到罗迪—加尔加尼科，跟他们家一起度假。我们从米兰出发，乘坐不到一个小时的飞机，先到达巴里（Bari）机场，然后在巴里机场乘坐大约三个小时的大巴，途中经过维耶斯泰（Vieste），最后到达罗迪—加尔加尼科。

小镇广场的涂鸦风情

初来到罗迪—加尔加尼科的小镇广场，你会很奇怪，人都到哪儿去了？原来，这里的人很慵懒，白天炎热都躲在家里睡觉，晚上凉快才出来广场吃饭聊天聚会。由于我是一个喜欢逛集市的人，所以白天还是想先来看看小镇广场的样子。

虽然几乎没有行人，但也是很有收获的。广场虽然不大，但是充满了生活的气息。雪糕店、炸海鲜小铺、药妆店、特

产店、比萨店的外墙,都是可爱俏皮的涂鸦。药妆店的橱窗外面画着美丽的红玫瑰和曼妙的枝叶;炸海鲜的小铺外面画着各种美食,撩起了我晚上要来尝一尝的欲望;一家比萨店的门外,画着栅栏里盛开着的鲜花,不远处是一艘渔船;特产店外面,画着的是鲜黄的柠檬和橙红的橘子;不经意的一个街角处,画着的是人见人爱的小宠物,并排坐着的小狗狗、小猫猫、小兔兔、小龟龟,还有树枝上的小鹦鹉,从玻璃缸里面跃起的小金鱼,看着这个画面,特别有生活的温馨感。

游客信息点的房子外面,是一幅壁画,壁画的远处是两艘大的木帆船靠在码头上,工人们正在搬运货物。壁画的近处是一艘小渔船,水手们似乎在搬运渔获。岸上是一位头顶着酒木桶的妇女,旁边是一个小男孩。一位老渔翁嘴里叼着烟,手里正在修补渔网。我站在这幅壁画跟前,凝视了几分钟,似乎穿越到了这个海边小镇过去的历史当中,看到了过去这片土地上的人民是怎样生活的。货运、码头、捕捞,就是他们的经济生态。

小镇上另一幅壁画,却让我百思不得其解。似乎是一位女神,蒙着眼睛,右手举着一朵绿色的花,左手扶着的大响螺里面,掉出了带着不同数字的金币。她的后面是法拉利和一级方程式赛车的旗帜,还有尤文图斯等

足球队的队徽、足球和球衣,以及高尔夫球杆。我看来看去也没看明白,不过这幅壁画还真是现代生活的写照,与之前看到的那一幅壁画,真是强烈的对比。

我很喜欢在意大利遇到这样的小镇,温馨的生活气息带着艺术家的才情,每一点的装扮都是美的追求。意大利人就是这样,哪怕再平淡的生活,也要迸发出一点热情和色彩出来。废墟里也能搞出艺术,源于不甘于平淡和爱折腾的心。

作为一个吃货,我当然会很留意蔬菜瓜果。这里的水果新鲜又便宜了,1欧元(相当于七块多人民币)1公斤的大桃子、蜜瓜、大柠檬,简直让我兴奋不已。

下午我们去海滩游泳,夜幕降临的时候就来小镇广场吃晚餐。白天安静的广场顿时热闹了起来,似乎全镇子的人们都来到了这个广场,炽热的太阳褪去,海滨的晚风吹来非常凉快。户外的比萨店、海鲜大排档非常受欢迎。紫红色的花边霓虹灯把小镇装饰得如同节日一般。人们惬意地吃饭聊天,一直到深夜。不远处还有夜市和孩子们喜欢的各种机动游戏。

惊艳的网红餐厅

每次度假,每去一个地方,我都很喜欢那种探索未知,然后又碰到惊艳的感觉。

一天中午,我们在小镇上随意行走,想碰碰运气看看能找到什么吃午饭的地方。整个小镇是面朝大海,依山而筑,景色非常迷人。这里的房子也以白色为主,颇有希腊风格,户户人家门口种植着艳丽的三角梅,煞是好看。不经意间,我们走到了海堤的高处,此处可以远眺小镇的避风港,避风港里面停泊着不少白色的游艇。

而在海堤此处,我们竟然邂逅了一家网红餐厅,着实惊艳。

餐厅并不大,主要的餐桌就摆在海堤上,视野非常开阔。餐厅的门口画着鲜艳的黄柠檬和红色的鲜花,以及灯塔、海星和各式海鲜,非常漂亮并惹人注目,一看就知道是吃海鲜的。

作为吃货肯定非常兴奋,迫不及待地坐下来点餐。我们点了意式海鲜饭、贻贝猫耳朵面、炸海鲜,都非常好吃,分量也大。孩子们非常喜欢吃猫耳朵面（Orecchiette）。猫耳朵面是普利亚大区的特色面食,每次来普利亚,孩子们都喜欢吃猫耳朵面。以为这里近海,海鲜好吃不在话下,没想到最后的甜点鲜柠檬挞也非常惊艳,让人心满意足。

　　这次度假，除了克里和我们两家子，还有好朋友保罗一家，以及克里太太的双胞胎姐姐和姐夫，特地从加拿大过来度假。克里特地安排了当地一家米其林推荐的海鲜餐厅，让我们几家人一起聚餐。

　　如果你喜欢大海，又觉得阿玛尔菲海岸人太多、物价太高，那么普利亚大区的海岸就简直是天堂一样的存在了。米其林推荐的海鲜餐厅，听上去消费应该是挺高的，但是克里介绍我们去的这一家，不但海鲜丰富，味道佳美，价格还非常平民化。

　　下午在海滩游泳、发呆、追逐、嬉戏，晚上大家都精心打扮了一番，共赴晚餐。意大利人很喜欢享受浪漫的晚餐，也很注重仪式感，男女都会比较精心地打扮，洒上香水赴宴。一般餐桌也会是预先预定好，免得慌慌张张找不到桌子。我们来到了餐厅门口，餐厅在山坡上，穿过美丽的园林，经过湛蓝的游泳池，拾级而上，走进餐厅的走廊。走廊上可远眺大海，还有城镇的点点灯光，以及天空色彩斑斓的晚霞，非常漂亮。越来越多的游客远离意大利的大城市，喜欢在意大利寻找美丽的小镇，每一个美丽的小镇都有其独特而动人的景色。

　　美丽的景色、洁白的桌布、精心摆设的餐具酒杯、灯光摇曳的烛光、浪漫的格调，一切都那么让人赏心悦目。我们迫不及待地坐下，兴奋地开始赞叹，分享美好的心情。

　　克里为我们点了特色菜肴，前菜有新鲜的蛤蜊刺身配柠檬、腌制吞拿鱼配大鳌虾，主食有柠檬鳌虾烩饭、大海蟹意大利面、蛤蜊意大利面。分量很大，我们不得不分着来吃。

意大利人跟中国人一样，爱吃爱侃，聚餐是促进感情交流最好的一个途径。所以有一种说法，意大利人是"西方的中国人"，中国人是"东方的意大利人"。我们几家人用意大利语、英语、中文在互相交流彼此的生活、见闻和育儿经，聊得热火朝天，一直聊到接近半夜。意大利人出外就餐，一般都是晚上8点到12点，边吃边聊，从头盘、主食、主菜、甜品、咖啡到餐后酒，能吃几个小时。8点之前还有可能相约某个酒吧先喝个开胃酒。

游览海岸线

普利亚曲折的海岸线造就了绵长的沙滩和岩石峭壁，白天我们乘坐了游船（Barca），观赏了海岸线的天然风景。蔚蓝的大海、湛蓝的天空、洁白的峭壁、岩石林立的海湾、壮观的海岸洞穴，还有两位帅气的老船长，给我们讲着途经小镇的历史，和灯塔的故事。一位老船长指着海岸半山上的一座别墅，告诉我们那是歌神帕瓦罗蒂的房子。另一位老船长则指着一座灯塔打趣地说，这是意大利唯一一座由女人掌管的灯塔，不过……也是意大利唯一一座不亮（non fuziona）的灯塔。船上的男士们立刻发出哄堂大笑，而女士们则发出嘘声，摆手示意这个笑话不好笑。

　　海岸的岩石被侵蚀得千奇百状,其中一处竟然跟桂林的象鼻山非常相像。老船长还把船驶进某个比较大的洞穴,让我们观看洞穴内部的景观。一进洞穴,挡住了当空烈日,立马凉风阵阵,好不爽快。

　　游船在某个海滩上休息片刻,游人可上沙滩上嬉戏、小憩、用餐或者海水浴。我发现这个海滩,还有一大片房车营地。营地不但提供充电设备和洗衣机,还有超大的洗手间、淋浴间,一家大小开房车来此游玩也非常方便。不少房车一家架开了帐篷和吊床,摆上了桌椅和煮食用具,有的车上还带了自行车和皮划艇。只能说,意大利人太会生活了。

岩石峭壁上的开胃酒

一天傍晚,克里带着我们一大帮人,来到了岩石峭壁上的特拉步轲(Trabucco)喝开胃酒吃晚餐。这是整个旅程里面我感觉最惊艳的。

我们几辆车穿过洒满夕阳的田野,在曲折的小路上飞奔,旁边就是悬崖峭壁。一小时的车程,我们来到一处悬崖边。停靠好车辆,我们顺着一条小路走进一处围栏,立马惊艳到了。落日的余晖笼罩着这片岩石峭壁,性感的人们捧着晶莹的酒杯,错落地坐在岩石上铺设的木质地台上欣赏日落。嶙峋的岩石和每个人的身上,都镀了一层金黄色的余晖。这景致融合了晚霞的柔美、岩石的粗犷和现代生活的雅致,美不胜收。

　　意大利人大多不喜欢喝鸡尾酒，他们比较喜欢喝开胃酒。在意大利点一杯开胃酒，店家都会送上腌橄榄、小薯片等小吃。喝开胃酒是意大利人非常喜欢的社交生活之一，在意大利几乎没有卡拉 OK 喝酒的地方，喝开胃酒的酒吧（Bar）倒比比皆是。而且意大利人多数不会酗酒，用餐的时候用葡萄酒非常讲究，意大利的葡萄酒品种是世界上最丰富多样的。

　　特拉步轲是普利亚的渔民在悬崖峭壁上搭建的简易木质房，长长的撸竿伸出海面用于撒网捕捞。过去的特拉步轲完全用于渔业捞捕，而如今却成了一道独特的风景线，人们不远千里前来欣赏海上日落，在岩石峭壁间享受开胃酒（Aperitivo），也可以吃个晚餐，而晚餐的菜单是不固定的，当天有什么渔获就吃什么。特拉步轲里面挂了大量的鱼类介绍图片，孩子们还可以认识不同的海鲜鱼类。

萨兰托 / 原汁原味的地中海风情

是怎样的动力，让一个人放弃了都市的繁华优裕生活，来到一个小渔村，一切从头开始，从头开始去建设自己的生活。保娜（Paola Cagnazzi）就是这样的一个人。她不但是一个人，而且是把孩子、丈夫都从繁华的国际时尚之都米兰，带来了萨兰托（Penisola Salentina）这片宁静的土地。

保娜，曾是米兰一家报社的记者兼编辑。偶尔的一次旅行，让她爱上了萨兰托这片土地，爱上了这里的海。于是，她说服了丈夫，在此买下了一幢带庭院的老房子，这所老房子已经有四百多年的历史了，始建于17世纪。她一点一滴地按照心中的蓝图改造着这所老房子。既要让它焕发青春，又要让它保留古老的痕迹。历经三年多，古老的圣乔万尼老宅（Palazzo San Giovanni）被保娜成功地改造成崭新的民宿，既是一所保留历史的古老建筑，又是一家充满米兰时尚简洁风格的民宿。

跟保娜的认识，不得不说是老天的安排。

当年的春天4月，刚过复活节不久，虽然离夏天还有几个月，但是意大利很多地方的暑期度假预定已经很满了。我一边后悔自己没有在2月就开始做预订，一边开始祈祷上帝，希望还有地方可去。

意大利人，可以说是用生命在度假的。夏天不度假，生命似乎不完美。所以，度假胜地的预订总是很快爆满。那个早上，我做完祈祷之后开始工作。没想到，傍晚当我去接女儿放学的时候，就收到了一封来自意大利的邮件。一封来自意大利南部萨兰托（Salento）的邀请函！

意大利像一只大皮靴，而萨兰托，就是位于靴跟的地方。萨兰托位于意大利的普利亚大区，提起这个名字，人们就会联想到艳阳高照、蓝天碧海、生态原始的度假胜地。我们其实也一直向往这个地方，但是由于非常陌生，网上也没有什么攻略，所以一直未能成行。这个时候，保娜向我们伸出了邀请之手。有了保娜给我们指引，相信我们的萨兰托之旅一定会容易得多了。

这一年，我们首先从米兰乘坐飞机，飞往普利亚大区的布林迪西（Brindisi）机场，然后在机场租了一辆SUV轿车，开始了我们的萨兰托之旅。第一站，就是去保娜的民宿落脚——圣乔凡尼老宅。

保娜的老宅民宿

SUV轿车在普利亚大区的土地上驰骋，目极之处，是大片大片的橄榄树林。这里以平地和缓坡的丘陵山地为主，一眼可观四方。气候是典型的地中海气候，冬季温暖潮湿，但是夏季炎热干燥，雨量少。换句话说，就是夏季天天艳阳高照，不会下雨。

从机场驱车两个小时左右，我们来到了一个叫莫尔恰诺迪莱乌卡（Morciano di Leuca）的小镇上，按照导航，我们停在了一座古老的小教堂旁边。下车来，观察了一下这个小镇。安静，非常的安静。几乎没有人在路上行走。猛烈的阳光穿透路边庭院的茂密的枝叶和铁门的艺术花纹，煞是好看。小教堂前的广场铺着光滑的石板，非常干净整洁。小教堂一看就知道是有年代的了，没有豪华的雕梁画栋，朴素古雅得很，只是门楣上有一组巴洛克风格的复杂浮雕，非常有沧桑感。小教堂旁边就是一座两层的现代建筑，看起来像是乡公所。小教堂的前面和街道上，都竖立着典型的天主教区的花灯灯牌，相信晚上亮灯

的时候，一定会很漂亮。很多意大利南方小镇都有这样的花灯灯牌，由于天气炎热，人们晚上才出来活动聊天吃饭，这个时候街道和广场上的花灯灯牌亮起来，煞是好看，像是过节一般。

  在小教堂旁边停好车，我们拿起行李走进小教堂广场的一条巷子。由于巷子太窄，所以车子开不进去。走进巷子就感觉阴凉起来，两边是民居，有家庭妇女在晾晒衣服，有孩子在院里嬉戏。没几分钟，我们就来到目的地了。一扇高大的绿色大门，大门旁边斑驳的老墙上是一块透明有机玻璃，上面用现代风格的字体写着圣乔凡尼老宅。摁了门铃，保娜热情地出来迎接我们。

  一进大门，我就爱上了这里。房子和院落的墙都刷得洁白洁白的，保娜用绿色的大块仙人掌和暗红色红辣椒干，晾在墙上作为装饰。院子里搭起了蔓藤架子，上面爬着葡萄藤，葡萄藤下面是户外小桌椅。角落里有一个古朴的大陶罐，绿色的观赏植物从陶罐身上的两个裂口里面伸展出来。这里既有希腊式的白墙和蓝天，又有摩洛哥式的耐旱植物风情，然而，当我们登上顶层的平层露台，看到的是却是米兰风格的开胃酒派对风情。白色柔软的现代风格沙发座椅，似乎在等待着夜幕降临之际一班俊男美女前来开怀畅饮。蓝色的天际不远处是古老的教堂和城堡，古老沧桑的小镇近在咫尺。看尽繁华的米兰人，来到这里不知道是怎样的一种心境。

  老宅里面有几套家庭套房（apartments）和双人房（rooms），一进门口的左边是保娜一家的起居室，右边是办公区域。办公区域保留了老宅的老壁炉，壁炉上摆放着各种荣誉。老宅民宿在BOOKING.COM上的评分高达9.5分。书架上摆放着很多旅游书和杂志，方便客人查阅。刷白的窗台上摆放着一个旧式风格渔灯，似乎提醒着游客们，这里曾经是渔村。保娜拿出了很多的旅游资讯，包括沙滩位置、海岸线景点、

餐厅、农庄、酒庄、烹饪学校等,非常详尽。我们决定好好来享受一下意大利南部的原始地中海风情。

第一天早上的早餐,被惊艳到了。用餐区在二楼,被保娜精心布置过,洁白的墙壁,洁白的桌椅,灰色条纹的桌布,每个餐桌上摆设着绿色的耐旱植物或者绣花球。现代简洁风格的墙壁上悬挂着铁银色的老式锅瓢勺桶,这些满有历史记忆的厨具,似乎让用餐区变成了一个小型博物馆。走进用餐前之前的走廊,摆放着一张文艺复兴样式的家具椅子,就是我在米兰布雷拉美术馆里面见过的那种椅子,那种让你坐在那里,久久注目大师级作品的椅子。

早餐虽然简单,但是对于意大利人来说也是非常丰富了。一般意大利人的早餐就是一杯卡布奇诺咖啡和一个牛角包。这里有当天新鲜烤的牛角包、蛋糕和曲奇饼,蘸果酱的面包脆片,当然香浓的咖啡少不了。最让我喜欢的是丰富的时令水果。有黑葡萄、白葡萄,还有鹅黄色的欧梨、橘黄色的杏,还有香甜的蟠桃与布林,还有我最喜欢的新鲜无花果。

生命中总有些地方,注定是要去一趟的,甚至两趟,比如普利亚,比如萨兰托……

萨兰托的"马尔代夫"（Maldive del Salento）

　　萨兰托南部的海岸，有许多绵长的沙滩，被誉为"萨兰托的马尔代夫"。意大利人在这里悠闲地晒着太阳，或带着孩子们海水浴，附近的餐吧和比萨店，提供各种美食和解暑饮料。这里的海滩是公共免费的，可以自带太阳伞和椅子来沙滩享受一个下午。一般游客都会选择一个沙滩吧（Lido），因为它不但提供饮食，也提供停车场、洗手间和淋浴间，可以租赁太阳伞和沙滩椅。我们很喜欢去一个叫作竹子的沙滩吧（Lido Bamboo），相对来说人少一些，停车场也大一些。这里阳光分外灿烂，水清沙幼，海水往很外的地方走，还是比较浅，对于带小孩的家庭来说，比较安全适合。意大利人在海滩上或晒日光浴，或读书玩拼字游戏，或闭目养神，或带孩子戏水，尽情地享受假期。

在莫扎塔（Torre Mozza）附近的海滩，海水更加清澈，也比较冰凉一些，不过水就比较深了。这里还有海滨浴场的工作人员，每天几个场次，带着大家在海水里面跟着音乐跳舞做运动，大人小孩都玩得不亦乐乎。小孩子们似乎天生就爱玩水，天生就爱玩沙，阳光与海滩似乎是最释放孩子天性的地方，连几个月大的宝宝也忍不住挣脱父母的怀抱，想要伸手触摸清澈的海水。

美到天际的海滩餐厅

我们经常去的海滩上，有一个叫作拉科扎（La Cozza）的餐厅，非常受欢迎，通常都要提前预订才有位子。怀着好奇与期待，我们也提前预订了位子。从沙滩游泳回到住处，沐浴更衣后，便开车前往餐厅。

这个时候刚好是太阳下山的时候，而餐厅所在的位置，恰恰是欣赏日落最佳的地方。天际渐渐从耀眼的湛蓝色过渡为鱼肚白的颜色，炽烈的太阳渐渐收敛了其刺眼的亮光，渐渐变为柔和而灿烂的橘黄色。不多时，天际又从鱼肚白渐变为温柔的宝石蓝色，犹如明净的宝石，橘黄的夕阳周围绽放出万道霞光，晚霞慢慢又变为浪漫的紫色和胭脂红色，犹如舞者身上妙曼的纱裙，在天际无限地铺开。茱莉亚身上正好穿着蓝色过渡为紫霞的吊带彩裙，煞映此景。

　　我们漫步在餐厅旁边的沙滩边，潮水退去，露出斑驳的礁石，礁石间隙之中的水坑，还有小螃蟹和小鱼在嬉闹。海滩上褪去了白日的喧闹，安静又祥和，天边的海水和晚霞互相辉映，海天一色，美到天际。

　　我们在预订好的座位上坐下，预定的时候我们特别要求了能坐在临窗的位置。侍者领我们在其中一张餐桌前，餐桌被精心布置好，晶莹的玻璃杯和玻璃盘子熠熠生辉，餐桌餐椅都是现代设计，非常赏心悦目。而沙滩外的白色餐桌也布置得如同迎接婚礼的宾客一样，浪漫无比。

　　临海的窗口，就是欣赏日落晚霞最佳的地方，这里的每一个窗口都犹如一幅会变化的油画，随着窗外漫天晚霞颜色的变换，这幅画也在变换着颜色，非常梦幻。这个时候，最美妙的就是一起举起一杯透明冰凉的 Spriz 开胃酒，向着窗外的天空、大海和晚霞，向着美好生活致敬。感恩生命中所有的美好！

初遇乔洛（Ciolo）的碧玉翡翠

按照保娜给的攻略，第一个早上我们决定探索一下附近的海岸线。意大利像一只靴子，而萨兰托地区则是插入地中海的鞋跟，"鞋跟"的西面是爱奥尼亚海（Ionian coast），东面是亚得里亚海（Adriatic）。我们准备探索一下亚得里亚海岸的原始岩石海岸。

SUV驶出小镇，直奔海边的滨海公路，朝着一个叫作乔洛的地方开去，据说这里是当地一些无畏少年悬崖跳水的地方。当我们走到一座高架桥之前，发现道路两旁停了很多车，想必就是此处了，否则不会招引这么多人在此停留。我们也找到一处地方停好车，走上桥的时候往下一看，不禁吓了一跳。

原来，人们就在高架桥下面的海水里面游泳。令人惊讶的是，这里的海水碧绿无比，如通透的翡翠一般，可以看到水底的礁石。去过那么多地方，我们还从来没有见过如此美丽的海水。人们三三两两地在这晶莹剔透的海水上畅泳，像是一只只青蛙呢。

我们走到高架桥的另一侧，可以看到岸边是一片非常狭小的沙滩，人们就是从此处下水畅泳的。沙滩上布满了五颜六色的沙滩巾和阳伞，煞是好看。偶尔，就听到"嘭"的一声，当地的少年爬上悬崖峭壁上，翻转着跳入大海，所有在场的人都兴奋不已，一边拍掌一边惊叫。

岩石中的游泳池

萨兰托除了洁白的沙滩，还有很特别的天然游泳池。由于海水侵蚀的作用，萨兰托的海岸线上出现了一些由天然的岩洞浴场，这是岩石隔离出来的一片天然海水浴场。意大利一家老小就在天然的海水浴场晒太阳，海水浴。由于水底是不平整的石头，所以他们都穿上一种塑料运动鞋，以免刮伤脚板底和脚趾头。有些小孩子还带上了网兜，捕捞水里的小鱼。

意大利人真的非常喜欢日光浴，即使是陡峭不平的岩石表面，铺张浴巾就能躺得舒服了。来这里玩水得格外小心，锋利的岩石表面随时都可能刮破皮，但这似乎并不影响意大利人的兴致。情侣们在岸边晒太阳聊天，小帅哥们在水中打球，奶奶带着小孙子捞鱼，初到的游人在四处探索穿梭……一大片岩石峭壁上是星星点点，五颜六色的太阳伞，人与自然是这般的和谐。

石阶餐厅（Lo Scalo）的碧水蓝天

保娜推荐了我们一家叫作 Lo Scalo 的餐厅，我们向 Marina di Novaglie 出发，肚子咕咕了，该是吃午餐的时候了。意大利语 Lo Scalo 就是"阶梯"的意思。当导航显示达到目的地的时候，我们下车一看，好像发现宝藏一样兴奋。餐厅就在岩石峭壁的海岸线上，首先要从马路边的石阶往下走，才能达到餐厅。这里的海水也是如同碧玉一般，而且晶莹清澈，透明清亮，美不胜收。

餐厅面对着一处海岬，已经聚集了不少人，有晒太阳的，有海水浴的，也有玩跳水的少年。而餐厅也配备了日光浴的地方，蓝色和白色的太阳伞煞是好看，意大利人正懒洋洋地躺在沙滩椅子上休闲发呆。餐厅再往下走石阶，也可以下海水游泳，怪不得这里叫作"阶梯"餐厅呢。此时很多孩子正在和父母游泳嬉戏，游船也划进这里凑热闹。时不时就听见"嘭"的一声，这里有更多少年攀爬岩石玩跳水。

　　餐厅面向大海，视野开阔，餐桌布置优雅高贵，庭院里种了不少仙人掌、三角梅和柠檬树，景色非常优美。餐厅的一部分是开凿在岩石里面的，如同窑洞一般，收银台的墙面上挂满了名人的照片，有不少意大利和好莱坞的明星和政客。保娜给我们推荐的餐厅果然不同凡响。

　　餐厅的颜色用蓝白色系搭配。颇有希腊风格。但是说起美食，个人还是觉得意大利的海鲜大餐更为美味。新鲜的海鲜拼盘、黑贻贝配鲜柠檬、烤大虾、龙虾意面、海鲜烩饭……都令人垂涎三尺。

探索天然洞穴（Grotta Zinzulusa）

　　萨兰托半岛的海岸线有非常多天然的岩洞，而这对孩子们而言是最好的地理课堂。我们根据保娜的推荐，驱车来到了亚得里亚海沿岸的辛祖鲁萨洞穴（Grotta Zinzulusa）。这是意大利南部最重要的喀斯特地区，附近有数百个洞穴。当我们在停车场停好车，按照指示牌往海岸边上的凿出来的阶梯往下走时，女儿迪雅（Claudia）和侄女茱莉亚（Giulia）就开始兴奋起来了。湛蓝的海水中白色的游艇在飞驰，当地的意大利人在粗犷的岩石边上，直接跳进海里畅泳，不远处是嶙峋的山体，人与大自然融为一体。两个孩子兴奋地也想跳下去，出于安全理由，被我们阻止了。

　　顺着一条小路我们开始进入辛祖鲁萨洞穴。海水在洞穴附近从湛蓝色变为了晶莹的碧绿色，非常清澈。由于夏天参观洞穴的人比较多，所以得轮候进入。轮到我们的时候，大家都跟着讲解员往里面走，虽然我听不懂意大利讲解员说的什么，不过这跟桂林地区的喀斯特地貌很相像，钙质洞穴里面有非常多的钟乳石和石笋，曾经是蝙蝠的自然栖息地，不过随着环境的变化，蝙蝠放弃了这里。据说在这里发现了60多种陆生和水生物种，其中包括一种古代起源的凤尾鱼种。这儿岩洞是附近最大的洞穴之一，走在里面可以亲身感受到来自澎湃海水的侵蚀和风化作用，感叹大自然惊人的力量。

参观完洞穴，可以在辛祖鲁萨洞穴入口乘坐小游艇游览附近的海岸小洞穴，这对于孩子们来说也是很好的探索之旅。当我们乘坐的小游艇进入某个不知名的小洞穴时，全体游客都发出了"Wow, wow, wow"的赞叹声。由于光的折射作用，小洞穴入口的海水竟然变成了蓝宝石一样的晶莹，闪闪发光，熠熠生辉。跟卡普里岛的蓝洞一样，这是一种天然奇观。

陡峭悬崖上的游泳池

从辛祖鲁萨洞穴出来，我们往上走，发现了一个陡峭悬崖上的游泳池，由于孩子们刚才没能如愿跳入大海游泳，所以我们决定在这里让孩子们畅游一番。

这里的游泳池景观太美了，远处湛蓝的大海为背景，白色的游艇时不时划过。近处是晶莹碧绿的游泳池，大海与游泳池以一排彩色的太阳伞为界。游泳池的周边以钢化玻璃作为隔离，可以很好地欣赏景观。孩子们尽情地在游泳池玩耍嬉戏，跳板也比较矮，适合孩子们初试牛刀。对于跳板，刚开始迪雅和茉莉亚还有点害怕，后来越跳越嗨，还换着花样来跳。

站在这个游泳池的悬崖边缘欣赏风景，也是非常惬意的，大海一望无垠，陡峭的悬崖下边，喜欢日光浴的意大利人坐在礁石上休息，年轻人在礁石岸边扑通扑通地跳入海中。

这里的设施非常人性化，喜欢亲近大自然的人们可以直接海泳，年纪比较小的孩子可以在安全的游泳池里面玩耍，让全家人都可以尽情地投入大自然的怀抱。

橄榄园餐厅

普利亚是意大利橄榄树种植面积最大的大区，橄榄树是这里独特的风景线。无论是驾驶在高速公路上，还是乡村小路上，你都能看到一片片的橄榄树林。说起橄榄树，70后的人肯定对齐豫演唱的那首歌耳熟能详。

"不要问我从哪里来，我的故乡在远方，为什么流浪，流浪远方，流浪。为了天空飞翔的小鸟，为了山间清流的小溪，为了宽阔的草原，流浪远方，流浪……还有，还有，为了梦中的橄榄树，橄榄树。不要问我从哪里来，我的故乡在远方……"

每个人心中都有一个远方，那里寄寓了某种难以言说的情怀，那里共鸣着内心最真实的情感。曾经很多人像我一样，看完了三毛所有的散文集，她开启了我对世界的幻想，也播下了要去远方的种子。曾经，多么向往她和荷西的爱情；曾经，多么痛心荷西的离去；曾经，好想去撒哈拉沙漠走一趟，缅怀她的爱情故事。今天，我也拥有了属于我的荷西。我更珍惜属于我的荷西。庆幸的是，我们的爱情不是发生在漫天黄沙的撒哈拉沙漠，相比之下，气候宜人的意大利更适合我。

可能因为少年时受三毛的影响,对橄榄树有一种特殊的情怀,来到萨兰托的第二天我就情不自禁地要求先生停下车来,走到路边的一个橄榄园,想好好看看,曾经梦中的橄榄树。

在圣经《创世纪》的篇章中,由于人类的堕落和犯罪,上帝施行了大洪水。救赎人的诺亚方舟在经历了滔天洪水之后,鸽子从方舟放出去,叼着一根新拧下来的橄榄枝叶回去,挪亚就知道地上的水退了。从此,橄榄枝叶象征着和平与希望。联合国会徽的标志,就是两根橄榄枝围绕着地球五大洲。大卫曾在《诗篇》里说:"至于我,就像神殿中的青橄榄树,我永永远远依靠神的慈爱。"他把自己比作青翠的橄榄树,可见,橄榄树在人们的心中是多么的美好。在公元前 7 世纪,奥林匹克运动在古希腊盛行,象征和平与胜利的橄榄枝成为了获胜者的唯一奖品。

橄榄树的树冠宽广,可以在烈日下荫蔽过路的人们或者小动物。它的树干扭曲分岔,树皮粗糙,沟壑密布,叶子细长、花开得很小。整棵树看上去普普通通,既没有棕树的挺拔,也没有香柏木的芬芳。可就是这样一种朴实无华的树,果实能榨出珍贵的橄榄油。橄榄油被誉为"液体黄金",是世界卫生组织推荐的健康食用油。地中海地区是世界上罹患心血管病比率最低的地方,这与地中海地区橄榄油的饮食非常有关。橄榄油还有很好的滋润功效,据说埃及艳后克利奥帕特拉经常用橄榄油进行油浴,皮肤保养得非常嫩滑。

橄榄树的木料材质坚硬，不易变形，纹理清晰美观，是上好的雕刻、家具用材。所罗门王在耶路撒冷建造圣殿的时候，就曾用橄榄木制造基路伯和内外殿的门扇门框。橄榄树的根须纵横交错，可深入底土五六米，向四周伸展的范围更广。这样，就能吸取更多的养分，茁壮成长，从而经受住狂风暴雨的吹袭。橄榄树在今天成为很多园林设计师青睐的一个元素。造型独特的橄榄树似乎是一座天然盆景，越来越受人们的喜欢。

很庆幸，保娜给我们的一堆餐厅名片里面，就有一个橄榄园餐厅。我和先生都不约而同地指定要光顾这家橄榄园餐厅。一个晚上，我们驱车来到了橄榄园餐厅，一看就喜欢上了。餐厅的院子旁边就是橄榄树林，以天然的石块搭成的围墙分隔开来。各处的橄榄园都可以看到一些用石块垒起来的矮墙，与其说是人们故意盖起来的壁垒，不如说是人们在种植橄榄树的时候，无处堆放泥土里面的石块而丢在一块的，逐渐地变成一道质朴的风景线。

餐厅的布置朴素得来却又非常典雅。餐桌上底层的白色餐布上再铺摆了一层大地色的餐布，偌大的户外吊伞也是大地色的，与周围天然的岩石围墙非常和谐。白色的现代派户外家具与墙壁上温暖的灯光互相辉映，衬托出典雅的气氛。人们在橄榄树伸展开来的枝叶下用餐，温馨而又浪漫。侍者笑容满面地捧来了当天的渔获供我们选择，服务非常地道专业。新鲜的鳌虾、大红虾、吞拿鱼、鱿鱼海鲜刺身配上地道的橄榄油和葡萄醋，这就是美好夜晚的开始。

阿尔贝罗贝洛 / 现实中的童话小镇

走过很多在旅游手册上被称为"童话"的地方，但身在其中总觉得与想象中的不同，直到有一天，走到了阿尔贝罗贝洛（Alberobello），浪漫的意大利人称其为"旅行中不能错过的白色艳遇"。

"世界上竟然还有这样一个地方！"第一眼见到阿尔贝罗贝洛的可爱的圆顶屋和漂亮的街道，很多人脱口而出。阿尔贝罗贝洛读起来有点拗口，意思是美丽的树，所以也被称为丽树镇。它位于意大利的最南部的尖尖角上——普利亚的伊特里亚谷地（Valle d'Itria），这座童话小镇保留着1500多座特鲁利式（Trulli）的石顶斗笠屋，同时名列在联合国教科文组织"世界遗产"名单里。

特鲁利是这种圆顶白墙石屋的名字（单数形式为Trullo）。Trullo一字源自希腊文"tholos"，是圆顶的意思。这是一种独特的石头建筑，青石堆叠的屋顶尤其显眼，盘旋呈圆锥形，如同斗笠一般。特鲁利或对影成双，或三五成群，沿着舒缓的坡道组合、排比，兜兜转转，自然地形成了村落。

阿尔贝罗贝洛此地15世纪已有人居住，直到1635年才开始发展，目前小镇有人口19000人。地中海的气候似乎总是使天非常蓝，而石顶屋又特别白，在单纯的蓝白之下，走在小镇的街道上，往往会产生一种"非真实"的感觉，很像是在一个童话的世界里。这种房屋让人不禁想起《白雪公主》里面的小矮人的房屋，又或者是《指环王》里面霍比特人住的房子。

　　阿尔贝罗贝洛地区含有丰富的石灰岩，居民就地取材，铺路又造屋。特鲁利建筑即大量采用随手可得的石材，成本低廉，结构简单，易建易拆。特鲁利这类的建筑由来已经无法考证，有的说是源于古希腊传统，有的说是源于墓穴造型。总之，这是以前普利亚穷人的蜗居。

　　玩"迭迭乐"的原因有很多种版本，听过的多种说法中，16、17世纪时居住于此的居民为了"避税"而与官府斗法的故事最有趣。由于房子盖好就得开始缴房屋税，可能是苛税猛于虎，居民就开始玩乐高、赌运气。官员来巡时，居民随手拆掉屋顶或推倒一堵墙，乱石一堆的就代表着房子还没完工，如此就不用缴税。可在大官后脚还没跨出村，居民前脚就已经开始把墙再堆回去。早期的特鲁利没有墙，而是把现在所看见的屋顶直接盖在地上，想象成一顶斗笠放在地上的模样就是最初期的特鲁利。直到15世纪，斗笠屋顶放在四方墙上的建筑方式才渐渐成型为今日我们所看到的特鲁利。原始的特鲁利建筑不使用灰泥或是其他可以将石头、岩片固定的接着剂，换句话说就是在玩大型积木，随时可拆、喜欢就继续盖。

　　为了减少夏日日照与冬天的冷风，特鲁利的门窗小又少、石墙厚、屋顶高，他们说这样冬暖夏凉。墙面由两层紧密堆起的石墙与填充于两堵石墙间的泥土、稻秆或麦秆组合而成，基于防寒与隔热，墙面厚度可达2公尺之厚。也由于这种组合使得设置窗户的困难度增高，因此看到特鲁利不是没有窗，就是窗小得连猫想钻进来都得挤一挤。

小尖顶形状不同,故事来源也一堆,有宗教含义,也有神秘传说,但大部分看到的是圆球状,据说来自古早崇拜太阳的萨兰蒂娜(Salentina)地区人民,沿用至今的含义已传说成是太阳的一种表象,我的理解就是"阳光幸福普照我家"。

尖顶上也用白漆涂些月亮、太阳、爱心……还有些看不懂的涂鸦。这些涂鸦、图腾不外乎来自神力的祝福或是除恶的驱魔。因此大致上分作三类:远古时代留下来不可考的"古早符";可趋吉避凶、家畜平安的"魔力符";还有与宗教有关的"信仰符"。不论答案为何,尖顶与图腾早已成为特鲁利的一部分,世代流传、缺一不成,居民也年年补漆、继续涂抹着老祖宗留下来的符。

走在阿尔贝罗贝洛,随处可见有几百年历史的石顶屋,里面依然有人居住,不少被改造成了民宿、酒吧和商店。正午的阳光焦灼炽热,但所有的喧嚣都在这座小镇戛然而止,留下的是拥有500年历史的阿尔贝罗贝洛格调。踱步于精致的石子路间,一边感受民风,一边欣赏古人用智慧堆砌出来的艺术。一些当地的艺术家,用专用的石材,雕琢出大小不同的微型特鲁利以及其他风格迥异的建筑模型,供游客们欣赏和选购。在这样浓郁的氛围下,人们身体里蕴含的艺术细胞,纷纷骚动和欢愉起来。

有的人喜欢躲在某个圆顶屋里面,从门帘流泄的阳光缝里看着门外那来来往往的世界;有的人喜欢静静地、坐在几百年历史的石阶上什么也不做;有的人喜欢置身在洒满阳光的白色巷弄里,在石顶屋的街道里乱钻。这片奇妙的斗笠屋,让今天的我们找到了一小片世外桃源。

马泰拉（Matera）／千年文化古城的失落与复兴

当我们从童话小镇阿尔贝罗贝洛返回萨兰托的时候，我在地图上意外地发现，马泰拉就在我们路线的中间位置，正好可以顺路去探访一下。事实上马泰拉已经不属于普利亚大区了，属于巴西利卡塔（Basilicata）大区，所以我之前做普利亚攻略的时候忽略了它，没想到还是让我们"邂逅"了她。

认识马泰拉这个地方，是从电影开始的。2004年，好莱坞导演梅尔吉布森觉得马泰拉就是他想象中的古代耶路撒冷，于是在这里拍摄了《基督受难记》。2006年美国导演凯瑟琳·哈德威克在这里拍摄了《基督诞生记》。当我得知两部电影的拍摄地都是意大利的马泰拉古城时，就一直想找机会去看看。中国电影《我们结婚吧》里面男女主人公的一段意大利之旅，也是在马泰拉拍摄的。

马泰拉因洞穴而出名，以"萨西"（Sassi）为代表的岩洞住宅群中包含着旧石器时代人类穴居的遗址，被认为是全意大利最早有人类居住的地方之一。经过大规模的整修后，马泰拉的岩居建筑重现世人眼前，在此可以看见无数的石岩住宅、教堂、寺院以及洞穴迷宫。曾经有人这样形容马泰拉——这里是

神秘而又充满古代欧洲黑暗记忆的石头城。马泰拉,不似罗马拥有帝国的辉煌,却有更久远的历史;不似佛罗伦萨文艺复兴的璀璨,却展示着人类历史上重要发展阶段的建筑及地理环境综合风貌;不似水城威尼斯波光烂漫,却有远山的沧桑。

我们冒着40摄氏度的高温驾车来到,导航带我们到了马泰拉市政厅前面的停车场,停泊好自驾车,先打开街心公园的水龙头喝水洗脸,畅快一番,然后就迫不及待地去寻找这座失落之城。《孤独星球》曾把它评为"世界上的失落文明城市",听起来就充满了孤独感。

来马泰拉的交通不大便利,但是当你看到靠山而建的古城时,你就会明白一切都是值得的。城市观景台可以很好地观看古城风貌,也是游人拍摄的最佳地点。远远观看城中那沿着山体开凿出的岩洞与石屋,仿佛一座巨大的石头城堡,真的很像耶路撒冷古城,让人有一种穿越公元前的感觉,似乎看到耶稣的母亲玛利亚正拿着陶罐去打水……我们再次惊叹一番之后,走下古老的石梯,想去更仔细地探索。

走在古城里,手摸在城墙的石头上,仿佛在触摸历史,似乎每一块石头都有它自己的故事,整个古城就是一个开放式博物馆。据说这里有150多座开凿在岩层内的教堂,年代跨度很大,这真是废墟探险爱好者的乐园。阳光照射在琥珀色的古城上,散发出一种温柔的气息,时间似乎在这里凝滞,千年也仿佛是风吹一瞬。

马泰拉的历史可以追溯到7000年前的石器时代,就是当时的原始人开创了这种依山而建的岩洞民居。曾几何时,这里是意大利东南部最繁华的地区,智慧的马泰拉人开创性的水源系统让这里的一切变得生机勃勃。然而到了20世纪50年代,人口数量的激增使得居民的生活质量变得越来越差。往日风光无限的马泰拉成了人畜共住的棚户区，当时的岩洞养着猪和牛，而人就在窝棚上方搭起一块木板，一家五到六口人就挤在牲畜的上面睡觉。久而久之，马泰拉成了意大利的耻辱和笑柄，人们为自己来自马泰拉而感到羞愧，也再没有了往日的辉煌。

1950 年后，意大利政府开始治理马泰拉，将居民迁移出不适合居住的岩洞，开辟新城区，建造更多的楼房，保护古城，吸引了很多的商业资源。逐渐空出来的洞穴，也渐渐引起了很多外地游客的注意，毕竟很少有人有机会可以住在有着几千年历史的洞穴里面。于是在当地政府、欧盟、联合国教科文组织以及好莱坞大片的联手推动下，马泰拉古老的洞穴越来越多地被改建成了洞穴酒店、洞穴餐厅、洞穴画廊、洞穴共享空间，甚至洞穴游泳池……被改造成酒店、餐厅的这些洞穴，一个个都精致美妙，古旧的沧桑感与现代的设计感融合，充满了致命的魅力。马泰拉岩洞酒店的住宿体验，被认为是时下欧洲最具异国情调的旅行体验之一。最终，这座曾经遭到千夫所指的城市恢复了往日的光彩，并在 2019 年成为了"欧洲文化之都"！

由于没有提前预订，我们这一次就未能体验洞穴酒店了，期待下一次。然而，洞穴冰激凌店是不能错过的，八月的热浪把我们逼进了路边的一家半岩石半洞穴式的冰激凌店，两个孩子已经满头大汗，看见冰激凌激动不已。意大利的冰激凌在夏天几乎是孩子用来续命的，一天不吃上一个，就不算是过上好日子。清甜冰凉的冰激凌驱走了酷热和疲劳，让我们回到自驾车上继续前行。

莱切／南方的佛罗伦萨

来普利亚之前，我已久闻巴洛克之城莱切（Lecce）的大名，莱切因为巴洛克古迹众多，也被称为"La Firenze del Sud"（南方的佛罗伦萨）。这年夏天，终于可以一睹其风采。

我们在下午达到莱切，根据导航，我们在一处街心公园附近停好了车，便开始步行寻找巴洛克的踪迹。时值炎炎夏日，街心公园的喷泉带给了我们一丝丝凉意，连鸽子也站在喷泉池里面纳凉。此处街心公园应该是当地居民经常来的休闲之地，高大的树木遮盖着骄阳，带给草地一片阴凉，孩子们在滑梯以及秋千上玩耍，欢声笑语，可以感受到这是一个幸福度挺高的城市。跟着导航，我们走进一个

古老的庭院，庭院上还有古老的壁画，看着中世纪风格的回廊以及雕花门窗，我们似乎开始从现代穿越到中世纪了。走出庭院，往左右张望，张望之际，忽然都被惊吓到了。

一座华丽壮观，装饰繁复的白色大教堂赫然竖立在我们的眼前。很多游人也站在街上抬头欣赏着这座教堂，在一阵哇哇的赞叹声中，我们走进教堂门口，热情的工作人员给我们介绍了景点套票。买好了票，拿好了地图和简介，我们就开始漫游巴洛克世界。

莱切有一种白色的大理石，材质非常柔软，容易雕刻出各种造型，被称为"莱切石"（Pietra Leccese）。艺术匠人用这种石头雕刻出纷繁复杂的花朵、蔬果、人物、动物、天使、几何图案……来装饰大教堂以及重要的建筑物。在17—18世纪，巴洛克风格几乎主宰了意大利当地以及国际上的艺术领域。久而久之，便发展出了独特的巴洛克装饰艺术。

我们开始游览的第一站，就是这座著名的圣十字圣殿（Basilica di Santa Croce）。圣十字圣殿修建于1549—1646年，被认为是莱切巴洛克（Lecce Baroque）装饰艺术的最佳典范。圣殿的外立面，由六根光滑的圆柱支撑起一层顶部的屋檐和二层部分。屋檐处雕刻着动物、植

物和人物，二层中间是一个巨大的玫瑰窗。雕刻的花纹极其华丽复杂，仔细看还真会让人看到眼花缭乱。圣十字圣殿内部的雕花廊柱更是让人看得目瞪口呆，特别是主祭坛旁边的两个侧祭坛，以及教堂内部两侧的数个小祭坛，各个祭坛的廊柱均有立体的花朵雕刻，极其繁复，华丽无比。圣经故事场面也是用莱切石进行雕刻，栩栩如生，叹为观止。教堂顶部是一幅巨大的油画，画着被钉十字架的耶稣已完成救赎，升天坐在天父的右边。

从圣十字圣殿的门口出来，往右拐是一条酒吧街，下午正是意大利人喝开胃酒的时间。不少意大利人在此喝酒聊天，古迹旁边也是聚友聊天的好地方。我们赶去第二站莱切主教堂，途中我们无意经过了古罗马圆形剧场遗址（Anfiteatro Romano）。这座罗马圆形剧场修建

于公元前2世纪，于1901年由修建银行的工人挖掘出来，马蹄形的剧场竟然能够容纳15000人，可见两千多年前，莱切城已经人口众多，非常繁荣。

穿过街巷和广场，我们终于来到了莱切主教堂（Cattedrale di Santa Maria Assunta）。主教堂坐落在主教堂广场上（Piazza Duomo），从莱切的街巷拐进主教堂广场，左侧看到的是钟楼（Campanile），右侧是古代神学院和教区博物馆（Antico Seminario e Museo Diocesano）。主教堂广场上游人众多。主教堂的外立面也是巴洛克风格的装饰，人像、天使、水果和花边的图案也是栩栩如生，活灵活现，门面规模虽然不及圣十字圣殿那么雄伟壮观，但是教堂内部祭坛的巴洛克装饰却更加惊人更加豪华。圣十字圣殿内部祭坛的雕刻都是白色的，而莱切主教堂内部祭坛的雕刻装饰，更多地使用了金色。雕花图案搭配了金色线条的装饰，展现出更高超的匠人技艺。

主教堂的始建年份不详，只知道是由一位名叫路易斯·帕帕可达（Luigi Pappacoda）的主教在1659—1670年领导重建，前身是阿松塔修女（Vergine Assunta）教堂，重建后被改称为主教堂（Cattedrale）了。雄伟的钟楼建于1661—1682年，由津巴洛（Zimbalo）修建。神学院则在1694—1709年间由约瑟·奇诺修建。

　　我听不懂意大利语的解说，只能靠自己读了一两遍《圣经》的浅显记忆，努力去猜教堂里的油画和人像的出处。比较容易猜到的，就是穿着如渔夫，手里端着书本和小羊的圣彼得了。彼得是耶稣的大门徒，曾经是以色列加利利湖边的一名普通渔夫，被耶稣呼召作门徒。他以前叫作西门，耶稣给他改名为彼得（希伯来文"磐石"的意思）。耶稣在被钉十字架升天之前，把小羊（信徒）托付给彼得。彼得写下了圣经新约中著名的《彼得前书》和《彼得后书》两部书卷。一名普通渔夫，能够写下流传千年的不朽书卷，这其中的故事就很值得去探索。

　　从莱切主教堂出来，已经日落西山。莱切迎来了美妙的夜晚，凉爽的晚风吹来，更多的人来到了街上逛街吃饭。夜色越浓，游人竟然越多，走在街道上接踵摩肩，熙熙攘攘，非常热闹。别致的工艺品店、精品店、时装店，让人流连忘返。我们流连了好几家莱切石的工艺品店铺，仔细欣赏和挑选莱切石小件，带回家做纪念品。

　　街上的餐馆、比萨店、小吃店、冰激凌店鳞次栉比。意大利人喜欢很晚才吃晚餐，一般八点才吃，几乎相当于中国人吃夜宵了。我们走了几千米的街巷，街巷一边都摆满了餐桌，坐满了人，就像是国内热闹的大排档一条街一样，非常的热闹。人们白天去海边度假，晚上回来古城的街巷用餐聚会，这里生活的幸福指数真是很高啊。

　　莱切值得游览的古迹还有很多，购票所附参考地图上的标识就有43处之多。我们来了一个下午和一个晚上，是游玩不完的。据说2001年莱切市发生了一桩让人哭笑不得的考古发掘。卢西亚诺·法贾诺打算开一家餐厅，但老房子的下水道总是堵塞，于是叫儿子挖开检修。小法贾诺竟然在地下发现了中世纪石头建造的地面。继续下挖，终于挖出了一座2500年前梅萨比人的坟墓，古罗马人的谷仓和修道院安放遗体的地下室。当地的文物保护部门非常震惊，并将它列入了独立考古博物馆。到访过的人，亲切地称这里是"莱切城里不能错过的小宝石"！看来莱切就像佛罗伦萨一样，还得多来几次才能探索完。

罗马 / 属于自己的罗马假日

许愿池与最古老的咖啡馆

第一天行程：米兰乘坐高铁到达罗马——酒店下榻——许愿池——希腊咖啡馆下午茶——西班牙广场——回酒店用餐休息。

每个人都有属于自己的罗马假日。

在意大利，很多夫妇庆祝结婚周年，无论是结婚只有几年的年轻夫妇，还是结婚已经几十年的老夫妻，他们都很喜欢来罗马庆祝结婚周年。即使这个城市已经来过几次了，还是要带上心爱的人再来。因为，这里是永远探索不完的，永恒之城。

我们的女儿已经有12岁了，所以也决定带女儿和奶奶，一起趁着春节假期来罗马度个假。一来是因为罗马更适合冬天来，夏天的罗马气温有时候高达40度，而且暑假也太多的游客来。而冬天的罗马更安静，很多参观的场所都是室内的，所以天气寒冷不是一个问题。而且罗马的冬天没有多冷。另一个原因是女儿长大了，来罗马参观古迹和博物馆，正是时候。孩子太小参观古迹和博物馆记不住，也按捺不住，大家都无法安静欣赏。现在孩子长大了，也懂得去欣赏和探索了。

我们从米兰出发,去罗马最方便快捷最舒适的交通方式就是乘坐意大利高铁,4个小时可以到达。当然也可以乘坐飞机,不过加上来往机场以及在机场等候的时间,其实也差不多。但是高铁更加舒适,还可以看风景。由于孩子以前没有乘坐过意大利高铁,所以我们一早就决定了乘坐高铁,提前一个月在高铁网站(www.lefrecce.it)上订好了票。在网站上订票的时候发现学生票、家庭套票都有不同程度的优惠呢。

酒店我们订在罗马特米尼中央火车站(Termini)附近,因为游览罗马最好的起点就是特米尼(Termini)火车站,地铁站就在旁边,而且周边的酒店旅馆非常集中。经过意大利朋友的推荐,我们最终入住了罗马的地中海酒店(Hotel Mediterraneo),最终感觉我们的选择非常正确,因为这座酒店的顶层餐厅可以看到罗马的城市景观,而且对于家庭出游来说,性价比很不错。

早上从米兰出发,下午一点半左右到达酒店,稍作休息之后,我们就开始了罗马之旅。我们准备先去看许愿池,然后到西班牙广场的大文豪咖啡馆喝个下午茶。根据体力再决定回酒店吃晚饭还是在外面吃晚饭。第二天准备去梵蒂冈博物馆和圣彼得大教堂,以及圣天使堡。那都是连着一块的,而且因为常年都是游客众多,我们已经在网上提前预约好了VIP通道。第三天准备去看古罗马斗兽场、古罗马遗迹,以及市中心的各个景点。这样三天下来可以基本玩完罗马的重要景点。第四天早上吃完早餐退房然后坐高铁回米兰。

走出酒店,我们想好好看看罗马街头,所以没有坐地铁,也没有坐出租车。酒店前台给了我们一张地图,我们看了看大致方向,就开始行走了。走出酒店没多远,就看见路旁的纪念品商店门口,摆放着一个著名电影《罗马假日》的拍照牌,男主角和女主角的头部是掏空的,可以让游客把头伸进去拍照。我和先生就顺理成章地拍下了属于自己的《罗马假日》剧照。

很多人都看过赫本的《罗马假日》,事实上全世界很多游客也是冲着这部电影来到罗马的。这部电影是 1953 年拍摄的，至今已经六十多年了。而今天我们看到的罗马，跟六十多年前的罗马，好像差别真的不大。怪不得，这座城被称为"永恒之城"。

　　走在罗马的街头，你的脑海里会情不自禁地反复响起这句话，"罗马城不是一天建成的"，又或者是这句话，"条条大路通罗马"。眼前的宫殿、房屋、歌剧院、教堂、马路，很多建筑物根本无法叫出名字，你的眼睛会贪婪地窥探着这一切，设法去想象千年以前的罗马城是怎样的。据说罗马城与中国长城是差不多年代开始建设的，两千多年后，中国的长城依旧屹立在崇山峻岭之中，游人络绎不绝；而罗马城也依然熙熙攘攘，车水马龙。历史的滚滚红尘，沧海桑田，真让人不禁感叹。

　　走着走着，没想到竟然下起了淅淅沥沥的小雨，我们买了两把雨伞走在湿漉漉的街道上，天色也开始暗下来，不过这并没有影响我们的兴致，我们迫不及待地加快脚步。当走到许愿池附近的小巷时，街道突然变窄，

路人也开始多了起来。当走出小巷时，又忽然豁然开朗起来，面前就是罗马最后一件巴洛克式作品——特莱维喷泉（La Fontana di Trevi）。

特莱维（Trevi）是"三岔路"的意思，看看周围，真的是三条小巷子通往这里。特莱维喷泉又被称为许愿池，是因为传说只要背对着喷泉从肩上抛出一枚硬币至水池中，就能够再次来到罗马，于是众多游客纷纷照做。关于这个喷泉还有一个美丽传说，有一群从战场上归来口渴难忍的士兵，正到处寻找水源，一位美丽的罗马少女向他们指向了这个地方，因此它也被称为"少女泉"。

壮观的喷泉似乎与旁边的居民楼格格不入，怎会有这样一座巨大的雕塑群矗立在居民房屋当中呢？原来这是一座侯爵府的后墙。后墙的中间是海神，指引着两个水神驾驭两匹带翼的海马。两匹海马当中，一匹表现得温顺安详，另一匹则似乎表现得难以驯服。两匹海马的不同个性，象征着大海同时具有平静与惊涛骇浪的两面。两侧有两座女神雕塑，据说分别代表着"富裕"和"健康"。

这座府邸的后墙已经建得如此华美，可见府上曾是富可敌国的家族。我曾经去过意大利很多地方，见过很多贵族庭院里面都有海神的雕塑，往往从事海上贸易获利丰厚的家族，都会特别供奉海神，说不定这个家族也有可能跟海上贸易有关。

虽然下着小雨，但是许愿池的游人并没有减少。为了让孩子得到更多的乐趣，先生带着女儿扔了两次硬币。而奶奶则是十多年前跟朋友来的罗马，也曾经扔过硬币，没想到真的又回到了罗马，奶奶激动得眼眶都有点湿润了。她说，十多年前会想过再来罗马，但是怎么想到会是一家三代一同来的罗马呢。是的，重回罗马的人总会比其他人更多的感慨。

　　接下来我们又朝着西班牙广场行走，我设定的定位，是希腊咖啡馆（Caffè Greco）。因为有点饿有点冷了，正好去喝下午茶。为什么要选这个咖啡馆？因为这是罗马最古老的咖啡馆，建于1760年。更因为这是罗马文豪与艺术家、音乐家最爱光顾的咖啡馆之一，包括门德尔松（Mendelsson）、柏辽兹（Berlioz）、瓦格纳（Wagner）、李斯特（Liszt）、莱奥帕尔迪（Leopardi）、果戈里（Gogol）、司汤达（Stendhal）、安徒生（Andersen），这些名字你可以打开咖啡馆的菜单，最后有两页介绍咖啡馆历史的段落里面找到。从18世纪开始，这家咖啡馆成了许多文学界和思想界精英人物聚会碰头的地方，其中包括拜伦、雪莱、歌德、叔本华等等。

　　这么大名鼎鼎的咖啡馆，作为文艺青年当然要特意来一趟。咖啡馆的门面并不大，有前后两个门。走进去却是别有洞天，如同进入了一座小型的博物馆。里面充满了古典优雅的文艺气息。墙面上挂满了油画，还有一些历史照片和手稿。都说在咖啡馆里面创作似乎特别有灵感，说不定很多大文豪的灵感火花就是在此被擦亮的。

　　咖啡馆里面座无虚席，但有一个区域却被保留了下来，不得入座。这个区域保留了19世纪咖啡馆的模样，墙壁上有油画有美丽的浮雕花纹装饰，似乎可以让人瞬间穿越回那个年代。我们点了两份下午茶双层果盘，有奶酪、坚果、橄榄、小三明治、沙拉。先生晚餐前有喝意大利开胃酒的习惯，于是我们没有点咖啡，都点了开胃酒来喝。在这样的氛围里面喝下午茶，心情很棒。

　　出来咖啡馆，夜幕降临，西班牙广场（Piazza di Spagna）的灯光也亮了起来，广场是因为西班牙驻梵蒂冈的大使馆曾位于此地而得名。《罗马假日》电影中赫本公主在此吃冰激凌的场景最为人熟知。因为有太多的游人效仿公主在此吃冰激凌而造成卫生问题，管理当局不得不禁止游人坐下台阶吃冰激凌了。

　　广场前面有一个偌大的喷泉，喷泉的造型就像是一艘破了的小船，被称为破船喷泉（La Fontana della Barcaccia）。据说是为了纪念1598年罗马大水灾而建的。当时的台伯河泛滥成灾，河水一度蔓延至西班牙广场一带。当洪水退却后，一条破船搁浅在了广场上。后来意大利著名的建筑师贝尼尼父子，便以此为题材，设计了这座破船喷泉。喷泉的设计惟妙惟肖，破船半淹在水池中，喷泉的水先流入破船，再从船的四周慢慢溢出。时至今日破船喷泉成为朋友们相约见面的地点。

　　西班牙广场周围店铺林立，有不少奢侈品店铺。而广场本身建立在三位一体山上，大台阶共有138级。如果是春天来，这里就是鲜花的海洋。广场的顶端是一座教堂，我们走上了最顶端，可以俯览整个西班牙广场，也走进了教堂，享受片刻的宁静。西班牙广场附近海洋济慈和雪莱的纪念馆，司汤达、巴尔扎克、瓦格纳、李斯特和勃朗宁都曾在这一带居住过。不过雨越下越大，我们只有乘坐出租车回酒店了。

神圣与世俗共存

第二天行程：自助早餐——梵蒂冈博物馆——圣彼得大教堂和广场——圣彼得古典咖啡馆午餐——圣天使堡——回酒店晚餐休息

　　第二天早上醒来，来到了酒店顶层准备用自助早餐。殊不知进入顶层餐厅，就是惊喜的一刻。餐厅不大，但是偌大的落地玻璃却看到了罗马的天空，一大片城市景观，仔细看还可以看到圣彼得教堂的圆顶和圣天使堡。虽然天空布满着乌云，但是露台边缘布置的深红色鲜花带给了我们灿烂的心情。昨夜的雨已经停止，空气分外的清新。在这样一个罗马的清晨，一家人一同喝着热咖啡和热茶，享用着元气满满的早餐，远眺着罗马的天空与景色，莫不是一个幸福的体验。

　　今天的行程是梵蒂冈博物馆、圣彼得大教堂和圣天使堡。为了保存体力，我们决定乘坐出租车。我们先来到 VIP 集合点，因为梵蒂冈博物馆不预定快速通道的话，排队也许需要一两个小时，所以我们提前在网上预订了 VIP，也就是快速通道和导游服务。集合点在梵蒂冈城外不远处，集合点是室内的，提供储存行李、洗手间、售卖矿泉水的服务，这个比较贴心。进入梵蒂冈游览的时间较长，所以都得提前做好各项预备。

　　在集合处看到了梵蒂冈的一幅大型地图，梵蒂冈三面有高墙与罗马城隔开，而圣彼得广场，与罗马畅行无阻，梵蒂冈可以说是一个没有国门的城中之国。作为世界上最小的独立主权国家，梵蒂冈城是天主教最神圣的地方，具有巨大的历史和精神上的意义。这里保存着大量的珍贵文物和艺术精品，除了教皇厅和教皇的房间，有20多间博物馆、美术馆、绘画馆和图书馆，可谓一个巨大的艺术宝库，另有许多不同时期的著名建筑。1984年联合国教科文组织将梵蒂冈城列入世界文化与自然遗产保护名录。

集合完毕后，一行人跟随导游开始进入梵蒂冈城，我们这行人来自不同的国家，有英国人、德国人、法国人等，我们选择的导游是说英语的。经过安检、领取了耳机，不停地上下电梯，终于进入了梵蒂冈城，站在了一个偌大的露台上，可以欣赏梵蒂冈绿草茵茵的花园。在这个大露台上，可以看见梵蒂冈一些建筑的外表，各个时期的建筑风格各异，又融为一体。不同的导游带着世界各地的游客在此集中并做解说。游客们都很认真地在听解说，这是属于全世界人民的艺术大宝库，没有导游解说，还真会错过好多。

开始进入梵蒂冈的博物馆，不一会儿就感到眼花缭乱、目瞪口呆了。时而仰望金碧辉煌的天顶，时而俯视华美艳丽的马赛克地面，时而端详细腻逼真的雕塑、时而注视震慑心魄的绘画和毛毯画……每个博物馆的门廊都是那么的恢宏大气，一切都完全超出大脑的想象。

而梵蒂冈最重要的一个地方，就是西斯廷礼拜堂（Cappella Sistina）。这里是选举教皇的地方。据说选举教皇的时候，西斯廷礼拜堂必须闭门，选不出教皇的话，里面所有的人都不能出来，任由几天几夜也不能开门。如果西斯廷教堂的烟囱冒出黑烟，就表明选举没有结果，要接着下一轮选举，直到烟囱冒出白烟，就表明选举有了结果。

但是西斯廷礼拜堂最吸引人的，是那些无与伦比的壁画。米开朗琪罗大师的《创世纪》和《最后的审判》最为震撼人心。这座礼拜堂的壁画不但是人类艺术史上最光辉灿烂的一页，艺术创作超越人类的想象力；也是人类哲学史上最耀眼的一页，它最直观地告诉人们，人类从哪里来，到哪里去。整座教堂的内部壁画以盖世之恢宏震慑着每一个参观者的心灵。

《创世纪》天顶画由米开朗琪罗独自创作了4年，每天仰着脖子绘画，据说因此得了颈椎病。整幅作品覆盖了整个教堂的天顶，长40米，宽14米，作品中共有300多个人物。天顶的中心描绘了《圣经·旧约》中《创世纪》的9个场景，分别为神分光暗、创造日月动植物、创造大地与海洋、创造亚当、创造夏娃、原罪与逐出伊甸园、诺亚献祭、洪水与诺亚方舟、诺亚醉酒。

西斯廷礼拜堂是严禁拍照的，也要保持绝对安静的。所以导游会在进入礼拜堂之前跟游客们进行解说。我们这位导游最有意思的一个解说，就是有关上帝创造亚当。导游给我们展示了一张图片，上帝创造亚当这幅作品的构图，竟然跟人类大脑非常的相像，所有在场的人都惊呆了。米开朗琪罗大师的脑袋怎么会有这样的想象力，也许真是上帝给他的启示吧。

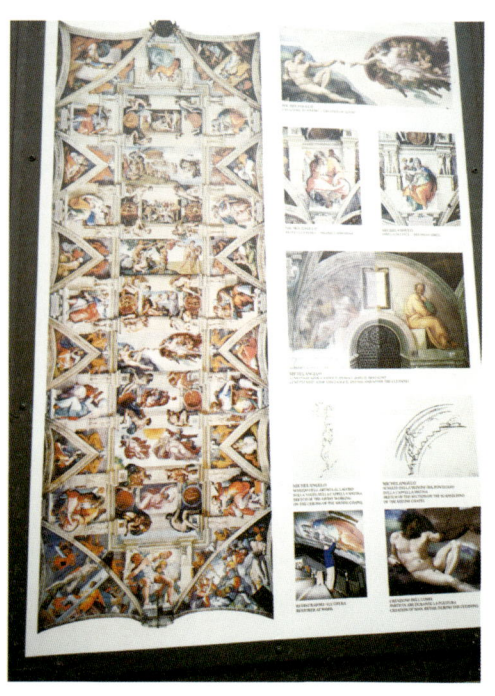

西斯廷这么大名鼎鼎的礼拜堂，门口却非常小，一边进一边出。里面有工作人员不断提醒游客不得拍照，保持安静。由于参观游人众多，能够待在里面的时间也不能很长。教堂正面的壁画《最后的审判》以其震撼性的画面，给世人留下了极其深刻的印象。在《圣经》里，人死后必有审判，每个人都必须向上帝交账，生前做过的每一件事情，上帝都会让你交账，无一例外。天使有生命册，记载着每个人生前做过的事情，说过的话。上帝会进行最后的审判，人类最后的结局，要么上天堂拥有永恒的生命，再没有眼泪再没有伤害，住在上帝的荣耀中；要么下地狱，忍受永远的黑暗与地狱之火的煎熬。画中间的人物是上帝的独生子耶稣，也被称为"基督"或者"弥赛亚"，意思是指上帝的膏抹者。在亚当夏娃堕落，罪和死亡进入世界的时候，上帝已经为人类准备了救赎的方法，就是上帝自己"道成肉身"，来到人间，背负人类的罪孽被钉死在十字架上，做了人类的替罪羔羊，也就是"赎罪祭"。人类是无法用自己的善行得到救赎的，唯有接受耶稣进入生命，才可以赦免所有的罪孽，得到洁净，来到上帝的面前。

无论是否有这样的信仰，画面的大胆想象力似乎震慑住在场所有人的心灵，神圣的光芒、狰狞的肉体、堕落的黑暗、奋力地拯救……神圣与世俗共存，画面令人望而生畏，眼光却又无法离开，不禁想知道更多更多，平时从来不多想的问题，似乎一下子都涌现了出来。"我会下地狱吗？我会上天堂吗？天堂到底是什么样子？地狱真的是这样可怕吗？"……及至走出西斯廷礼拜堂的时候，脑海似乎还没有清醒过来。

　　梵蒂冈博物馆之行最后的一站，就是圣彼得大教堂和广场了。圣彼得大教堂是世界上最大的天主教堂，由君士坦丁大帝下令，在耶稣的大门徒圣彼得的陵墓上修建而成。彼得是耶稣的12个门徒之一，原名叫西门，是以色列加利利湖的一名渔夫，跟随耶稣后，耶稣给他起名为彼得，意思为"磐石"。1940年梵蒂冈的发掘者称他们在圣坛下发现了彼得的遗骨。罗马天主教神学界把彼得确认为其教堂第一任首领和罗马第一任大主教。

　　圣彼得大教堂总面积超过2.2万平方米，教堂恢宏大气，内部金碧辉煌，光线幽暗，神秘莫测，庄严肃穆，不得不让人驻足仰望，心生肃敬。教堂的地板由各色大理石铺设而成，所有细节都显示着梵蒂冈的气派。教堂在漫长的历史变迁中，经历过多次的修复、改建和扩建，工程十分浩大。文艺复兴时期，几乎所有重要的建筑大师都参与过设计和装饰。教堂中央的大圆顶是有米开朗琪罗设计的，为双重结构，使得教堂内部十分明亮。圆顶之下是教皇的祭坛，覆盖它的青铜华盖是由贝尼尼设计的。祭坛下面便是耶稣的大门徒圣彼得的坟墓。出于好奇，我们很想去看看彼得墓，但是祭坛前的小栅栏门是关着的。经过询问，原来可以从祭坛对面的楼梯口往下走，就可以去看彼得墓了。

　　我对彼得这个人物充满了兴趣，因为在圣经故事里面，他是耶稣十二个门徒里最有意思的一个。比如耶稣知道自己离世归父的时候就到了，就在逾越节前为门徒洗脚。轮到西门彼得的时候，彼得不好意思主为自己洗脚，说，"你永不可洗我的脚"。耶稣说，"我若不洗你，你就与我无份了。"彼得一听，立马就改口说："主啊，不但我的脚，连手和头也要洗。"彼得跟世界上每一个普通人都一样，都有人的软弱，"鸡鸣之前三次不认主"的典故就告诉了我们这一点。然而，这并不妨碍耶稣对他的重用。耶稣复活之后曾三次查问他爱主的心，并三次叮嘱他："喂养我的小羊。"彼得从失败中最终成为五旬节时的领袖，做出教会史上最有活力的一篇讲章（《使徒行传》二章），感动三千人信教，因此建立了教会。

晚年的彼得在罗马竭力广传福音，受他热切传道的影响，许多人选择入基督教。然而，当时的罗马暴君尼禄气恼基督徒的影响力，以大火焚城并嫁祸于基督徒，捉拿彼得处死。彼得处死之前，曾对刑吏要求："请把我倒过来钉在十字架上，我的主曾为我竖在十字架上，我不配像他一样受死。"大义凛然的气魄实在令人敬佩。基督徒被压迫了二百多年后，由君士坦丁大帝平反，彼得被梵蒂冈教廷奉为第一代教皇。古罗马帝国的血腥好战也随着上帝之爱的传播，转向了人文文明的发展方向。人类文明的发展总是充满了血肉的代价。圣彼得大广场上竖立着圣彼得高大的雕像，他神情自若面带微笑，右手握着一把耶稣送给他的通向天堂的金钥匙，左手拿着一卷教会的书信。彼得最著名两份书信《彼得前书》和《彼得后书》都被收编在《圣经·新约》里面了。

走出圣彼得大教堂，才真正看到了大教堂的外貌。大教堂的外观宏伟壮丽，正面宽115米，高45米，以中线为轴、两边对称，8根圆柱对称立在中间，4根方柱排在两侧，柱间有5扇大门，2层楼上有3个阳台，中间的一个叫祝福阳台，平日里阳台的门关着，重大的宗教节日时教皇会在祝福阳台上露面，为前来信徒祝福。教堂的平顶上正中间站立着耶稣的雕像，两边是他的12个门徒的雕像一字排开，高大的圆顶上有很多精美的装饰。

广场中间耸立着一座41米高的埃及方尖碑，是1856年竖起的，它是由一整块石头雕刻而成的。方尖碑两旁各有一座美丽的喷泉，涓涓的清泉象征着上帝赋予教徒的生命之水。教堂前面是能容纳30万人的圣彼得广场。广场长340米宽240米，被两个半圆形的长廊环绕，每个长廊由284根高大的圆石柱支撑着长廊的顶，顶上有142个教会史上有名的圣男圣女的雕像，雕像人物神采各异栩栩如生。我们的导游给我们解说广场历史的时候，给我们看了一张有趣的图片，整个圣彼得大广场看上去，就像是圣彼得的身躯。

在广场的一边摆放着一个集装箱，写着"VANTICAN POST"，原来是梵蒂冈为了方便游客寄明信片设置的移动邮局。我们带着女儿一起走进了小邮局，女儿挑选了喜爱的明信片，亲手给表妹堂妹写上了祝福语，把明信片投进了邮箱。寄明信片也是旅行的乐趣之一。

不知不觉在梵蒂冈里面已经走了4个小时，又累又饿了。走出圣彼得大

广场，我们希望找一家餐厅赶紧可以填饱肚子。大广场上仍然很长的人龙在排队进入大教堂，所幸我们早上就从快速通道进入参观了。圣彼得广场前有一条宽阔的马路，两旁就有咖啡馆和餐厅，我们找到一家自助餐厅坐下就吃，因为逛梵蒂冈真是体力活，只想坐下就吃，不想再点菜等菜了。估计很多游客是这个状态，所以这家自助餐厅非常受欢迎，可以任选主食和主菜，以及甜品饮料，再进行结算，跟大学餐厅一样。吃饱了再仔细看看这家餐厅，叫作圣彼得古典咖啡馆（Antico Caffe' San Pietro），建立于1775年，距今已经有两百多年的历史了。在这两百多年里，这座咖啡馆定是见证了前来梵蒂冈城汹涌的人潮，所以服务速度极快，菜式口味很多，价格也很实在。要知道在意大利的正式餐厅吃一顿饭，无论点菜、喝酒、吃饭、喝咖啡都是慢慢来的，提倡慢生活。梵蒂冈前面的这座自助餐厅真是因地制宜了。

吃好喝好，腿也休息好了。我们继续向前迈进。马路的另一端就是圣天使堡（Castel Sant'Angelo）了。丹·布朗的悬疑小说及同名电影《天使与魔鬼》让世人知道了罗马有个著名的圣天使堡，它是电影里面的重要场景，男主人公是在圣天使堡救下女主人公的，圣天使堡内与梵蒂冈有秘密地道连通。

圣天使堡是公元130—139年罗马哈德良大帝所建的陵寝，后来成为罗马历代皇帝的陵墓，如今为国立博物馆。城堡前横跨台伯河的圣天使桥上，有12尊手持耶稣受难刑具的天使雕像，是文艺复兴时期大师贝尼尼的杰作，也有说法只有其中两尊是贝尼尼的作品，真正的雕塑已经移至Santa Adrea delle Fratte教堂内妥为保存，现在伫立在大桥两侧的为复制品。圣天使桥是罗马城中最美的桥梁，很多游人在此伫立欣赏台伯河的风光，拍照留念。

传说公元590年的时候此地曾发生瘟疫，古堡中出现了用剑驱散瘟疫的天使。随后瘟疫就消失了，人们从此过上了安居乐业的生活，圣天使堡因此而得名。从天使堡的露台上可以眺望罗马市区的景色。

其实梵蒂冈和圣天使堡作为一天的行程刚刚好，时间太短了根本看不够，时间太长了又会有审美疲劳。由于体力不济，我们决定乘出租车回酒店用晚餐，好好休息，明天去看古罗马斗兽场，也会是暴走的一天。

古罗马的荣光与辉煌

第三天行程：自助早餐——古罗马斗兽场——凯旋门——帕拉蒂尼山——斗兽场旁边用午餐——古罗马废墟——威尼斯广场和维托里亚诺纪念堂——卡比托利欧广场——万神殿——万神殿广场晚餐——纳沃那广场——回酒店休息。

第三天的清晨，同样在酒店的顶层享用完元气满满的早餐，我们就继续暴走罗马。今天会从古罗马斗兽场开始，一路走到万神殿和纳沃那广场。

罗马是一座神奇的城市，拥有难以计数的名胜古迹，每一样都会让人大饱眼福，流连忘返。沉淀了数千年的历史遗迹，恢宏大气的建筑与丰富的文化遗产，让每一位到过罗马的人都终生难忘。在意大利人的眼中，它不仅仅是首都，也是罗马帝国的荣光与文艺复兴时期的辉煌。从古罗马斗兽场、凯旋门、帕拉蒂尼山、废墟遗址、威尼斯广场的维托

里亚诺纪念堂、卡比托利欧广场、纳沃那广场，到万神殿，城市的庄严与浪漫完美结合。走在罗马的街道上，仿佛时光可以倒流。追寻历史，感知文化，扑面而来的是这个城市传达出的传奇色彩。

古罗马斗兽场出现在太多的文学作品和影视作品上了，从六十多年前的《罗马假日》，到前几年拍摄的电影《绝美之城》，斗兽场一直是一个重要的场景。奥斯卡获奖电影《角斗士》与电视连续剧《斯巴达克斯：血与沙》更是以斗兽场为主要场景，描述了从奴隶到英雄的血泪史。不来斗兽场等于没来罗马，这里游人众多，排队是家常便饭，我们也是提前在网站上预约了快速通道，很快可以进入斗兽场。

古罗马斗兽场也叫圆形竞技场，于公元 80 年建成，由 4 万名战俘历时 8 年建造，当时可以容纳 5 万人在此观看猛兽与角斗士之间的悲惨壮烈决斗。虽然时至今日斗兽场已经毁坏严重，残破不堪，但仍不愧是人类建筑史上的杰作。斗兽场跟现在的体育场很像，令人惊讶的是，总共有 80 多个出入口，能够在很短的时间内疏散人群，两千多年前的快速疏散设计仍然令今天的建筑师们赞叹不已。

文艺复兴时期，罗马大兴土木，斗兽场墙壁上的许多石块被挖走，用于修建宫殿和教堂，这种破坏持续了几百年。直至 19 世纪政府才开始对斗兽场采取保护措施，修整这些残垣断壁。我们进入斗兽场之后，在地面仍然可以看到很多这些被挖出来的残垣和石块，作为历史兴衰的见证，堆放在拱形门下面。

斗兽场的内部被分为三部分：竞技场（arena）、观众席（cavea）和指挥台（Podium）。竞技场内有一层沙子覆盖的木地板，是为了防止角斗士们摔倒，并吸收斗

剑比赛中受伤者流下的鲜血。今天你可以看到竞技场下层迷宫似的通道和当年把动物与角斗士从牢笼运送到竞技场的机械装置。竞技场内还可以注满水进行海战表演。观众席按等级严格划分。最低处是皇帝和灶神女祭司的专区；旁边宽敞的平台是元老院议员的专区；往上走，依次是贵族专区，平民专区和妇女、奴隶、穷人专区。其他人如士兵、文书和传令官都有各自的专区。还有一些人，如掘墓人、演员和不再参加格斗的角斗士严禁入场。

  斗兽场又名竞技场，那是因为这儿也曾举办过马车及文艺表演之类的竞赛。斗兽表演分为三种：兽与兽斗、兽与人斗、人与人斗。角斗士搏斗时，场地上铺满了沙子。兽与兽、兽与人斗时，为了使场景美丽以便吸引观众，场上还会布置一些灌木丛、树木和假山。夏季在斗兽场演出时，为使观众免受酷热，剧场顶端用一个中间开孔的帆布遮盖。角斗士相斗时，场面十分残忍。双方必须做出生死决斗，直至一方取胜为止。败者的性命操纵在看台上寻欢作乐的贵族们手中，他们将大拇指向下，败者遭杀；若大拇指朝上，败者可免于一死。一直到公元 405 年，这种野蛮的娱乐活动才被西罗马帝国皇帝霍诺留宣布停止。

  斗兽场可以搭乘电梯，也可以步行楼梯走到二层，二层正在做一个地中海文化展览。罗马作为地中海地区重要的城市，两千多年来各国各族的文化都一直在这里融合交汇。

从斗兽场出来我们就向旁边的凯旋门走去。君士坦丁凯旋门（Arco di Constantino）位于斗兽场和废墟之间，建于公元 312 年，是罗马现存凯旋门中最新的一座。它是古罗马帝王入城的必经之路。这座凯旋门是为庆祝君士坦丁大帝于公元 312 年彻底征服他的对手马克森提，并统一帝国而建的。凯旋门上的主要内容为历代皇帝的生平业绩和君士坦丁大帝的战斗场景。凯旋门紧邻斗兽场，所以这里可以将两个景点串联起来参观。凯旋门是用罗马水泥建成，其上的雕塑多为浮雕，且多半是从当时罗马帝国的其他建筑上搜集而来，组合拼装成了君士坦丁凯旋门。众多浮雕中最为著名的是凯旋门顶端的八块浮雕，他们是从马克·奥尔略皇帝纪念碑上拆卸而来，现在珍藏在卡比托利欧博物馆。集合了众多不同时代的罗马雕塑的君士坦丁凯旋门，平衡了众多风格的雕塑风格。据说，拿破仑来到罗马，见到这座凯旋门后大加赞赏，这座凯旋门就成了巴黎凯旋门的蓝本。

　　凯旋门紧挨着的，就是帕拉蒂尼山（Palatine）。从中世纪开始，欧洲的贵族中有一股潮流，就是成年以后的贵族青年，都必须来罗马旅行，看古迹长见识，被称为成年之旅（Grande Tour）。罗马也是欧洲很多文学家、思想家、艺术家人生中的"必游之城"。歌德在他的游记中，多次提到帕拉蒂尼山和古罗马废墟遗址给他的震撼。

　　帕拉蒂尼山曾是古罗马周边最豪华富丽的地方，在此可以俯瞰古罗马全景最精华的地方。当时的贵族们都想方设法在此造房筑屋，而历代罗马君主们更是在此兴建奢侈的宫殿。奥古斯都（Augustus），西塞罗（Cicero）和马克安东尼（Marcus Antonius）都曾在山上居住。但在罗马衰落以后，帕拉蒂尼因年久失修，日渐荒芜。今天的帕拉蒂尼基本为皇帝图密善(Domitian)的行宫遗迹而复归。这个行宫结构复杂，面积巨大，作为主要的皇宫长达 300 年。这是一个巨大的公园，绿草茵茵，宫殿房屋遗迹林立，还有澡堂、广场的遗迹，走一圈得一个多小时。

  从帕拉蒂尼山走出来，已经是又累又饿。我们重新回到斗兽场，在斗兽场的旁边就近找到一家餐吧。坐在户外晒着暖暖的太阳，斗兽场就近在咫尺，风景很好，很多情侣一边端着酒杯一边玩自拍。饥肠辘辘的我们点了牛肝菌意粉和蘑菇小比萨，都非常好吃。美食美景当天，心满意足了。

  休息妥当，我们继续暴走罗马，下一个定位是威尼斯广场。我们从斗兽场旁边的一条巷子走出来，忽然马路很宽阔，在马路的旁边，栏杆围着很多城市遗迹。原来这就是古罗马废墟遗址。古罗马废墟遗址曾是古罗马帝国市民生活的中心，也是罗马帝国政治、经济、文化和宗教活动的中心，称为古罗马广场（Forum Romanum）。这里汇集了当时的元老院、法庭、庙宇、宫殿以及凯旋门，十分壮观。这些建筑遗址不论是在建筑还是考古方面都是伟大意义的。这里没有经过任何的修饰，只是这么破碎地竖立在那里。这样的场景，它比任何修饰过的恢宏建筑都更有魅力，它会让人浮想联翩。

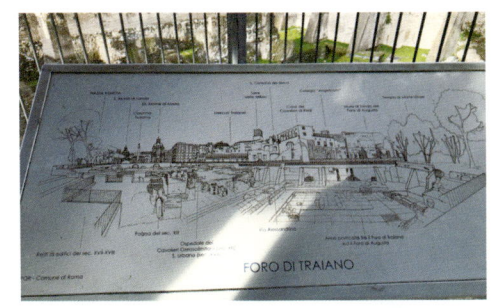

马路的栏杆旁边竖着不同的图片解说，从而辨识到有建于公元初期的尼禄广场（Forum Nerva），奥古斯都广场（Foro di Augusto）和图拉真广场（Foro di Traiano）。罗马人曾经为了修建新的宫殿、教堂和纪念碑，在这里搬走了许多的石料，使这里遭受了巨大的破坏，埋没于尘土之中。直到18世纪以后，由于人们在文艺复兴时期对一切古典事物重燃旧爱，广场再次成为艺术家和建筑师们提供灵感的地方，考古学家才开始系统地挖掘广场遗址，经过100多年的辛勤发掘，这里才得以重见天日。现在能看到高耸的玛尔斯神庙（the Temple of Mars Ultor），只剩下三根孑然兀立的石柱和光秃秃的庙墩基座；还有那萨图尔诺农神庙、维纳斯女神庙、罗莫洛神庙、恺撒神庙、和平神庙，也都化作一根根斑驳脱榫的石梁和一堆堆歪七倒八的石柱。

顺着街道走就看到高耸的图拉真纪念柱了（Colonna Traiana）。图拉真大帝于公元98年继位，位列罗马五贤帝的第二位。他两次率兵攻打多瑙河下游的达契亚人（今罗马尼亚人），成功征服此地，图拉真柱就是纪念此功而建立的。图拉真柱上的螺旋状浮雕非常精细，刻画的是罗马军团与达契亚人作战的场面，顶部本应是图拉真皇帝的黄金雕像，中世纪丢失，换上了圣彼得的雕像。柱体是由20块直径4米的大理石垒成，重达40吨，外表190米长的浮雕绕柱23周，最出奇的是柱子内部还有通往顶部的楼梯。浮雕上所有的人物、军事装备、战争阵势、民族特征，都合乎历史真实，它给后世留下一份极其珍贵的形象资料，诸如行军方式、兵器式样、地理环境等，都具有经得起历史考证的文献价值。因此，这座纪念柱不仅是艺术品，还是一种文献。

　　图拉真纪念柱旁边就是威尼斯广场，广场上就是绰号为"白色打字机"的大理石建筑维托里亚诺纪念堂（Vittoriano），外形看上去真的酷似打字机，所以罗马人给了它这个名字。纪念堂非常巨大，它是为纪念意大利统一于1911年修建完成的。这座新古典式建筑中最精彩的部分是16根巨大的圆柱形成的弧形，人坐在圆柱底下犹如蝼蚁般渺小，很多学生和游客喜欢坐在圆柱下面，感受纪念堂的恢宏气势。台阶下两侧各有一座喷泉，左边的象征亚得里亚海（Adriatic sea），右边的象征第勒尼安海（Tyrrhenian Sea）。中间骑马的塑像是维克多·埃曼纽尔二世（Vittorio Emmanuele II），他完成了意大利的统一。建筑物上方有两座巨大的青铜雕像，左边的代表"劳动的胜利"，右边的代表"热情祖国和胜利"。一战后又将无名英雄墓安放在纪念堂前，纪念为意大利独立而阵亡的士兵。无论日晒雨淋，总有两名士兵纹丝不动地在这里守护着无名战士墓。每逢重要的战争纪念日，国家元首也会在这里为无名战士献花。

　　广场的左侧是威尼斯宫殿（Palazzo Venezia），因其曾是威尼斯共和国时期威尼斯大使馆的所在地而得名，是一座哥特式建筑。现在这里成了汇集意大利各地工艺品的博物馆和图书馆。在纪念馆最上层的左右两方各有一个平台，在这个制高点上鸟瞰罗马城别有一番风味。游览参观纪念堂是免费的，登顶是需要购票的，我们购票乘坐电梯登上了纪念堂的顶部。在纪念堂的顶部，罗马斗兽场、圣彼得大教堂、圣天使堡等建筑尽收眼底。

　　从纪念堂出来，旁边就是卡比托利欧广场（Piazza del Campidoglio）。这个广场是米开朗琪罗翻建的，广场的所有细节，包括地面铺设的设计，均是米开朗琪罗的手笔。广场上的青铜镀金雕像是罗马皇帝马可·奥勒硫（Marco Aurelio）骑马雕塑。广场路面上的几何图形非常精妙，和雕像一起成了意大利铸造的欧元50分硬币的反面。我在钱包里面找出一个50分的欧元硬币，一对比广场的路面图案，果然是一模一样的，女儿也觉得非常有趣，建筑和艺术就来自生活。

从卡比托利欧广场出来，我们的定位就是万神殿（Pantheon），走过了几个街巷，忽然来到一个宽阔的广场，广场上矗立的是一座巨大的神庙。万神殿也叫万神庙，是现有的保存最完整的古罗马帝国的古迹。它是公元前27年到公元前25年为了纪念奥古斯都大帝的战功而修建的。万神殿名称中的"pan"在古希腊语中指"全部"，"then"指"神"，也就是供奉罗马所有的神的意思。

万神殿曾被米开朗琪罗称为"天使的设计"。它外观奇特，带有山墙、门廊，融希腊庙宇和古典的罗马圆形大厅为一体。正面有高达14米的八根石柱，两边设有两个神龛，原是用来安抚奥古斯都大帝和阿格里帕总督的雕像的。庙宇内部为圆形，四面无窗，屋顶上开有直径为9米的大型天窗。窗中透进来的光线照在马赛克地板上，显得庄严肃穆。殿内结构协调，各部分比例得当。整个拱形建筑没有支撑，建筑技术达到了相当高的水平，所以万神殿是全世界建筑师以及建筑爱好者梦寐以求的参观胜地。万神殿平时是免费开放参观的，下雨的时候，万神殿就关门，但是据说雨是滴不进万神殿里面的。

万神殿不仅在建筑界享有盛名，在艺术界也是鼎鼎有名的。因为这里有意大利伟大的艺术家拉斐尔（Raffaello）的陵墓。拉斐尔的陵墓与同时期其他显贵的棺墓完全不同，没有厚重的石棺和守护神的雕像。仅仅有一个金属的花圈和两只金属的倒挂的小鸟，显得是那样的轻灵和脆弱，正象征着他绚烂而短暂的一生。拉斐尔37岁便英年早逝。2020年正是拉斐尔去世500周年。拉斐尔被是"文艺复兴后三杰"中最年轻的一位。梵蒂冈西斯廷礼拜堂里面的《雅典学院》壁画、佛罗伦萨乌菲兹美术馆里面收藏的绘画《金翅雀圣母》、米兰布雷拉美术馆收藏的绘画《圣母的婚礼》都是大名鼎鼎的杰作，他的作品不仅被意大利的各大美术馆收藏，也被英国、美国的国家美术馆以及法国罗浮宫收藏，是各个国家美术馆的镇馆之宝。作家和诗人彼得·班博为拉斐尔写的诗句："你活着，大自然黯然失色；你逝去，大自然悲恸欲绝。"

从万神殿里面出来，夜色如水。广场上的餐厅和酒吧都亮起了璀璨的灯火，我们便在万神殿广场的一家餐厅坐下，虽然是冬夜仍然有点寒冷，我们却不忍坐进室内，想坐在室外，继续欣赏灯光下的万神殿，似乎看也看不够。记得在电影《罗马假日》里面，赫本公主与帅气的记者也是坐在这里，一边喝咖啡一边看着万神殿门前来来往往的路人，历史的天空在这里凝固，我们似乎也回到了公主游览罗马的那个年代。所不同的是，我们来了一杯地道的意大利餐后酒，惬意而慵懒地感受着这一切，而公主却得急急忙忙地感受罗马的一切，相比之下我们是比公主幸福的。

享受完一个完美的意大利晚餐之后，我们从万神殿广场一路漫步到纳沃那广场（La Piazza Navona）。纳沃那广场是罗马最华丽的广场之一。这里禁止汽车入内，空间十分开阔，据说古罗马时曾在此举行战车竞技。广场有三个巴洛克式喷泉，分别是"尼普顿喷泉""四河喷泉"和"穆尔人的喷泉"。"四河喷泉"位于广场中央，四个人像雕塑代表世界的四大河流：尼罗河、恒河、多瑙河和拉普拉塔河，四河喷泉是意大利著名建筑师贝尼尼（Bernini）的杰作，西班牙广场上的破船喷泉也是其代表作。喷泉前面的教堂十分华美雄伟，是巴洛克派的代表人物波罗米尼的作品。广场的周边是挂着璀璨灯饰的餐馆酒吧，音乐声和人们的欢笑声荡漾在空气之中，是个热闹的地方。

　　一天的行程结束，坐上出租车返回酒店。三天时间，我们一家三代用双腿丈量着这个拥有两千多年历史的罗马城，虽然身体极度疲累，但精神却是亢奋的。坐在出租车上看着窗外罗马城的万家灯火，心有不舍，希望很快有机会再回到罗马城，继续探索尚未探索的地方。罗马城，人生必定要来的一个地方。

附影评 / 罗马，绝美之城

虽然罗马假日已经结束，但是罗马的美景与历史遗迹还历历在目，在脑海挥之不去。《绝美之城》这部电影也随之浮现在我的脑海中。这部电影主要取景就在罗马，片中的主人公是一位中年作家，住在斗兽场的附近，家中露台就可以看到斗兽场的雄伟景观。他经常漫步在罗马，拾寻逝去的青春记忆。然而，这部电影吸引我的不是罗马的景色，而是它带给我的思考，一些更深入的思考。

这部电影在2013年上映随即获得了奥斯卡最佳外语片。有很多人都说看不懂，看不透，看得一地鸡毛，看得不明所以。而我，却被深深吸引住了。

此片摄影、配乐、罗马美景及意识流手法文艺得让人窒息，罗马的浮光掠影和喧哗背后是更刺骨的惆怅空虚无根感，影片又名《罗马浮世绘》，从这一点来说，这个翻译更确切一些。影片反映了现代人追求华丽生活却生命失落的现状。主题立意深刻，年轻人应该思考自己正追求的是否真正是自己内心需要的，生命的意义在何处。

为何此片深受评审团的青睐，因为在立意及意识流手法方面确实是深刻及极具代表性，特别能引起那些表面风光、内心空虚、岁数不小的人的共鸣，很大程度上直接说到评审团里德高望重的艺术人心里面了。

阅历尚浅的年轻人或者追求感官感受的人对这样无头无尾情节散漫的电影只会觉得一地鸡毛，无处下手，不用半个小时便无法忍受。只有那些开始对生命意义进行思索，对美有无法抑制的精神追求之人，才能享用到如此丰盛的饕餮大餐。此片的信息量极其丰沛，在此分享个人的一些观后感。

说实话，也只有文艺深厚极具才情的意大利人才能拍出这样的片子。

影片的展开方式显示出了导演的功力，一个日本旅行团在罗马城观光，这是一个很容易让观众产生认同感、较快进入状态的视点。情节一转，美景之下一位游客暴毙，而集体女声仍然唱着庄严的圣歌，并不因此而停止，咏叹调笼罩着整个氛围。似乎向人诉说着，永恒之城罗马就是这样，按照自己的步调在历史中前行，没有什么东西能够影响它阻挡它。

这样，整个文艺基调就出来了。它不是在诉说情节故事，而是在表达情绪情感。

当观众还沉浸在历史的庄严感中没来得及回神的时候，影片中高声一吼，转到了罗马夜间喧闹亢奋、奢靡堕落的狂欢派对中。这种夸张强烈的氛围对比，使人从心中发出颤抖。也许你会摸不着头脑地说，搞什么鬼，这样子的？然而，这就是意大利电影，没有铺垫，直接给你诧异和冲击，也在短短几分钟内向你展现了罗马的光明庄严和黑暗堕落的两面。

导演用大量的镜头描绘了疯狂派对上形形色色的人，性感的、自恋的、压抑的、不羁放荡的、低俗的，一句"我的手机被偷了"幽默的调侃着高级光鲜的派对中暗藏着龌龊。（罗马确实是小偷众多的。）

肥胖过时的广告女郎胸前的数字 65 告诉观众这是一个 65 岁的生日派对。主人公的背景也就此展开。杰普是一个名利双收，在上流社会混得不错的作家，但也无法写出第二部作品。360 度调转的镜头描绘杰普在这样声色犬马的上流社会中自得其乐，而渐进的慢镜和推拉镜头，使主人公片刻独立于周围环境，形成孤独感、游离感，简单而自然地表达了繁华之下杰普的内心孤寂感。

"你人生当中真正最喜爱的是什么？"这句话开篇明义，是整部电影的主线和主人公回忆与情感的内在推动。65 岁已进入不惑之年，杰普发现自己年轻时所极力追求的、而且已经追求到的华丽，其实并非是自己内心最想要的。即使住在罗马斗兽场旁边昂贵的公寓，欣赏着迷人的黄昏日落，空虚感、孤独感、惆怅感还是弥漫着每一天的生活。年轻时候跟随世俗的价值观，努力追求物质和权力，到头来却只有派对散去后的孤寂。当杰普冷静而麻木地应酬着生活，18岁青春悸动的回忆却又使他重新感受到了生命的鲜活和跳动。

影片有两处描绘了两个哭的老男人，就是初恋情人的丈夫来到杰普家门前告知噩耗和之后再丧礼的雨中，两个应该是情敌的男人却一同哭泣了。我的心也化了。往往当生命逝去、肉体离开世界时，那份精神世界里的爱也就越发强大的在人的内心流淌。因为对同一个女人的爱，因为同样的痛苦，他们温暖地靠近在一起。一个得到的只是躯壳之爱，所以被称为"好伴侣"。另一个得到的是柏拉图之爱，纯粹的精神之爱。这是一个很广泛深刻的社会折射，是世上许多配偶的真实写照。精神和肉体的爱无法统一，正是世间许多痛苦和煎熬的根源。得到肉体而得不到精神世界的爱情更为痛苦。

影片有二十几个段落，似乎零零碎碎，没有什么联系，完全根据杰普的个人视觉和情绪来推展。然而仔细品味，却是有许多呼应之处的。

片中杰普与一个女人发生关系后，突然醒悟"我不能再花时间做自己不想做的事情了"而不辞而别。但是与妖艳的脱衣舞娘拉蒙娜什么也没做，却能一起看到天花板上的海水，也是在阐述人的精神世界比肉体更重要。

影片对活在精神世界和活在肉体世界的人物进行刻画。裸体撞墙女、红脸神经男都用了不少笔墨和力度描绘，代表了被扭曲的精神世界。夜店的裸体女被呵斥一旁，艳丽的脱衣舞娘拥有的却是生病的身体，代表着再美的肉体在人的眼中其实毫无价值，而且最终也会朽坏。

拉蒙娜激起了杰普对初恋的回忆，更深的思索初恋往事，重新寻回对美的最初感知。"钥匙男"带他们进入"一眼看三国"的马耳他共和国收藏馆参观经典画作，让他的艺术灵感升腾。人生成长历程的照片墙，又升华了他的精神成长。在一个人感觉空虚无根的时候，会去尽力寻找一切的资讯，无论是过去的，现在的资讯，去了解生命，理解生命到底是怎么一回事。

追求物质和权力，迎合世俗的价值观亦同时亦让人迷失，失去真正的自己，失去内在生命的力量。披着宗教外衣其实一心向上爬（想爬上教皇的位置）红衣主教正是这样的例子。本来应该具有信仰力量，最有资格阐述人生真理的主教，却热衷于对食物的谈论而逃避杰普的人生问题，最后以一句"求上帝赦免你的罪，奉圣父圣子圣灵的名"结束会面，但是眼神里明显是没有宽恕的恨，因为杰普在餐会上下了他的面子，多么讽刺的刻画。

一针见血地挑破女作家朋友美其名曰的所谓成就，却又悠然自得坐在沙发上给脱衣舞娘挑选丧礼的礼服并向她讲述如何用虚假的情感欺骗人。既挑破谎言，自己又不断制造谎言。杰普自身在说明这个浮华世界里人只能在自欺欺人之中不断打转。住了十年的邻居竟然是个通缉犯，真相被埋藏了许久却无人知晓，其实我们周围的世界何尝不是经常有这样的事情发生，其实影片开头描述他们曾经一起乘电梯而通缉男并不答话，开门之前必须有密码加指纹的辨认已经埋下伏笔。

然而生活也有不能承受之轻，当他自以为能游刃有余地处理各种虚假场面中时，在棺材抬到肩膀的那一刻，他却真的哭了。死亡的气息近在咫尺，无人再能游刃有余。

杰普已经感觉到内在生命的死亡，对日常生活景观冷静地观察的背后，是希望从内心重新寻找到什么让他感到生命在活着的东西。修道院里奔走的孩子和朗朗的笑声，格外进入他的眼和耳。对年轻活泼的生命总有种说不出的羡慕感。在河道边听见晨跑的人激烈谈论政治人物，杰普只有麻木。要知道罗马人最爱谈论的就是政治。但这对于杰普来说已经没有任何兴趣和激情了。

老修女的出场是讽刺性的，煞有介事地接见、打瞌睡的晚餐、滔滔不绝的代言人隐喻宗教的商业化。然而却又是老修女给了杰普神一般的提示。老修女问杰普，为什么不继续写作。杰普还是同一个答案，他在寻找一种伟大的美，一种绝美，但是找不到。或者说他已经习惯了沉浸在虚假的华丽之中无法自拔（他自己说从来不离开罗马），而他自己也很清楚这点。有精神的追求却又无法脱离肉体的藩篱。老修女一句似乎不搭边的问题,"你知道我为什么吃根茎吗",却是神一般的答案。根,才是最重要的。一切浮华均会烟消云散,因为那是没有根的。一群仙鹤在阳台小憩后飞向它们的归宿,飞向它们的根。正是这个象征。

影片开头游客暴毙在以后都没有相应的情节了,线索似乎就此中断。然而片尾男主人公杰普的自白,又谈论到死亡,老修女在圣阶的跪叩,把人从光鲜亮丽寻欢作乐拉到了行将朽木的老朽身躯面前,不但首尾呼应,而且升华到更高的层次。死亡在历史进程中总是稀松平常的,却又是极其沉重的。开放性的结尾没有带给人阴暗感,反而引起人们对生命意义和价值的思考。

愿每个人都放下物质与权力至上的世偏见,杰普告诉我们的就是获得物质与权力后迷失了真正的自我,无法再前行。愿每个人都像杰普那样,去内心寻找"自己真正喜欢的东西",而不是外在的东西!就像那些大山里面守护山林的年轻人,就像在自然保护区里研究保护珍稀动物的研究生,就像那些自己的生命带给别人希望的志愿者,坚持自己内心的理想,而不向这个金钱世界屈服。《旧约·圣经》里已经记载了所罗门王的一句话:"虚空的虚空,一切都是虚空。"所罗门王是公元前10世纪全世界富有且有智慧的君王,拥有无数的金银财宝和嫔妃,住在当时最华美的宫殿,尚且发出这样的感叹。无论是2900年前所罗门王发出的感叹,还是今天影片中的杰普,表达的东西都不谋而合,浮华只是过眼云烟,重要的是寻找真正的自己。

但愿在金钱世界迷失的人、被物欲捆绑的人,在看到浮华世界虚无的结局,之后能重新出发寻找真正有根的价值感,不要等到65岁!

所有的答案,就在你的内心,而非外在世界,向内在探索吧。